# Silvina Ocampo

## Antología:
# CUENTOS
## *de la «nena terrible»*

Selección, prólogo y notas
*Patricia Nisbet Klingenberg*

- STOCKCERO -

© Herederos de Silvina Ocampo - 1993.
Foreword, bibliography & notes © Patricia Nisbet Klingenberg
of this edition © Stockcero 2013
1st. Stockcero edition: 2013


ISBN: 978-1-934768-62-4

Library of Congress Control Number: 2013931688

Set in Linotype Granjon font family typeface
Printed in the United States of America on acid-free paper.

Published by Stockcero, Inc.
3785 N.W. 82nd Avenue
Doral, FL 33166
USA
stockcero@stockcero.com

www.stockcero.com

# Silvina Ocampo

*Antología:*
# Cuentos
*de la «nena terrible»*

# Agradecimientos

El Departmento de Español y Portugués de Miami University me dio una beca para apoyar mi trabajo en este proyecto durante el verano de 2012 y un curso menos durante el semestre del otoño para acabarlo.

Samuel Saldívar, profesor emérito de la United States Military Academy at West Point, Charles Ganelin, mi colega del departamento en Miami, y Pablo Agrest Berge de Stockcero, leyeron el manuscrito con cuidado. A los tres mi sincera gratitud. Claro que los errores que persisten son míos.

PATRICIA NISBET KLINGENBERG

A mis estudiantes
por sus ideas y entusiasmo.

# Índice

# Prólogo

## Los cuentos de la «nena terrible»

Esta antología pretende ofrecer una introducción a los cuentos de Silvina Ocampo en base a selecciones de cada uno de los libros publicados durante su vida, desde el primero en 1937 hasta el último en 1988. Las notas respecto al vocabulario y referencias históricas o sociales intentan explicar estos elementos para lectores de distintos niveles de competencia lingüística en lengua castellana, en particular para los que no estén familiarizados con los detalles culturales de la Argentina, lo que a veces dificulta la comprensión de estos cuentos. El criterio de selección se concentra en cuentos, como el título sugiere, con protagonistas femeninos, subversivos de un orden social «correcto» y de una idea «realista» de la mujer, como se explicará más adelante. Los cuentos individuales se presentan en orden cronológico de su publicación para que este libro sirva como muestra de la evolución del estilo y preocupaciones de la autora.

He enseñado estos cuentos a través de muchos años y en distintos contextos. Aparecen en mis cursos universitarios sobre la narrativa hispanoamericana, y en los cursos con temas más concretos como el del cuento, de las escritoras, de lo fantástico, o sobre Borges y su círculo. Los relatos de Ocampo reciben una reacción apasionada de parte de los estudiantes, suscitando los debates más vivos, evocando risas, expresiones de horror o de repugnancia, y últimamente una conexión con la palabra escrita poco común hoy en día. Presentar los cuentos fuera del contexto preparado cuidadosamente por la autora me causa algún remordimiento, pero espero que la variedad y originalidad de su voz se conserven en este volumen.

## Breve biografía de Silvina Ocampo

Silvina Ocampo nació el 21 de julio de 1903, la última de seis hijas de una de las familias ilustres de la Argentina. Su nombre, Silvina, una forma femenina del de su padre, Manuel Silvino Ocampo, es evidencia que sus padres se habían resignado a no tener el muy añorado hijo. Ella decía que se sentía «una etcétera» de su familia. Describió su niñez como solitaria, llena de restricciones debidas a su alto rango social (no ensuciarse, no andar descalza, por ejemplo), fascinada por su hermosa madre que a su vez fue dominada por su padre distante y severo. Su hermana mayor, Victoria, le llevaba trece años y llegó a ser una de las mujeres más famosas de su época. Victoria Ocampo fundó la revista *Sur,* la más importante de toda Hispanoamérica durante gran parte del siglo veinte, y fue la primera en publicar las obras de su hermana menor, Silvina. Los padres tradicionales de las hermanas Ocampo prohibieron a Victoria la posibilidad de realizar su primer sueño de convertirse en actriz; pero años después, cuando Silvina llegó a una edad de independencia, a ella sí le permitieron pasar dos años estudiando pintura y dibujo en París. Silvina trabajó hacia el final de la década de los 1920 en el taller de Fernand Léger y también en el de Giorgio di Chirico, dos pintores que ahora se consideran precursores del surrealismo. Al regresar a Buenos Aires, Silvina participó en una exhibición de arte con Xul Solar y Norah Borges, dos figuras importantes en una nueva generación de artistas e intelectuales jóvenes encabezada por Jorge Luis Borges, hermano de Norah. Silvina Ocampo se unió a este grupo como artista, pero poco a poco empezó a dedicarse a la escritura.

Silvina ha observado que, aunque siempre había escrito cuentos desde niña, la literatura nació en su vida como práctica constante al conocer a su futuro esposo, Adolfo Bioy Casares. Durante los años '30 Silvina se fue a vivir con él en Rincón Viejo, la estancia de los Bioy en la provincia de Buenos Aires, cerca de

Pardo. El escándalo de vivir con un amante, y que sea un hombre once años menor que ella, es un tema que no toca ni en sus obras ni en las pocas entrevistas que otorgó en su vida. De las muchas fotografías de familia sabemos que Jorge Luis Borges, José Bianco y otros amigos les acompañaron con frecuencia en la estancia, y que sus conversaciones sobre la literatura y el arte iban a hacer de cada uno de ellos un escritor de suma importancia en los años venideros. Silvina Ocampo se transformó en escritora durante este período, publicando su primer libro de cuentos, *Viaje olvidado,* en 1937. Adolfo Bioy Casares publicó su novela más famosa, *La invención de Morel*, en 1940 y Borges pasó de poeta y ensayista a cuentista en la misma época, publicando sus obras claves al final de esta década, «Pierre Menard, autor del Quijote» en 1939 y «Tlön, Uqbar, Orbis Tertius» en 1940.[1] Los tres, Ocampo, Bioy Casares y Borges colaboraron en la publicación de la *Antología de literatura fantástica* en 1940, muchas veces revisada y siempre en prensa hasta hoy. Estas obras en conjunto representan un punto decisivo tanto en la trayectoria de la literatura argentina como en la hispanoamericana más generalmente.

Silvina Ocampo y Adolfo Bioy Casares se casaron en 1940 en una ceremonia civil con sólo tres amigos presentes. Uno de ellos era Borges, desde entonces un amigo de toda la vida. Durante los próximos años estos tres atraen a su ámbito un grupo variado de artistas, escritores e intelectuales que forman el núcleo del grupo *Sur*, muchas veces en oposición a los instintos conservadores de la fundadora, Victoria Ocampo.[2] Después de casados «los Bioy» establecieron en sus varias casas –además de la estancia Rincón Viejo tenían una casa amplia en la ciudad de Buenos Aires y otra en Mar del Plata– un centro cultural informal donde

---

1    Los primeros cuentos de Jorge Luis Borges, «Pierre Menard, autor del Quijote» (*Sur* 59, 1939) y «Tlön, Uqbar, Orbis Tertius» (*Sur* 68, 1940) luego son incluidos en su colección de cuentos, *Ficciones* (Editorial Sur, 1944); en 1956 el libro fue ampliado con otros cuentos. José Bianco, el director de la revista *Sur* y otro gran amigo, escribió sus primeras obras de ficción en este período, incluyendo su novela, *Las ratas* de 1943.

2    La mejor introducción al contorno literario general de Buenos Aires a mediados del siglo veinte es el libro de John King sobre la revista *Sur*. King propone que la renovación literaria atribuida a Borges fue, en realidad, un esfuerzo del grupo constituido por Borges, Bioy, Bianco y Silvina Ocampo. Judith Podlubne ofrece una visión más directamente dirigida a la contribución de Silvina en sus dos obras sobre *Sur* en las Obras Citadas.

se congregaban durante medio siglo las figuras intelectuales más destacadas de su momento. Viajaban con frecuencia a Europa, pasando meses en cada viaje. En 1954 hicieron un viaje a Francia donde nació Marta, hija de Bioy con una de sus amantes; días después de su nacimiento Silvina la adoptó legalmente en París. Según Jovita Iglesias, la madre y abuela biológicas de Marta se mantenían en contacto con la niña y eran invitadas a participar en celebraciones de cumpleaños, por ejemplo, un arreglo familiar que sorprende aún hoy.

Desde 1937 Silvina Ocampo, aunque nunca deja de pintar y dibujar, publica continuamente a lo largo de su vida: poesía, cuentos, un drama, y una novela escrita con su marido. En la última etapa de su vida sufrió de demencia y murió en 1993 a la edad de noventa años. Menos de un mes después murió en un accidente de coche su hija Marta. Adolfo Bioy Casares, notablemente devastado por la doble pérdida, murió a su vez cinco años más tarde.[3]

## PRIMERAS APROXIMACIONES

Empezando por su primer cuento publicado, «Siesta en el cedro», en la revista *Sur* en 1936, Silvina Ocampo alterna la publicación de poemas y cuentos durante su larga vida. Sus obras fueron reseñadas por autores renombrados como su hermana Victoria, Ezequiel Martínez Estrada, Rosa Chacel, Eduardo González Lanuza y Alejandra Pizarnik. Estas primeras reseñas notan la importancia de los niños y de la perspectiva infantil, el poder mágico de objetos cotidianos, múltiples usos del elemento fantástico y una práctica de humor negro rayano con lo grotesco. Las primeras antologías de sus cuentos preparadas por José Bianco (1966) y Eduardo Cozarinsky (1970) ofrecen análisis más extensos que destacan la sexualidad franca de muchos cuentos, su estructura reminiscente de los cuentos de hadas, los ambientes

---

3    Para más información sobre la vida de Silvina Ocampo deben consultar estas obras de la bibliografía: Astutti, Heker, Iglesias, Klingenberg («A Life in Letters»), Mancini, Sánchez, Speranza y Ulla (*Encuentros* 2003).

cuidadosamente descritos que ofrecen un contrapunto realista a la evocación fantástica. Cozarinsky observa un contraste entre la evocación de lo sagrado, especialmente con los objetos mágicos, y un tono de mal gusto y la violencia brutal que muchas veces conviven en estos cuentos. Por este mismo período de los 1970 salen artículos importantes escritos por Sylvia Molloy, Blas Matamoro, y desde México por Rosario Castellanos que señalan el poder subversivo de los relatos de Ocampo en términos de su aparente neutralidad ante los códigos morales (Molloy y Castellanos) y sus fantasías de rebelión social (Matamoro). Sin embargo, como Noemí Ulla apunta (en *Una escritora oculta*), las obras de Ocampo no se estudiaron en la Universidad de Buenos Aires hasta fines de la década de los 1980. Una apreciación más detallada empieza en la década de los 1990 con la publicación de libros monográficos sobre sus cuentos, libros que aparecen en la Argentina y en el extranjero.

Últimamente, han aparecido varias obras póstumas que ofrecen una perspectiva más amplia de la obra completa de Silvina Ocampo y su modo de trabajar. Estas obras acompañadas por prólogos de Ernesto Montequín confirman la constancia de su creatividad en que anotaba ideas sobre servilletas, sobres, cuentas y cualquier otro papel y entonces elaboraba las primeras versiones en papel de cuaderno; su secretaria luego pasaba a máquina el cuento que Ocampo seguía corrigiendo y modificando; Bioy generalmente leía cada cuento antes de la versión final. Montequín declara que los archivos muchas veces contienen todas las diferentes versiones de una obra. Esta información, entre otras cosas, confirma que su matrimonio, que obviamente operaba fuera de las reglas convencionales, ofreció un espacio creativo para ambos.

Por razones complicadas el aprecio por Silvina Ocampo en el mundo literario ha sido tardío. Sin duda Ocampo misma se escondía deliberadamente entre sus compañeros más famosos. En las palabras de Matilde Sánchez, no quiso seguir la «carrera» del literato profesional de su momento, dando charlas y entrevistas, asistiendo a reuniones y tertulias. Además, las diferencias en su obra comparada con sus ilustres compañeros no se apreciaba plenamente en el primer momento: ella indica sus desacuerdos con Borges y Bioy mediante su manera de escribir, pero no en sus declaraciones públicas. Y finalmente, las obras mismas confían casi demasiado en sus lectores: la autora ofrece pocas explicaciones internas por las acciones perturbadoras de las narrativas. Con el tiempo estamos aprendiendo a leerla, a penetrar sus secretos. Con la perspectiva de los años podemos reconocerla hoy como una de las voces más originales de su época.

## Evolución de su estilo

Su primer libro de cuentos, *Viaje olvidado*, fue publicado por la casa editorial Sur en 1937 y reseñado por Victoria Ocampo en las páginas de la revista el año siguiente. En su reseña Victoria expresa sorpresa al descubrir que su hermana menor se dedicara a la escritura, y la critica fuertemente por su sintaxis y gramática incorrectas, diciendo famosamente que ciertas imágenes parecen «atacadas de tortícolis.» Evidentemente dolorida por estos comentarios Silvina Ocampo los cita cuarenta años más tarde en sus largas conversaciones con Noemí Ulla (*Encuentros* 34). Adrianna Astutti vuelve a esa reseña para elaborar el contraste entre las dos hermanas sugiriendo que en aquella época Victoria buscaba un modelo de escritora que pudiera expresar una voz genuinamente femenina, que no adoptara una voz masculina para escribir. Victoria misma pudo desarrollar un modelo femenino en sus propios ensayos, pero en la ficción no lo había encontrado ni en Virginia Woolf, ni en Emily Brontë, ni en ninguna autora de lengua española. Victoria nunca logró uno de sus sueños, el de escribir una novela, porque no supo transformarse en «otra;» sufrió la frustración de no poder desprenderse de su propio «yo», algo necesario para inventar, para escribir con la imaginación y no sólo con la experiencia. Por lo tanto al leer las primeras ficciones de Silvina, Victoria reaccionó con celos y resentimiento (154). Astutti opina que en general Victoria escribe en el estilo de hermana mayor, «osada y combativa», mientras que Silvina, como persona de sus textos, se mantiene «del lado del secreto» (156), o sea que ella como persona real desaparece en la voz de sus personajes.

Mientras que Victoria insiste en la coherencia de causa y efecto, el realismo y la verdad, Silvina se pierde en lo desconocido, en lo incoherente, en memorias aisladas de su contexto. En su primer libro, *Viaje olvidado,* encontramos sus relatos más influenciados por el surrealismo. Muchos tienen una estructura fluida como de un sueño; otros de una fábula antigua, como de cuento de hadas. Debido a esa primera crítica de Victoria, Silvina no solamente tarda diez años en volver a publicar cuentos sino que dejará durante muchos años este modo narrativo libre y expresionista y buscará un estilo más directo y concreto. Sin embargo, el mundo infantil nunca desaparece de su obra. Su segundo libro, *Autobiografía de Irene* (1948), publicado más de diez años después de *Viaje olvidado*, es el más obviamente filosófico. Algunos dicen que es el más imitativo del estilo de Borges. El cuento incluido aquí, sin embargo, el cuento epónimo, mantiene la perspectiva infantil y el interés en juegos fantásticos del tiempo y el espacio. Desde estos primeros relatos Silvina penetra la superficie de las apariencias en un estilo que sitúa lo inquietante dentro de lo cotidiano; la perspectiva infantil nunca parece «aniñada» sino que sale de una falta de comprensión de las situaciones o a veces de una comprensión literal en vez de metafórica de la lengua. Por ejemplo en una ocasión Irene (de «Autobiografía de Irene») mal comprende a su maestra de piano que le llama «Irene la Afinada» y ella entiende «Irene la Finada» (muerta). O más tarde en «La boda» (de *La furia*) la pequeña narradora escucha el comentario de su prima que dice que «a los veinte años una mujer tenía que enamorarse o tirarse al río.» «¿Qué río?» le pregunta. Este sentido literal de las frases comunes produce el humor de muchos cuentos, pero también su ambigüedad. La posibilidad de múltiples significados produce el misterio de sus cuentos que siempre produce la inquietud dentro de un ámbito familiar.

Sus mejores cuentos aparecen en los libros de su edad madura como escritora, *La furia* (1959)*, Las invitadas* (1961) y *Los días de la noche* (1970). En sus últimos cuentos de *Y así sucesivamente* (1987) y *Cornelia frente al espejo (1988)* vuelve a su estilo original de *Viaje olvidado*, ahora con mayor confianza, rompiendo con la estructura estrecha del cuento moderno para incluir digresiones ex-céntricas, diálogos absurdos, imágenes oníricas. Judith Podlubne nota que todos sus cuentos se oponen deliberadamente al «buen gusto... de la revista *Sur*», o sea, contrarios a la literatura privilegiada por Victoria y cultivada por Borges y Bioy. Silvina Ocampo formó parte del grupo íntimo que promovió la renovación de la literatura hispánica a través de un redescubrimiento y revaluación de la imaginación. Pero se ven en seguida algunas diferencias con su amigo Borges: la fuerte presencia de la mujer, el cuerpo humano, el tema del amor y la sexualidad. Haciendo referencia particular al cuento, «El rival», Marily Martínez de Richter compara el tigre de Ocampo, un jaguar americano, con los tigres asiáticos de Borges, usados en sus obras con una seriedad intelectual y epifánica: «Creo que Silvina se divierte imaginando el espanto del pudoroso Borges ante ese destino perverso... a los «obscenos» tigres azules de Borges, puramente intelectuales, Silvina responde con una variante sodomita de la especie, a la solemnidad con que el Maestro trata al destino, opone una visión desacralizada, sexualizada, burlesca y paródica de su relación con los mortales» (84). La sexualidad abierta y vulgar, las funciones corporales («La venganza»), el tono cómico frente a eventos trágicos, la creación de situaciones repugnantes o asquerosos («Malva», «Cara en la palma») y el desarrollo de lo cursi[4] marcan estos cuentos como completamente distintos y originales.

---

4     La palabra «cursi» sugiere alguien o algo pretencioso, que pretende a mejor clase o cualidad de la que tiene. Con objetos se asocia con lo nuevo rico, lo exageradamente adornado, por ejemplo; con personas se refiere a alguien que desea impresionar; super correcto o afectado.

## Lo fantástico

Mucho se ha escrito sobre el uso de elementos fantásticos en las obras de los autores importantes de mediados del siglo veinte en Hispanoamérica. El deseo de romper con las restricciones del realismo europeo empieza en Europa misma con autores como Henry James y Franz Kafka. Este impulso incita a Borges, Bioy, José Bianco, María Luisa Bombal y más tarde a Julio Cortázar y a otros a jugar con los géneros de la literatura considerados de segundo rango –lo detectivesco, historias de horror y cuentos fantásticos– para renovar la narrativa. Borges se concentra en juegos filosóficos con las percepciones del tiempo y espacio, haciendo uso de elementos como el sueño, los dobles, los viajes por la historia. Sus cuentos producen la imagen de un laberinto donde el hombre se ha perdido y que todos sus sistemas de conocimiento (la historia, las matemáticas, la filosofía) se ven como inseguros o falsificados. Silvina Ocampo, a su vez, ofrece ejemplos originales de fantasmas, monstruos, poderes mágicos como la adivinación del futuro, y la metamorfosis. En contraste con Borges, sus cuentos se sitúan en un mundo reconocible, aún realista, de las casas y calles de la ciudad de Buenos Aires. Casi siempre los elementos fantásticos se insinúan con gran ambigüedad, dejando más de una interpretación del cuento. Por ejemplo, en «El vestido de terciopelo» uno puede imaginar que el vestido del título tenga poderes mágicos, o que la pequeña narradora los tenga, o simplemente que el calor del día y el peso del vestido maten a la señora insensible y antipática.

Los recursos tradicionales del efecto fantástico en los cuentos de Ocampo casi siempre implican un escape, por bien o por mal, de las reglas del comportamiento femenino. La metamorfosis, por ejemplo, permite evadir una situación social demasiado rígida. «Isis», «Malva», «Keif», y «El automóvil» son ejemplos de personajes femeninos que se transforman, y por lo tanto se escapan, no sólo de su situación particular sino de las restricciones del lenguaje mismo, transformándose en seres sin palabras, animales o cosas. La figura del doble implica una sexualidad transgresiva («El mar», «La continuación». «El rival»); el poder de adivinar el futuro resulta ser un «don desdichado» que produce tragedias en «Autobiografía de Irene», «La sibila», y «El diario de Porfiria Bernal», entre otros. Silvina Ocampo imagina fantasmas originales, monstruos que no producen horror generalmente: un perfume en «El fantasma», una modista simpática en «Clotilde Ifrán». Los objetos que pueblan sus cuentos, sean mágicos o no, tienen un poder inesperado; por ejemplo, el traje de baño para la mujer de «El mar», la foto para la madre de «El cuaderno», la pluma en «La pluma mágica», los vestidos de «Las vestiduras peligrosas». Como en el mundo infantil, los cuentos de Ocampo resisten una diferencia segura entre animado e inanimado, animal y humano, locura o poder mágico.

### La nena terrible y otros personajes

La característica más comentada de las narrativas de Silvina Ocampo son sus narradoras y personajes femeninos, especialmente las niñas como Winifred de «La furia», Porfiria de «El diario de Porfiria Bernal» y La Muñeca de «El pecado mortal». Tanto las malvadas (Winifred y Porfiria) como las víctimas (Muñeca o la narradora de «Clavel», por ejemplo) se ven como fuerzas opositoras a la de sus padres. Blas Matamoro pone énfasis en esta figura con el título a su análisis de los cuentos de Ocampo, «La nena terrible». La frase se refiere en primera instancia a la autora misma, subrayando su estatus como figura rebelde dentro de su ámbito intelectual. Matamoro critica a todos los otros autores incluidos en capítulos dedicados a Victoria Ocampo, Jorge Luis Borges, Adolfo Bioy Casares, Eduardo Mallea y Manuel Mujica Láinez. Su trato favorable de Silvina Ocampo, la única en recibir una aprobación parcial de parte de este crítico, se debe a la rebelión contra las fuerzas de opresión social que él lee en su obra: en los cuentos de Silvina Ocampo, los sirvientes, los niños y hasta los animales y objetos se ven como aliados en contra de las fuerzas normativas.[5] Ocampo ofrece una voz al silencio literario generalizado de los niños, y rompe la imagen de la niña, en particular, como angelito inocente. El deseo, la inteligencia, los poderes de observación de las niñas que pueblan sus cuentos chocan con la representación tradicional. En «El vestido de terciopelo», por ejemplo, la mayoría de los lectores recuerda a la pequeña narradora como malvada aunque no hace nada más que observar la acción del cuento. El hecho de repetir la frase «¡Qué risa!» la señala como mal intencionada, pero lo que realmente sorprende es la comprensión de parte de una niña de sólo ocho años de las tensiones de clase visibles por medio de su narración. Su misma comprensión parece una amenaza. Por lo tanto, en otro ejemplo, simplemente expresar un deseo malvado hace de Porfiria («El diario de Porfiria Bernal») una niña mala; y, más terrible de todo, saber del mal se convierte a La Muñeca –para muchos de los lectores de «El pecado mortal»– en mala. Algunas de estas nenas terribles triunfan en su rebelión contra lo convencional: la pequeña adivina de «La sibila», por ejemplo, y la niñita de «Keif». Pero la mayoría sufre, mayormente en silencio, crisis de culpabilidad por sus acciones o solamente por sus pensamientos o deseos secretos, su pena revelada solamente a los lectores: Amalia de «La hija del toro», la narradora de «La boda», y por supuesto la pequeña Muñeca de «El pecado mortal», se culpan de crímenes por los cuales no se perdonan.

El punto de vista infantil en Ocampo no es una cuestión solamente de edad, sino de perspectiva; todo se ve desde abajo (Astutti 178). Los niños, los sirvientes, y también los locos desorientan la aproximación «normal» a la realidad. Son estos grupos margi-

---

5    Mi libro (*Fantasies,* 1999) ofrece un comentario extenso del análisis de Matamoro, empezando con un acuerdo con su argumento principal sobre la identificación que leemos en Ocampo con los marginados sociales (mujeres, niños, sirvientes y otros pobres). Concluyo, sin embargo, con una distinción entre sus «padres» y «nenes terribles», insistiendo en notar las diferencias de género en cada categoría: los padres no son iguales a las madres, ni los nenes a las nenas. Este tipo de análisis feminista no ha sido muy común entre los críticos argentinos, pero en la bibliografía deben consultar los artículos de Clark, Corbacho, Duncan, Podlubne y Zullo.

nalizados que narran con todo candor la sexualidad perversa de algunos cuentos («El pecado mortal», «El incesto», «El diario de Porfiria Bernal», «Las vestiduras peligrosas», «Clavel», «Albino Orma», «Pier»). Como la crueldad o la violencia, la sexualidad en estos cuentos parece ser otra categoría sin moralidad, sin juicio, como una parte inevitable de la vida. Se asocia con las niñas porque casi siempre Ocampo narra sus cuentos de personajes masculinos, niños y hombres adultos, en tercera persona, su violencia como su sexualidad vistas con naturalidad por los personajes (y los lectores) mientras que las niñas narran sus propias historias. Por lo tanto se descubre no solamente la inteligencia y comprensión de las pequeñas nenas terribles sino, casi accidentalmente, su sexualidad.

La niña pequeña no es el único tipo de personaje femenino de Ocampo, por supuesto. La madre tiene, casi necesariamente, un papel importante en sus cuentos, y muchas veces como se sugiere arriba, es una figura negativa. Sin embargo, las madres se presentan como otras víctimas más de un sistema patriarcal, dominadas por maridos ausentes y la necesidad de mantener las apariencias. Las madres burguesas son culpables de negligencia en la mayoría de los casos («Voz en el teléfono», «Las invitadas», «El pecado mortal», «Clotilde Ifrán»). Sus hijos, entonces, buscan un sustituto de la madre en los sirvientes de la casa, con buenas («La sibila») o malas consecuencias. Los relatos en que la madre pasa de negligente a abiertamente hostil son unos de los cuentos más chocantes de Ocampo. En el primero de este volumen, «El retrato mal hecho», se presenta a la madre como cómplice en la muerte de uno de sus hijos, y la simpatía (o la neutralidad) expresada por la narración omnisciente parece añadir al horror al final. «La continuación» puede leerse como el intento de sobreponerse a las distracciones de la vida en familia de parte de una escritora; si entendemos que el personaje Hernán es su hijo entonces la crueldad con que lo trata es también especialmente horrible. Las madres, por supuesto, son a veces víctimas en estos cuentos («Voz en el teléfono», «Rhadamanthos») por lo tanto el mundo de Ocampo presenta una visión de extrema violencia en la vida familiar.

Si la familia es un núcleo de rebelión y violencia para Ocampo, el amor romántico similarmente sufre una crítica aplastante de parte de la autora. Ocampo cree que el deseo en la mujer es igual que en el hombre: de niños experimentan la misma curiosidad; de adultos hombres y mujeres pueden ser manipuladores, celosos, apasionados, traicioneros. Los celos son un elemento universal en el ámbito del deseo y los triángulos amorosos son un tema repetido en estos cuentos. Muchas veces los celos parecen servir una función necesaria en la relación principal, una posibilidad que la autora explora sin diferencias de género: «El fantasma» y «El rival» presentan el amor como una competición entre dos rivales, en el primero entre mujeres y en el segundo entre hombres. Si hombres y mujeres experimentan las mismas emociones, el cuerpo femenino sin embargo es una barrera o estorbo que no tiene paralelo en el cuerpo masculino. En «La cara en la palma» y «El automóvil» el personaje femenino contempla los parámetros del amor romántico a base de una corporalidad explícita: en el primero la narradora tendrá que amputar parte de su cuerpo para estar con su amado; en el segundo, la mujer parece huir de un amante demasiado apremiante por medio de una transformación mágica. Un peligro para la mujer, que no parece correr el hombre, es amar tanto que desaparece en la emoción. El cuento más comentado sobre su tratamiento del amor tradicional es «Amada en el amado», el cual Noemí Ulla considera el mejor ejemplo de una redefinición de la convención del amor cortés que Ocampo desarrolla a través de sus cuentos y su poesía (*Invenciones* 79–88). Aquí la mujer del cuento es transformada en el amado, en una parodia secular del famoso poema de San Juan de la Cruz.[6]

Los niños y hombres figuran como personajes y narradores en la mitad de los cuentos de Silvina Ocampo. Los niños, como

---

6    En el poema de San Juan, «Noche oscura del alma», los dos seres unidos en el amor son el alma y Dios.

en «La soga», se describen como violentos pero con más indulgencia con que se presenta la violencia de las niñas. Los hombres adultos pueden ser víctimas («La sibila», «La hija del toro») tanto como victimarios («El pecado mortal», «Atinganos»). En algunos cuentos es difícil o imposible identificar el género del narrador. «La continuación» y «La pluma mágica» cuidadosamente evitan señales de género, y en los dos la amistad y el proceso creativo son preocupaciones más obsesivas que el amor. Estos elementos de la vida humana, la amistad y la creatividad, no se expresan necesariamente por medio del género sino por una fuerza andrógina. La cuestión de género en estos relatos se examina constantemente y en contextos diversos.

## La ambigüedad

Muchos estudios sobre las obras de Silvina Ocampo hablan de la ambigüedad. La autora deja tantos elementos abiertos a varias posibilidades que a veces es difícil decir con certeza qué pasa en ciertos cuentos. La voz narrativa, en particular, se sale de las reglas establecidas. Hay, por ejemplo, trozos de diálogo en que es imposible identificar quién habla; los narradores de tercera persona de repente utilizan verbos de primera; o, al contrario, el narrador de primera persona puede aparecer como un personaje y de repente narrar algo que lógicamente ese personaje no hubiera podido testimoniar («Las esclavas de las criadas»). Muchas narraciones se estructuran como una cadena de episodios sin relación explícita entre ellos, dejando al lector la tarea de rellenar los huecos con su propia imaginación («El mar»). En algunos casos, como «El pecado mortal», la dificultad en descifrar los elementos básicos del argumento recae en la falta de comprensión de la voz narrativa, de una niña de seis años. En éste y en otros casos la reacción del narrador o de los personajes principales es tan excéntrica que el lector duda del significado de las palabras.

El humor negro es un elemento desconcertante de estos relatos que a su vez produce la ambigüedad. Reírse de un evento trágico produce una sensación incómoda en los lectores, como en el caso de «Las fotografías», pero también produce una multiplicidad de interpretaciones. El personaje Artemia («Las vestiduras peligrosas») expresa una serie de reacciones enigmáticas, aparentemente inadecuadas a las situaciones, que han suscitado perplejidad en sus lectores. Este «escándalo» de las convenciones de la narración realista, especialmente del punto de vista, ayudan a producir la misma duda en el lector que se asocia con lo fantástico.

El elemento estructural que mejor produce la ambigüedad es el uso de varios manuscritos y documentos, como diarios y cartas. Construir la ficción como documento implica una interioridad de la narración en que la voz de primera persona se dirige obviamente a alguien —el lector de la carta—que no sea el lector del cuento. Esta estrategia destaca la inestabilidad de la versión y la posibilidad de dejar abierta la consecuencia de lo narrado. El hecho de que el lector del cuento no sea igual al lector de la carta permite que la carta se rompa, que desaparezca, o que llegue a su destinatario pero dejando al escritor (la escritora) de la carta la posibilidad de operar otro destino. Por ejemplo, en «La continuación», la narradora (¿el narrador?) concluye su carta con la clara intención de suicidarse, pero el hecho de concluir el cuento con el fin de la carta deja la posibilidad de que cambie de intención. Similarmente, Miss Fielding de «El diario de Porfiria Bernal» manda su carta y el diario de Porfiria a un destinatario fuera del plano del cuento; los últimos eventos fantásticos del cuento ocurren, entonces, en un futuro también fuera del plano ficcional. Como lectores, observamos que Miss Fielding se ha convencido de los poderes extraordinarios de Porfiria, pero no tenemos otra confirmación textual de ellos, permitiendo una variedad de conclusiones posibles y obligando nuestra participación en el acto creativo.

## EL HUMOR

El humor de los cuentos se basa en su perspectiva infiel, el uso del lenguaje popular, y las reacciones inesperadas a ciertas situaciones. Los niños de los cuentos expresan una interpretación literal de muchas palabras. Por ejemplo, en el diálogo entre el ladrón y la niña en «La sibila» ella comprende la palabra «el señor» como alusión a Dios mientras que el lector seguramente la interpreta como «el hombre». Las reacciones de indiferencia o de risa a situaciones trágicas producen un humor incómodo en «Las fotografías», por ejemplo; y en el mismo cuento la frase popular, «Como para no estar muerta con este día», se refiere al calor y no a la muerte de una joven. Este humor negro es un elemento de lo grotesco que, como el elemento fantástico, produce un desafío a las normas de la narrativa realista. El uso del lenguaje popular incluye el voseo argentino, algo que empieza a verse en las obras de Silvina Ocampo empezando con los cuentos de *La furia*.[7] El lenguaje coloquial se manifiesta en «Voz en el teléfono» donde aparece el voseo y muchas frases y palabras específicas del entorno porteño como «pibe», y «macana». Estas palabras acá se emplean con clara intención cómica y en evidente contraste con los eventos trágicos de la narración.

## LA CRÍTICA SOCIAL/FEMINISTA

La centralidad de lo femenino en la obra de Ocampo, como ya hemos visto en su enfoque en personajes femeninos, también se extiende al lenguaje y los espacios. La experiencia femenina, apartada del mundo masculino, se desarrolla en el lenguaje específico de las tareas identificadas con el papel tradicional femenino. Por ejemplo, el lenguaje sumamente femenino se establece en el primer cuento con la imitación de las revistas de modas. El voca-

---

7   El voseo es usado comúnmente hoy en día, una de las características del habla rioplatense que hasta relativamente reciente se consideraba sólo como parte del dialecto hablado y no apropiado a la literatura. Generalmente se basa en las formas de «vosotros», pero su uso es distinto. Se utiliza en lugar del «tú» con formas verbales del presente y del imperativo distintos. Silvina Ocampo es uno de los primeros escritores de utilizar el voseo en obras literarias.

bulario específico en este caso se desarrolla con la lista de puntos del bordado y los colores sutiles. En otros cuentos la costura, la cocina, la peluquería o el salón de visitas ofrece a la autora la posibilidad de explorar unos entornos pocas veces mencionados en obras escritas por los hombres de su época. El vocabulario apropiado de estos lugares se combina con otro aspecto del lenguaje femenino, el uso del silencio: en «El cuaderno» Ermelina no responde en un momento y dice, «El silencio era mi modo de responder»; la niña narradora de «El vestido de terciopelo» responde que «sí» a una pregunta de la señora cuando en realidad piensa exactamente lo contrario. El vocabulario concreto, el silencio como resistencia y la ambivalencia son características identificadas con la experiencia femenina de la época que todavía observamos entre ciertos grupos de mujeres hoy en día.

El contraste entre el realismo de los mundos evocados y la crueldad, violencia y humor negro que conviven en ellos ha producido dificultades para sus lectores, especialmente para las que asumen un enfoque feminista. En contraste con su hermana, Victoria, quien se identificó directamente como feminista, Silvina evitó esa categorización. Mientras Victoria quiso escribir con una voz «real y ejemplar», Silvina diría que «la verdad y espontaneidad quedan ligadas a la falta de ejemplaridad» (Astutti 170). Para decirlo de otra forma, la ideología realista propone no solamente una descripción del mundo tal como es sino cómo, inevitablemente, debe ser. El feminismo literario no se limita a la creación de personajes positivos; al contrario, crear personajes excéntricos o situaciones fantásticas nos hace (re)considerar nuestras ideas heredadas de lo correcto, lo probable, y lo posible. En este sentido Silvina Ocampo nos induce a reimaginar las posibilidades de la vida femenina, la definición del amor y del mal, la naturaleza de la familia, la gente que nos rodea, los animales y hasta los objetos.

Las obras de Silvina Ocampo han sido un placer secreto entre los literatos desde su primera publicación. Varias escritoras argentinas han expresado su admiración por ella y la admiten como una influencia importante: Alejandra Pizarnik, Sylvia Molloy, Griselda Gambaro, Elvira Orfeé, y Luisa Valenzuela todas elaboran una sexualidad abierta en sus obras y una preocupación con la violencia. El artículo de Rosario Castellanos indica que su influencia pasa de las fronteras de la Argentina, y yo, al menos, veo su influencia en Armonía Somers (Uruguay), Elena Garro (México), Clarice Lispector (Brasil) y Diamela Eltit (Chile) para mencionar las más obvias. Silvina Ocampo debe ser más ampliamente comprendida como una voz esencial a la trayectoria literaria de Hispanoamérica del siglo veinte. Después de leerla no es posible volver al equilibrio anterior en que la «realidad» y la «fantasía» sean dos mundos distintos: como en el caso de su amigo Borges, la reimaginación de nuestro mundo que sus cuentos imponen produce un cambio permanente.

# Obras Citadas y Bibliografía Selecta

Astutti, Adriana. *Andares clancos: Fábulas del menor en Osvaldo Lamborghini, J.C. Onetti, Rubén Darío, J.L. Borges, Silvina Ocampo, y Manuel Puig*. Rosario, Argentina: Beatriz Viterbo, 2001.

Bianco, José. *Las ratas*. Buenos Aires: Editorial Sur, 1943.

_____. ed. *El pecado mortal*. Buenos Aires: Eudeba, 1966.

Bioy Casares, Adolfo. *La invención de Morel*. Buenos Aires: Losada, 1940.

Borges, Jorge Luis. *Ficciones*. Buenos Aires: Emecé, 1956.

Castellanos, Rosario. «Silvina Ocampo y el más acá». *Mujer que sabe latín*. México: SepSetentas, 1973. 149-64.

Chacel, Rosa. Reseña de *Los que aman odian* por Silvina Ocampo y Adolfo Bioy Casares. *Sur* 143 (1946): 75-81.

Clark, María B. «Feminization as an Experience of Limits: Shifting Gender Roles in the Fantastic Narrative of Silvina Ocampo and Cristina Peri Rossi». *Inti: Revista de literatura hispánica* 40-41 (1994–95): 249-68.

Corbacho, Belinda. «El personaje femenino y su identificación con el espacio en la narrativa de Silvina Ocampo: análisis de 'La escalera' y de 'El sótano.'» En Ulla, ed. *Silvina Ocampo: una escritora oculta*. 17-31.

Cozarinsky, Edgardo, ed. *Informe del cielo y del infierno*. Caracas: Monte Avila, 1970.

Duncan, Cynthia. «An Eye for an 'I': Women Writers and the Fanastic as a Challenge to Patriarchal Authority». *Inti: Revista de literatura hispánica* 40-41 (1994-95): 233-46.

Espinosa Vera, Marcia. *La poética de lo incierto en los cuentos de Silvina Ocampo*. Madrid: Pliegos, 2003.

Ezquerro, Milagros. «Barba Azul en el jardín de invierno». *Cuadernos Hispanoamericanos* 622 (2002): 39-48.

Francomano, Emily. «Escaping by a Hair: Silvina Ocampo Rereads, Rewrites, and Re-Members 'Porphyria's Lover.'»*Letras Femeninas* 25. 1-2: (1999): 65-77.

Gonález Lanuza, Eduardo. Reseña de *Antología de poética argentina* dirigida por Jorge Luis Borges, Adolfo Bioy Casares y Silvina Ocampo. *Sur* 89 (1942): 68-69.

Habra, Hedy. «Escisión y liberación en 'La casa de azúcar' de Silvina Ocampo». *Hispanófila* 145 (2005): 47-59.

Heker, Liliana. «Silvina Ocampo y Victoria Ocampo: la hermana pequeña y la hermana mayor». En *Mujeres argentinas: El lado femenino de nuestra historia*. María Esther de Miguel, Ed. Buenos Aires: Alfaguara, 1998: 191-233.

Iglesias, Jovita. *Los Bioy*. Buenos Aires: Tusquets, 2002.

King, John. *«Sur:»A Study of the Argentine Literary Journal and Its Role in the Development of a Culture, 1931-1970*. Cambridge: Cambridge University Press, 1986.

Klingenberg, Patricia N. «'Literatura como pintura:' Images, Narrative, and Autobiography in Silvina Ocampo». *Letras femeninas* 32.1 (2006): 251-76.

_____. «A Life in Letters: Notes Toward a Biography of Silvina Ocampo». *Hispanófila* 139 (2003): 111-132.

_____. *Fantasies of the Femenine: The Short Stories of Silvina Ocampo*. Lewisburg: Bucknell University Press, 1999.

Mackintosh, Fiona. *Childhood in the Works of Silvina Ocampo and Alejandra Pizarnik*. Woodbridge: Tamesis, 2003.

_____. «*El impostor*: From *cuento* to Filmscript». En *An Argentine Passion: María Luisa Bemberg and her Films,* ed. John King, Sheila Whitaker, Rosa Bosch. London: Verso, 2000: 193-215.

Mancini, Adriana. «Amo y esclavo: una relación eficaz: Silvina Ocampo y Jean Genet». *Cuadernos Hispanoamericanos* 575 (1998): 73-86.

_____. *Silvina Ocampo: Escalas de pasión*. Buenos Aires: Norma, 2003.

Martínez Estrada, Ezequiel. Reseña de *Espacios métricos* por Silvina Ocampo. *Sur* 137 (1946): 82-86.

Martínez de Richter, Marily. «Triángulo de tigres: Borges, Bioy Casares, Silvina Ocampo». En Ulla, ed. *Silvina Ocampo, una escritora oculta*: 61-85.

Matamoro, Blas. *Oligarquía y literatura*. Buenos Aires: Ediciones del Sol, 1975.

Molloy, Sylvia. «Silvina Ocampo: La exageración como lenguaje». *Sur* 320 (1969): 15-24.

_____. «La simplicidad inquietante en los relatos de Silvina Ocampo». *Lexis* 2.2 (1978): 241–51.

_____. «Sentido de ausencias». *Revista Iberoamericana* 51 (1985): 484-87.

Ocampo, Victoria. Reseña de *Viaje olvidado* por Silvina Ocampo. *Sur* 35 (1937): 118-21.

Ostrov, Andrea. «Vestidura/escritura/sepultura en la narrativa de Silvina Ocampo». *Hispamérica: Revista de Literatura* 25.74 (1996 ): 21-28.

Pizarnik, Alejandra. «Dominios ilícitos». Reseña de *El pecado mortal*, antología de cuentos por Silvina Ocampo, dirigido por José Bianco. *Sur* 311 (1968): 91-95.

Podlubne, Judith. «El recuerdo del cuento infantil,» *Cuadernos Hispanoamericanos* 622 (2002): 29-38.

_____. *Escritores de «Sur:» Los inicios literarios de José Bianco y Silvina Ocampo*. Rosario: Beatriz Viterbo, 2012.

_____. «*Sur* en los 60: Hacia una nueva sensibilidad crítica». *Badebec: Revista del Centro de Estudios de Teoría y Crítica Literaria* 1.2 (2012): 44-60.

Sánchez, Matilde, ed. *Las reglas del secreto*. Mexico: Fondo de Cultura Económica, 1991.

Speranza, Graciela. «La voz del otro: Bioy Casares y Silvina Ocampo». *Homenaje a Adolfo Bioy Casares*, ed. Alfonso de Toro y Susanna Reagzzoni. Madrid: Iberoamericana, 2002: 285-92.

Tomassini, Graciela. *El espejo de Cornelia: La obra cuentística de Silvina Ocampo*. Buenos Aires: Plus Ultra, 1995.

Ulla, Noemí. *Encuentros con Silvina Ocampo*. Segunda edición ampliada. Buenos Aires: Leviatán, 2003.

_____. *Invenciones a dos voces: Ficción y Poesía en Silvina Ocampo*. Buenos Aires: Ediciones del Valle, 2000.

_____. ed. *Silvina Ocampo: Una escritora oculta*. Hipótesis y Discusiones #18. Buenos Aires: Facultad de Filosofía y Letras de la Universidad de Buenos Aires, 1999.

Zullo-Ruiz, Fernanda, «The Spatial Organization of Rape in Silvina Ocampo's 'El pecado mortal,'» *Latin American Literary Review* 33.65 (2005): 88-108.

# Obras selectas de Silvina Ocampo en orden cronológico

*Viaje olvidado*. Buenos Aires: Sur, 1937.

*Antología de la literatura fantástica* con Jorge Luis Borges y Adolfo Bioy Casares. Buenos Aires: Sudamericana, 1940.

*Enumeración de la patria* (poesía). Buenos Aires: Sur, 1942.

*Espacios métricos* (poesía). Buenos Aires: Sur, 1945.

*Los que aman odian* (novela) con Adolfo Bioy Casares. Buenos Aires: Emecé, 1946.

*Autobiografía de Irene*. Buenos Aires: Sur, 1948.

*Los nombres* (poesía). Buenos Aires: Emecé, 1953.

*La furia y otros cuentos*. Buenos Aires: Sur, 1959.

*Las invitadas*. Buenos Aires: Losada, 1961.

*Lo amargo por dulce* (poesía). Buenos Aires: Emecé, 1962.

*Los días de la noche*. Buenos Aires: Sudamericana, 1971.

*Amarillo celeste* (poesía). Buenos Aires: Losada, 1972.

*Y así sucesivamente*. Barcelona: Tusquets, 1987.

*Cornelia frente al espejo*. Barcelona: Tusquets, 1988.

*Las repeticiones y otros relatos inéditos* (póstumos). Buenos Aires: Sudamericana, 2006.

SILVINA OCAMPO

# El retrato mal hecho

A los chicos les debía de gustar sentarse sobre las amplias faldas de Eponina porque tenía vestidos como sillones de brazos redondos. Pero Eponina, encerrada en las aguas negras de su vestido de *moiré*,[1] era lejana y misteriosa; una mitad del rostro se le había borrado pero conservaba movimientos sobrios de estatua en miniatura. Raras veces los chicos se le habían sentado sobre las faldas, por culpa de la desaparición de las rodillas y de los brazos que con frecuencia involuntaria dejaba caer.

Detestaba los chicos, había detestado a sus hijos uno por uno a medida que iban naciendo, como ladrones de su adolescencia que nadie lleva presos, a no ser los brazos que los hacen dormir. Los brazos de Ana, la sirvienta, eran como cunas para sus hijos traviesos.

La vida era un larguísimo cansancio de descansar demasiado; la vida era muchas señoras que conversan sin oírse en las salas de las casas donde de tarde en tarde se espera una fiesta como un alivio. Y así, a fuerza de vivir en postura de retrato mal hecho, la impaciencia de Eponina se volvió paciente y comprimida, e idéntica a las rosas de papel que crecen debajo de los fanales. [2]

La mucama[3] la distraía con sus cantos por la mañana cuando arreglaba los dormitorios. Ana tenía los ojos estirados y dormidos sobre un cuerpo muy despierto, y mantenía una inmovilidad extática de rueditas dentro de su actividad. Era incansablemente la primera que se levantaba y la última que se acostaba. Era ella quien repartía por toda la casa los desayunos y la ropa limpia, la que distribuía las compotas, la que hacía y deshacía las camas, la que servía la mesa.

---

1    *Moiré* es un tratamiento a géneros como la seda que produce diseños similares a olas, por lo tanto en inglés se llama «watered silk».

2    *Fanal*: campana de cristal usada para exhibir pequeños objetos de valor.

3    *Mucama*: sirvienta doméstica, especialmente una dedicada a la limpieza.

Fue el 5 de abril de 1890, a la hora del almuerzo; los chicos jugaban en el fondo del jardín; Eponina leía en *La Moda Elegante:* «Se borda esta tira sobre pana de color bronce obscuro» o bien: «Traje de visita para señora joven, vestido verde mirto», o bien: «punto de cadeneta, punto de espiga, punto anudado, punto lanzado y pasado». Los chicos gritaban en el fondo del jardín. Eponina seguía leyendo: «Las hojas se hacen con seda color de aceituna» o bien: «los enrejados son de color de rosa y azules», o bien: «la flor grande es de color encarnado», o bien: «las venas y los tallos color albaricoque».⁴ Ana no llegaba para servir la mesa; toda la familia, compuesta de tías, maridos, primas en abundancia, la buscaban por todos los rincones de la casa. No quedaba más que el altillo por explorar. Eponina dejó el periódico sobre la mesa, no sabía lo que quería decir albaricoque: «Las venas y los tallos color albaricoque».⁵ Subió al altillo y empujó la puerta hasta que cayó el mueble que la atrancaba. Un vuelo de murciélagos ciegos envolvía el techo roto. Entre un amontonamiento de sillas desvencijadas y palanganas viejas, Ana estaba con la cintura suelta de náufraga, sentada sobre el baúl; su delantal, siempre limpio, ahora estaba manchado de sangre. Eponina le tomó la mano, la levantó. Ana, indicando el baúl, contestó al silencio: —Lo he matado.

Eponina abrió el baúl y vio a su hijo muerto, al que más había ambicionado subir sobre sus faldas: ahora estaba dormido sobre el pecho de uno de sus vestidos más viejos, en busca de su corazón.

La familia enmudecida de horror en el umbral de la puerta, se desgarraba con gritos intermitentes clamando por la policía. Habían oído todo, habían visto todo; los que no se desmayaban, estaban arrebatados de odio y de horror.

Eponina se abrazó largamente a Ana con un gesto inusitado de ternura. Los labios de Eponina se movían en una lenta ebullición: «Niño de cuatro años vestido de raso de algodón color encarnado. Esclavina cubierta de un plegado que figura como olas ribeteadas con un encaje blanco. Las venas y los tallos son de color marrón dorados, verde mirto o carmín».

---

4     Las frases entre comillas pretenden citar una revista de modas del siglo diecinueve con vocabulario técnico de los colores (verde mirto o de aceituna) y de la costura. Los «puntos» indican los nombres de diferentes estilos de bordar; las hojas y los enrejados mencionados forman el diseño floral de la descripción.

5     El albaricoque es una fruta (y también un color) mejor conocido en la región rioplatense como «damasco», por eso tal vez Eponina no comprende la palabra.

# El mar

Era en un barrio de pescadores cerca del puerto; el caserío de latas grises brillaba en la tarde, cuando una mujer con la mano puesta como una visera sobre sus ojos resguardándolos del sol, miraba lejos sobre la extensión vacía de la playa. La playa en aquel lugar se asemejaba al mar; era undosa y reflejaba con trasparencias de agua los cambios del cielo. Los tamariscos se encaminaban perpetuamente hacia el mar como lentas procesiones de bichos quemadores verdes.

La mujer mordía sus labios paspados. La playa, hasta donde llegaban sus ojos, estaba desierta. El cencerro de las vacas lecheras cruzaba el camino; era la vaca blanca la que llevaba el cencerro. La mujer dejó de morder sus labios; en el horizonte aparecieron dos diminutos puntos negros que aumentaban despacito; dos hombres venían caminando.

La mujer sabía quiénes eran esos hombres, sabía cómo estaban vestidos, sabía de memoria cuál era el botón descosido de la camisa de su hermano y el remiendo del pantalón de su marido; los veía venir desde muy lejos, el color de las bufandas flameaba detrás de ellos como banderitas en el viento. Después de inclinar la cabeza a un lado y a otro, dos o tres veces, como si ese movimiento atestiguara el regreso de los dos hombres, entró en la casa. Esa casa se diferenciaba de las otras porque tenía un jardincito muy pequeño, con canteros de flores rodeados de piedras y caracoles y un columpio colgado entre dos postes gruesos de madera.

Todos los chicos de las casas vecinas se columpiaban en ese jardín y por eso la llamaban «La Casa de las Hamacas».

La cocina estaba llena de humo, las paredes chorreaban negrura de carbón, pero todo estaba en perfecto orden como en un cuarto recién blanqueado, mientras la mujer cocinaba.

Por el camino de tierra venían acercándose los dos hombres; el más alto era de tez más obscura, con los ojos asimétricos, el otro tenía los ojos grises muy hundidos; a uno lo había obscurecido el sol, al otro lo había iluminado como a un campo de trigo. La puerta permanecía entreabierta; entraron derecho a la cocina; la mesa estaba puesta. Después de quitarse los abrigos se sentaron frente a la mesa; la mujer iba y venía, retiraba la olla del fuego, buscaba sal en los estantes, hasta que todo estuvo listo y trajo la fuente, la depositó sobre la mesa y se sentó entre los dos hombres. No hablaban, se oía solamente el ruido de los cubiertos contra los platos, ruido de mandíbulas y dientes en el silencio.

Después de un rato el hombre obscuro habló: hablaba de las lanchas pescadoras; nombres de pescados plateados relumbraban sobre la mesa. La mujer protestó: no traían nunca nada, ninguna brótola, ninguna corvina negra, todo lo vendían, y los pescados que sobraban los tiraban siempre al mar. El hombre rubio se reía: el pescado era comida para gatos; en cuanto a él, prefería morirse de hambre antes de probar un calamar o un langostín. El otro hombre escupió contra el suelo: a él le era lo mismo con tal de comer algo, lo mismo la perdiz que el pejerrey, la carne de vaca o el caballo. Sobrevino el silencio, abrieron la puerta y vieron que era una noche sin luna.

Después de lavar los platos, la mujer cansada se desvestía sentada sobre la cama, los hombres la miraban sin verla por la abertura de la puerta. Ella oía entre sueños las voces de los hombres que la llevaban por un camino larguísimo, al final del que se quedaba dormida, meciendo la cuna del hijo.

Los dos hombres seguían sentados en la cocina. Fue recién a la una de la noche cuando salieron de la casa; llevaban un revólver, un farol, y un manojo de llaves. Elegían un mes antes la casa adonde entraban a robar. Rondaban varios días por los barrios, viendo a qué horas apagaban las luces, cómo eran las cerraduras, trataban de amigarse con los perros, y pedían algunas veces permiso al jardinero para beber agua en las canillas. Y después, sigilosamente elegían la noche más obscura.

Los dos hombres se pusieron los abrigos; esa noche se internaban por los caminos de las lomas que se alejaban del mar. Había que caminar más de cincuenta cuadras; las casas estaban sin luz; no había ningún viento; los hombres caminaban despacio. Caminaban entre matorrales cortando camino; tardaron más de una hora en llegar, la maleza subía en grandes olas y se rompía a la altura de las rodillas; de vez en cuando encendían el farol. Cuando estuvieron a unos veinte metros, el perro empezó a ladrar; saltaron por encima de la reja; el perro seguía ladrando; se acercaron hasta que los reconoció y se quedó quieto, acurrucado, desperezándose y moviendo la cola. Era una casa grande. Revisaron las persianas que daban sobre el corredor: estaban todas cerradas. En las partes laterales no había corredores; los dos hombres iban deslizándose pegados contra el muro y vieron que una de las persianas estaba abierta, una pequeña luz brillaba a través de la cortina, la ventaba estaba también abierta de par en par. Se treparon despacio sobre un tanque de agua llovida por donde pudieron asomarse al cuarto. La luz estaba encendida. Frente a un espejo una mujer se probaba un traje de baño, se acercaba, se retiraba y se acercaba de nuevo al espejo como si ejecutara un baile misterioso. Se miraba de frente y de perfil. Uno de los dos hombres cerró los ojos.

La mujer se quitó el traje, tomó el camisón que estaba estirado sobre la cama y se lo puso, después dobló el traje de baño y lo dejó sobre la silla contra la ventana. Los dos hombres contenían sus respiraciones, no se movieron durante quizás media hora, hasta que la mujer se durmió.

Entonces uno de los hombres, agrandando el silencio, extendió el brazo y robó el traje de baño y una caja de cartón que estaba sobre la silla. Salieron corriendo; habían oído golpear una puerta. Caminaron largamente en las lomas, volvían desandando caminos defraudados por aquel robo en que no había intervenido la ganzúa ni el farol,[6] en que no habían penetrado en el comedor eligiendo la platería, con el revólver apuntando a las puertas. Los dos sentían el perfume que emanaba del traje de baño, iban arrancando las hojas de los cercos hasta que llegaron a la casa.

Entraron golpeando las puertas y vieron de pronto, por primera vez, a la mujer durmiendo en el cuarto vecino; un hombre desnudo se asomaba por encima de la sábana.

Se durmieron con el canto de los pájaros.

Al día siguiente, cuando volvió la mujer del tambo,[7] le mostraron el traje de baño y el vestido celeste que habían encontrado en la caja de cartón. La mujer levantó los brazos: ¡para eso habían salido a la una de la noche y no la habían dejado dormir tranquila! Examinó el género del vestido sacudiendo la cabeza: no alcanzaba ni para hacerle una bombacha al hijo; todavía el traje de baño era un poco más abrigado. Los hombres le contestaron que tenía que ponerse el traje, ya que se lo habían traído; la llevarían hasta la playa a bañarse; ellos se bañaban siempre los días de mucho calor. ¿Por qué no se bañaba ella también? La mujer sacudió de nuevo la cabeza: el mar no había sido nunca un placer sino más bien un aparato de tortura incansable. La vecina le aconsejaba bañarse; cuando tenía libres las mañanas iba a la playa vestida con un traje de seda, viejo y negro; se bañaba en la orilla y volvía cubierta de caracoles chiquitos, piedritas y algas enredadas entre los dedos de los pies. Decía que era bueno para los huesos.

Los hombres insistieron hasta que la mujer accedió creyendo que se habían vueltos locos. Salió vestida como estaba con un pañuelo sobre la cabeza; los hombres iban de cada lado, caminando apuradamente. La mañana estaba muy quieta, era domingo. Llegaron a la playa, la mujer tras una larga consideración se desvistió junto al bote. A esos hombres que nunca la llevaban con ellos, que nunca se ocupaban de ella sino para pedirle comida o alguna otra cosa, ¿qué era lo que les pasaba?

La mujer se olvidó de la vergüenza del traje de baño y el miedo

---

6    *Ganzúa*: alambre doblado con que se puede abrir las cerraduras sin el uso de la llave.

7    *Tambo*: establecimiento rural donde se ordeñan las vacas.

de las olas: una irresistible alegría la llevaba hacia al mar. Se humedeció primero los pies despacito, los hombres le tendieron la mano para que no se cayera. A esa mujer tan fuerte le crecían piernas de algodón en el agua; la miraron asombrados. Esa mujer que nunca se había puesto un traje de baño se asemejaba bastante a la bañista del espejo. Sintió el mar por primera vez sobre sus pechos, saltaba sobre esa agua que de lejos la había atormentado con sus olas grandes, con sus olas chicas, con su mar de fondo, saltando las escolleras, haciendo naufragar barcos; sentía que ya nunca tendría miedo, ya que no le tenía miedo al mar.

Cuando regresaron, el llanto del chico los esperaba desde lejos; la mujer lo acunó en sus brazos. Los hombres no se movieron de la casa ese día. Discusiones oblicuas se establecían entre ellos; un odio obscuro empezó a envolverlos; subía, subía como la marea alta. Vivieron en una madeja intrincada de ademanes, palabras, silencios desconocidos.

Mucho tiempo después se creyó que el demonio se había apoderado de La Casa de las Hamacas. Las hamacas se columpiaban solas. Una noche los vecinos oyeron gritos y golpes y luego, después de un silencio bastante largo, creyeron ver la sombra de una mujer que corría con un niño en los brazos y un atado de ropa. No se supo nada más. Al día siguiente, como de costumbre, al alba salieron los dos hombres con la red de pescar. Caminaron uno detrás del otro, uno detrás del otro, sin hablarse.

# Autobiografía de Irene

Ni a las iluminaciones del veinticinco de Mayo,[8] en Buenos Aires, con bombitas de luz en las fuentes y en los escudos, ni a las liquidaciones de las grandes tiendas con serpentinas verdes,[9] ni al día de mi cumpleaños, ansié llegar con tanto fervor como a este momento de dicha sobrenatural.

Desde mi infancia fui pálida como ahora, «tal vez un poco anémica», decía el médico, «pero sana, como todos los Andrade». Varias veces imaginé mi muerte en los espejos, con una rosa de papel en la mano. Hoy tengo esa rosa en la mano (estaba en un florero, junto a mi cama). Una rosa, un vano adorno con olor a trapo y con un nombre escrito en uno de sus pétalos. No necesito aspirarla, ni mirarla: sé que es la misma. Hoy estoy muriéndome con el mismo rostro que veía en los espejos de mi infancia. (Apenas he cambiado. Acumulaciones de cansancios, de llantos y de risas han madurado, formado y deformado mi rostro.) Toda morada nueva me parecerá antigua y recordada.

La improbable persona que lea estas páginas se preguntará para quién narro esta historia. Tal vez el temor de no morir me obligue a hacerlo. Tal vez sea para mí que la escribo: para volver a leerla, si por alguna maldición siguiera viviendo. Necesito un testimonio. Me aflige sólo el temor de no morir. En realidad pienso que lo único triste que hay en la muerte, en la idea de la muerte, es saber que no podrá ser recordada por la persona que ha muerto, sino, únicamente, y tristemente, por los que la vieron morir.

Me llamo Irene Andrade. En esta casa amarilla, con balcones de fierro negro, con hojas de bronce, brillantes, como de oro, a

---

8    El 25 de mayo de 1810 es la fecha en que se celebra el comienzo de la lucha de la independencia la República Argentina.

9    *Serpentinas*: tira de papel arrollada que en días de carnaval u otras fiestas y diversiones (como las liquidaciones mencionadas aquí) se arrojan unas personas a otras, teniéndola sujeta por un extremo.

seis cuadras de la iglesia y de la plaza de Las Flores, nací hace veinticinco años. Soy la mayor de cuatro hermanos turbulentos, de cuyos juegos participé en la infancia, con pasión. Mi abuelo materno era francés y murió en un naufragio que abrumó y oscureció de misterio sus ojos en un retrato al óleo, venerado por las visitas en las penumbras de la sala. Mi abuela materna nació en este mismo pueblo, unas horas después del incendio de la primera iglesia. Su madre, mi bisabuela, le había contado todos los pormenores del incendio que había apresurado su nacimiento. Ella nos trasmitió esos relatos. Nadie conoció mejor aquel incendio, su propio nacimiento, la plaza sembrada de alfalfa, la muerte de Serapio Rosas, la ejecución de dos reos en 1860, cerca del atrio de la iglesia antigua.[10] Conozco a mis abuelos paternos por dos fotografías amarillentas, envueltas en una especie de bruma respetuosa. Más que esposos, parecían hermanos, más que hermanos, mellizos: tenían los mismos labios finos, el mismo cabello crespo, las mismas manos ajenas, abandonadas sobre las faldas, la misma docilidad afectuosa. Mi padre, venerando la enseñanza que había recibido de ellos, cultivaba plantas: era suave con ellas como con sus hijos, les daba remedios y agua, las cubría con lonas en las noches frías, les daba nombres angelicales, y luego, «cuando eran grandes», las vendía con pesar. Acariciaba las hojas como si fueran cabelleras de niño; creo que en sus últimos años les hablaba; por lo menos fue la impresión que tuve. Todo esto irritaba secretamente a mi madre; nunca me lo dijo, pero en el tono de su voz, cuando le oía decir a sus amigas «¡Ahí está Leonardo con sus plantas! ¡Las quiere más que a sus hijos!», yo adivinaba una impaciencia permanente y muda, una impaciencia de mujer celosa. Mi padre era un hombre de mediana estatura, de facciones hermosas y regulares, de tez morena y pelo castaño, de barba casi rubia. De él, sin duda, habré heredado la seriedad, la flexibilidad admirada de mi pelo, la bondad natural del corazón y la paciencia —esa paciencia que parecía casi un de-

---

10    Serapio Rosas aparece como uno de los que firman un documento producido por la Sociedad Rural Argentina en 1871, el cual expresa cooperación con la campaña de conquista de los indígenas del interior. Esta campaña fue encabezada por el general Julio Argentino Roca y concluida entre 1878-79. El año 1860 coincide con los conflictos entre La Provincia de Buenos Aires con su gobernador Bartolomé Mitre y la Confederación encabezada por Justo José de Urquiza, pero los reos particulares mencionados aquí no los he podido identificar.

fecto, una sordera o un vicio. Mi madre, en su juventud, fue bordadora: esa vida sedentaria dejó en ella un fondo como de agua estancada, algo turbio y a la vez tranquilo. Nadie se hamacaba con tanta elegancia en la mecedora, nadie manejaba los géneros con tanto fervor. Ahora, tendrá ya esa afectación perfecta que da la vejez. Yo sólo veo en ella su maternal blancura, la severidad de sus ademanes y la voz: hay voces que se ven y que siguen revelando la expresión de un rostro cuando éste ha perdido su belleza. Gracias a esa voz puedo averiguar todavía si son azules sus ojos o si es alta su frente. De ella habré heredado la blancura de mi tez, la afición a la lectura o a las labores[11] y cierta timidez orgullosa y antipática para aquellos que, aún siendo tímidos, pueden ser o parecer modestos.

Sin alarde puedo decir que hasta los quince años, por lo menos, fui la preferida de la casa por la prioridad de mis años y por ser mujer: circunstancias que no seducen a la mayor parte de los padres, que aman a los varones y a los menores.

Entre los recuerdos más vívidos de mi infancia mencionaré: un perro lanudo, blanco, llamado Jazmín; una virgen de diez centímetros de altura; el retrato al óleo de mi abuelo materno, que ya he mencionado; y una enredadera con flores en forma de campanas, de color anaranjado, llamada Bignonia o Clarín de Guerra.

Vi al perro blanco en una especie de sueño y luego, con insistencia, en la vigilia. Con una soga lo ataba a las sillas, le daba agua y comida, lo acariciaba y lo castigaba, lo hacía ladrar y morder. Esta constancia que tuve con un perro imaginario, desdeñando otros juguetes modestos pero reales, alegró a mis padres. Recuerdo que me señalaban con orgullo, diciéndoles a las visitas: «Vean cómo sabe entretenerse con nada». Con frecuencia me preguntaban por el perro, me pedían que lo trajera a la sala o al comedor, a la hora de las comidas; yo obedecía con entusiasmo. Ellos fingían ver el perro que sólo yo veía; lo alababan o lo mortificaban, para alegrarme o afligirme.

---

11    *Labor*: en este contexto se refiere a las obras de coser, bordar o tejer, muy comunes entre las mujeres de todas las clases; entre las mujeres de clase alta sus obras son mayormente de adorno.

El día en que mis padres recibieron del Neuquén un perro lanudo, blanco, enviado por mi tío, nadie dudó que el perro se llamara Jazmín y que mi tío hubiera sido cómplice de mis juegos. Sin embargo mi tío estaba ausente desde hacía más de cinco años. Yo no le escribía (apenas sabía escribir). «Tu tío es adivino», recuerdo que me dijeron mis padres en el momento de mostrarme el perro: «¡Aquí está Jazmín!» Jazmín me reconoció sin asombro; lo besé.

Como un triángulo celeste, con ribetes de oro, la virgen fue formándose, adquiriendo volumen en las distancias de un cielo de junio.[12] Hacía frío aquel año y los vidrios estaban empañados. Con mi pañuelo limpiaba, abría pequeños rectángulos en los vidrios de las ventanas. En uno de esos rectángulos el sol iluminó un manto y una cara colorada, diminuta y redonda, informe, que al principio me pareció sacrílega. La belleza y la santidad eran dos virtudes, para mí, inseparables. Deploré que su rostro no fuera hermoso. Lloré muchas noches tratando de modificarlo. Recuerdo que esta aparición me impresionó más que la del perro, porque en esa época yo tenía alguna tendencia al misticismo. Las iglesias y los santos ejercían una fascinación sobre mi espíritu. Rezaba secretamente a la Virgen; le ofrendaba flores; en vasitos de licor, dulces que brillaban; espejitos; agua de Colonia. Encontré una caja de cartón apropiada para su tamaño; con cintas y cortinas la transformé en altar. Al principio, al verme rezar, mi madre sonreía con satisfacción; después, la vehemencia de mi fervor la inquietó. Oí que le decía a mi padre, una noche, junto a mi cama, creyendo que yo dormía: «¡No vaya a volverse una santa! ¡Pobrecita, ella que no molesta a nadie! ¡Ella que es tan buena!». También se inquietó al ver la caja vacía frente a un cúmulo de flores silvestres y de velitas, pensando que mi fervor era el comienzo de una profanación. Quiso regalarme un San Antonio y una Santa Rosa, reliquias que habían pertenecido a su madre. No las acepté; dije que mi virgen estaba toda vestida de celeste y de oro. Indicándole con mis manos el tamaño de la virgen, le expliqué tímidamente que su cara era

---

12    Relacionado a todos los cuentos de Ocampo los lectores del hemisferio del norte deben recordar que las estaciones están al revés en el hemisferio del sur: por eso aquí leemos la descripción del frío en el mes de junio, la temporada del comienzo del invierno.

roja y pequeña, tostada por el sol, sin dulzura, como la cara de una muñeca, pero expresiva como la de un ángel.

Ese mismo verano, en el bazar donde se surtía mi madre, en el escaparate, apareció la virgen: era la Virgen de Luján.[13] No dudé que mi madre la hubiera encargado para mí; tampoco me extrañó que hubiera acertado con exactitud en el tamaño y en el color de la virgen, en la forma de su rostro. Recuerdo que se quejó del precio, porque estaba averiada. La trajo envuelta en un papel de diario.

El retrato de mi abuelo, ese majestuoso adorno de la sala, cautivó mi atención a los nueve años. Detrás de un cortinado rojo, junto al cual se destacaba la efigie, descubrí un mundo aterrador y sombrío. Esos mundos agradan a veces a los niños. Grandes extensiones sonoras y oscuras, como de mármol verde, rotas, heladas, furiosas, altas, en partes como montañas, se estremecían. Junto a ese cuadro sentí frío y gusto a lágrimas en mis labios. En unos corredores de madera, mujeres con el pelo suelto, hombres afligidos, huían en actitudes inmóviles. Una mujer cubierta con una enorme capa, un señor de quien nunca vi el rostro, llevaban de la mano a un niño con un caballito de madera en los brazos. En alguna parte llovía; una alta bandera flameaba al viento. Ese paisaje sin árboles, tan parecido al que podía ver a la caída de la tarde, en las últimas calles de este pueblo –tan parecido y a la vez tan distinto–, me perturbaba. En el sillón, sola, frente al retrato, me desmayé un día de verano. Mi madre contaba que al despertarme pedí agua, con los ojos cerrados; gracias a esa agua que ella me dio, y con la cual refrescó mi frente, me salvé de una muerte inesperadamente prematura.

En el patio de nuestra casa, por primera vez a fines de una primavera, vi la enredadera con flores anaranjadas. Cuando mi madre se sentaba a tejer o a bordar, yo retiraba las ramas (que sólo yo veía) para que no le estorbaran. Yo amaba el color anaranjado de sus pétalos, el nombre bélico (pues tenía la virtud de confundirse con las páginas de historia que estudiaba entonces) y el

---

13    La *Virgen de Luján*, como la *Virgen de Guadalupe* en México, representa una manifestación milagrosa que origina en el Nuevo Mundo. En mi libro observo que la figura de la Virgen de Luján aparece como un *leitmotiv* en los cuentos de Ocampo, asociado con los niños, con el poder de adivinación, la locura, los dobles, y con lo argentino (ver *Fantasies of the Feminine* 191–200).

perfume tenue, como de lluvia, que se desprendía de sus hojas. Un día, mis hermanos, oyéndome pronunciar su nombre, comenzaron a hablar de San Martín y de los granaderos.[14] En interminables tardes, los ademanes que yo hacía para retirar las ramas del rostro de mi madre, para que no le molestaran, parecían dedicados a espantar esas moscas que se quedan agresivamente quietas en un lugar del espacio. Nadie previó la futura enredadera. Una inexplicable timidez me impidió hablar de ella, antes de su llegada.

Mi padre plantó la enredadera en el mismo lugar del patio en donde yo había previsto su forma opulenta y su color. En el mismo lugar en donde se sentaba mi madre (por alguna razón, debido al sol, tal vez, mi madre no pudo sentarse en otro rincón del patio; por alguna razón, la misma, tal vez, la planta no pudo colocarse en otra parte).

Yo era juiciosa y callada; no me alabo: estas virtudes subalternas originan a veces graves defectos. Por atonía o por vanidad, era más estudiosa que mis hermanos; ninguna lección me parecía nueva; me agradaba la quietud que permite el libro; me agradaba, sobre todo, el asombro que causaba mi extraordinaria facilidad para cualquier estudio. No todas mis amigas me querían, y mi compañera favorita era la soledad que me sonreía a la hora del recreo. Leía de noche, a la luz de una vela (mi madre me lo había prohibido porque era malo, no sólo para la vista, sino para la cabeza). Durante un tiempo estudié el piano. La maestra me llamaba «Irene la Afinada» y este sobrenombre, cuyo significado no entendí y que mis compañeras repitieron con ironía, me ofendió. Pensé que mi quietud, mi aparente melancolía, mi pálido rostro, habían inspirado el sobrenombre cruel: «La Finada».[15] Hacer bromas con la muerte me pareció poco serio para una maestra; y un día, llorando, porque ya conocía mi equivocación y mi injusticia, inventé una calumnia contra esa señorita

---

14 *José de San Martín*, el héroe de las guerras de independencia contra España, se encargó de una nueva rama de la caballería y con su título de Comandante del Escuadrón de Granaderos a Caballo organizó y entrenó las fuerzas que iban a liberar medio continente. Hoy los Granaderos sirven como guardia presidencial. La trepadora (enredadera) con «nombre bélico» se especifica arriba como «begonia» o «clarín de guerra».

15 *El finado/la finada*: término usado en la región rioplatense como eufemismo por muerto.

que había querido alabarme. Nadie me creyó, pero ella, en la soledad de la sala, tomándome de la mano, me dijo una tarde: «¡Cómo puede usted repetir cosas tan íntimas, tan desdichadas!» No era un reproche: era el comienzo de una amistad.

Hubiera podido ser feliz; lo fui hasta los quince años. La repentina muerte de mi padre determinó un cambio en mi vida. Mi infancia terminaba. Trataba de pintarme los labios y de usar tacos altos. En la estación los hombres me miraban, y tenía un pretendiente que me esperaba los domingos, a la salida de la iglesia. Era feliz, si es que existe la felicidad. Me complacía en ser grande, en ser hermosa, de una belleza que algunos de mis parientes reprobaban.

Era feliz, pero la repentina muerte de mi padre, como dije anteriormente, determinó un cambio en mi vida. Cuando murió yo tenía preparado, desde hacía tres meses, el vestido de luto, los crespones; ya había llorado por él, en actitudes nobles, reclinada sobre la baranda del balcón. Ya había escrito la fecha de su muerte en una estampa; ya había visitado el cementerio. Todo esto se agravó a causa de la indiferencia que demostré después del entierro. En verdad, después de su muerte no pude recordarlo un solo día. Mi madre, bondadosa como era, nunca me lo perdonó. Aun hoy me mira con esa misma mirada rencorosa que despertó en mí, por primera vez, el deseo de morir. Aun hoy, después de tantos años, no olvida el anticipado vestido de luto, la fecha y el nombre escritos en una estampa, la visita inopinada al cementerio, mi indiferencia por esa muerte en el seno de una familia numerosa y afligida. Algunas personas me miraban con desconfianza. No podía reprimir mis lágrimas al oír ciertas frases sarcásticas y amargas, generalmente acompañadas de una guiñada. (Sólo entonces el olvido me pareció una dicha). Se dijo que yo estaba poseída por el demonio; que había deseado la muerte de mi padre para usar un vestido de luto y un prendedor de azabache; que lo había envenenado para frecuentar sin restricciones los bailes y la estación. Me sentí culpable de haber desencadenado tanto odio a mi alrededor. Pasé largas noches de insomnio. Logré enfermarme pero no pude morir como lo había deseado.

No se me había ocurrido que yo tuviera un don sobrenatural, pero cuando los seres dejaron de ser milagrosos para mí, me sentí milagrosa para ellos. Ni Jazmín, ni la virgen (que se había roto con sus recuerdos) existían. Me esperaba el porvenir austero: se alejaba la infancia.

Me creí culpable de la muerte de mi padre. Lo había matado al imaginarlo muerto. Otras personas no tenían ese poder.

Culpable y desdichada, me sentí capaz de infinitas felicidades futuras, que únicamente yo podía inventar. Tenía proyectos para ser feliz: mis visiones debían ser agradables; debía ser cuidadosa con mis pensamientos, tratar de evitar las ideas tristes, inventar un mundo afortunado. Era responsable de todo lo que sucedía. Trataba de eludir las imágenes de las sequías, de las inundaciones, de la pobreza, de las enfermedades de la gente de mi casa y de mis conocidos.

Durante un tiempo ese método pareció eficaz. Muy pronto comprendí que mis propósitos eran tan vanos como pueriles. En la puerta de un almacén tuve que presenciar la pelea de dos hombres. No quise ver el cuchillo secreto, no quise ver la sangre. La lucha parecía un abrazo desesperado. Se me antojó que la agonía de uno de ellos y el terror anhelante del otro eran la final reconciliación. Sin poder borrar un instante la imagen atroz, tuve que presenciar la nítida muerte, la sangre que a los pocos días se mezcló con la tierra de la calle.

Traté de analizar el proceso, la forma en que se desarrollaban mis pensamientos. Mis previsiones eran involuntarias. No era difícil reconocerlas; se presentaban acompañadas de ciertos signos inconfundibles, siempre los mismos: una brisa leve, una brumosa cortina, una música que no puedo cantar, una puerta de madera labrada, una frialdad en las manos, una pequeña estatua de bronce en un remoto jardín. Era inútil que tratara de evitar estas imágenes: en las heladas regiones del porvenir la realidad es imperiosa.

Comprendí, entonces, que perder el don de recordar es una

de las mayores desdichas, pues los acontecimientos, que pueden ser infinitos en el recuerdo de los seres normales, son brevísimos y casi inexistentes para quien los prevé y solamente los vive. El que no conoce su destino inventa y enriquece su vida con la esperanza de un porvenir que no sobreviene nunca: ese destino imaginado, anterior al verdadero, en cierto modo existe y es tan necesario como el otro. Las mentiras que dijeron mis amigas me parecieron a veces más ciertas que las verdades. He visto expresiones de beatitud en personas que vivían de esperanzas defraudadas. Creo que esa falta esencial de recuerdos, en mi caso, no provenía de una falta de memoria: creo que mi pensamiento, ocupado en adivinar el futuro, tan lleno de imágenes, no podía demorarse en el pasado.

Asomada a los balcones, veía pasar con caras de hombres a los niños que iban al colegio. De ahí mi timidez ante los niños. Veía las futuras tardes con sus diálogos, sus nubes rosadas o lilas, sus nacimientos, sus terribles tormentas, las ambiciones, las crueldades ineludibles de los hombres con los hombres y con los animales.

Ahora comprendo hasta qué punto los acontecimientos alcanzaron a ser como últimos recuerdos para mí. Con cuánta desventaja reemplazaron los recuerdos. Por ejemplo: si yo no tuviera que morir, esta rosa en mi mano, este momento, no me dejarían recuerdos, los habría perdido para siempre entre un tumulto de visiones de un destino futuro.

Recatada en las sombras de los patios, en los zaguanes, en el atrio helado de la iglesia, reflexionaba con devoción. Trataba de apoderarme de los recuerdos de mis amigas, de mis hermanos, de mi madre (porque eran más extensos). Fue entonces que la visión conmovedora de una frente, luego, de unos ojos, luego, de un rostro, me acompañaron, me persiguieron, formaron mi anhelo. Muchos días, muchas noches, tardó ese rostro en formarse. Esto es verdad: tuve el deseo ardiente de ser una santa. Quise con vehemencia que ese rostro fuera el de Dios o el de un niño Jesús. En la iglesia, en las estampas, en los libros y en las medallas busqué aquel rostro adorable: no quise encontrarlo en otra parte, no quise que ese rostro fuera humano, ni actual, ni cierto.

Pienso que a nadie le habrá costado tanto reconocer las amenazas del amor. ¡Oh deslumbrados llantos de mi adolescencia! Sólo ahora puedo recordar el tenue y penetrante perfume de las rosas que Gabriel, mirándome en los ojos, me regalaba al salir del colegio. Esa presciencia hubiera durado toda una vida. En vano traté de postergar mi encuentro con Gabriel. Preveía ya la separación, la ausencia, el olvido. En vano traté de evitar las horas, los senderos, los lugares propicios a su encuentro. Esa presciencia hubiera podido durar toda una vida. Pero el destino puso en mis manos las rosas y, ante mis ojos, sin asombro, al verdadero Gabriel. Inútiles fueron mis lágrimas. Inútilmente copié las rosas en papel, escribí nombres, fechas en los pétalos: una rosa podrá ser perpetuamente invisible en un rosal, frente a nuestra ventana, o en una mano enamorada que nos la ofrece; sólo el recuerdo la conservará intacta, con su perfume, su color y la devoción de las manos que la ofrecieron.

Gabriel jugaba con mis hermanos, pero cuando yo aparecía con un libro o con mi bolsa de labores y me sentaba en una silla del patio, dejaba sus juegos para ofrecerme el homenaje de su silencio. Pocos niños fueron tan sagaces. Con pétalos de flores, con hojas, construía pequeños aeroplanos. Cazaba luciérnagas y murciélagos: los amaestraba. De tanto observar los movimientos de mis manos había aprendido a hacer labores. Bordaba sin ruborizarse: los arquitectos hacían planos de casas; él, cuando bordaba, hacía planos de jardines. Me amaba: en la noche, en el patio oscurecido de mi casa, yo sentía crecer, con la naturalidad de una planta, su amor involuntario.

¡Ah, cómo esperé penetrar, sin saberlo, en el claustral recuerdo de esos momentos! Con qué anhelo, sin saberlo, esperé la muerte, única depositaria de mis recuerdos. Una fragancia hipnótica, un murmullo de eternas hojas, en los árboles, acude para guiarme por los senderos tan olvidados de aquel amor. A veces un acontecimiento que me parecía laberíntico, lento en desarrollarse, casi infinito, cabe en dos palabras. Mi nombre, escrito en tinta verde o con un alfiler, en su brazo, que ocupó seis meses de mi vida, ocupa ahora una sola frase. ¿Qué es estar enamorado? Durante años se lo pregunté a la maestra de piano y a mis amigas. ¿Qué es estar enamorado? Recordar, en la complicación de otros espacios, una palabra, una mirada; multiplicarlas, dividirlas, transformarlas (cómo si nos desagradaran), compararlas, sin tregua. ¿Qué es un rostro amado? Un rostro que nunca es el mismo, un rostro que se transforma infinitamente, un rostro que nos defrauda...

Silencio de claustros y de rosas había en nuestro corazón. Nadie pudo adivinar el misterio que nos unía. Ni aquellos lápices de colores, ni las pastillas de goma,[16] ni las flores que me regaló, nos delataron. Grabba mi nombre en los troncos de los árboles, con su cortaplumas, y durante las penitencias lo escribía con tiza, en la pared.

—Cuando me muera le regalaré todos los días bombones y escribiré su nombre en troncos de árboles del cielo –me dijo un día.

—¿Cómo sabes que iremos al cielo? –le respondí– ¿Cómo sabes que en el cielo hay árboles y cortaplumas? ¿Acaso Dios te permitirá recordarme? ¿Acaso en el cielo te llamarás Gabriel y yo Irene? ¿Tendremos el mismo rostro y nos reconoceremos?

—Tendremos el mismo rostro. Y si no lo tuviéramos, también nos reconoceríamos. Aquel día de carnaval, cuando usted se vistió de estrella y hablaba con una voz de hielo, la reconocí. Con los ojos cerrados, después la he visto muchas veces.

—Me has visto cuando no estaba. Me has visto en tu imaginación.

—La he visto cuando jugábamos a los heridos. Cuando yo era el herido y me vendaban los ojos, adivinaba su llegada.

—Porque yo era la enfermera, y tenía que llegar. Veías por debajo de la venda: hacías trampa. Fuiste siempre tramposo.

—Sin trampa la reconocería en el cielo. Disfrazada la reconocería, con los ojos vendados la vería llegar.

---

16 *Pastillas de goma*: también llamadas *gomitas* o *gominolas* son dulces de colores brillantes hechos de gelatina.

—¿Entonces crees que no habrá diferencias entre este mundo y el cielo?

—Nos faltará lo que aquí nos incomoda: parte de la familia, las horas de acostarse, algunas penitencias y los momentos en que no la veo.

—Tal vez sea mejor el infierno que el cielo, –me dijo otro día–, porque el infierno es más peligroso y me gusta sufrir por usted. Vivir entre llamas, por su culpa, salvarla continuamente de los demonios y del fuego, sería para mí una dicha.

—¿Pero quieres morir en pecado mortal?

—¿Por qué mortal y no inmortal? Nadie olvida a mi tío: cometió un pecado mortal y no le dieron la extremaunción. Mi madre me dijo: «es un héroe; no escuches los comentarios de la gente».

—¿Por qué piensas en la muerte? Generalmente los jóvenes evitan esas conversaciones tristes y desfavorables –protesté un día–. Pareces un viejo en este momento. Mírate en un espejo.

No había ningún espejo cerca. Se miró en mis ojos.

—No parezco un viejo. Los viejos se peinan de otro modo. Pero soy grande ya, y conozco la muerte –me contestó–. La muerte se parece a la ausencia. El mes pasado, cuando mi madre me llevó por dos semanas al Azul,[17] mi corazón se detenía, y en mis venas, en lugar de sangre, tristemente sentí correr un agua fría. Pronto tendré que irme más lejos y por un tiempo indeterminado. Me reconforta imaginar algo más fácil: la muerte o la guerra.

A veces mentía para conmoverme: —Estoy enfermo. Anoche me desmayé en la calle.

Si le reprochaba sus mentiras, me contestaba: —Sólo se miente a la gente que uno quiere: la verdad induce a muchos errores.

—Nunca me olvidaré de ti, Gabriel. –El día en que le dije esa frase, ya lo había olvidado.

Sin aflicciones, sin llantos, ya acostumbrada a su ausencia, me alejé de él, antes que se fuera. Un tren lo arrancó de mi lado.

---

17 *Azul* es el nombre de un pueblo en el centro-este de la Provincia de Buenos Aires; también se refiere al partido, o sección de la provincia, que rodea esa ciudad.

Otras visiones me separaban ya de su rostro, otros amores; despedidas menos conmovedoras. A través de un vidrio, en la ventanilla del tren, vi su último rostro, enamorado y triste, borrado por las imágenes superpuestas de mi vida futura.

No fue por falta de entretenimientos que mi vida se tornó melancólica. Alguna vez confundí mi destino con el destino de la protagonista de una novela. Debo confesarlo: confundí la prevista cara de una lámina con una cara verdadera. Esperé algunos diálogos que después leí en un libro, en una ciudad desconocida, en el año 1890. No me asombraba la anticuada vestimenta de los personajes. «Cómo van a cambiar las modas», pensaba con indiferencia. La figura de un rey, que no parecía un rey, porque solo, mostraba la cabeza en una lámina de un libro de historia, en las penumbras de otoño me dedicaba sus miradas afectuosas. Antes, los textos de los libros y sus personajes no se me habían aparecido como futuras realidades; es cierto que hasta entonces no había tenido la oportunidad de ver tantos libros. Los libros de uno de mis abuelos estaban relegados al último cuarto de la casa; atados con piolines, envueltos en telarañas, los vi cuando mi madre decidió venderlos. Durante varios días los revisamos pasándoles trapos y plumeros, pegándoles las hojas rotas. Yo leía en los momentos de soledad.

Alejada de Gabriel, comprendí milagrosamente que sólo la muerte me haría recuperar su recuerdo. La tarde que no me perturbaran otras visiones, otras imágenes, otro porvenir, sería la tarde de mi muerte y yo sabía que la esperaría con esta rosa en la mano. Sabía que el mantel que iba a bordar durante meses, con margaritas celestes y nomeolvides rosados, con guirnaldas de glicinas amarillas y una glorieta entre palmas, se estrenaría en la noche de mi velorio. Sabía que ese mantel iba a ser alabado por las visitas que me habían hecho llorar diez años antes. Oí las voces, un coro de voces femeninas, repitiendo mi nombre, gastándolo con adjetivos tristes: «¡Pobre Irene!», «¡desdichada Irene!» y luego, otros nombres que no eran de personas, nombres de masitas, nombres de plantas, proferidos con doliente admiración:

«¡Qué deliciosas palmeras!», «¡qué magdalenas!» Pero con la misma tristeza, y con insistencia de salmo, el coro repetía:

«¡Pobre Irene!»

¡Oh esplendores falsos de la muerte! El sol ilumina el mismo mundo. Nada ha cambiado cuando todo ha cambiado para un solo ser. Moisés previó su muerte. ¿Quién era Moisés? Yo creía que nadie había previsto su propia muerte. Yo creía que Irene Andrade, esta modesta argentina, había sido el único ser en el mundo capaz de describir su muerte antes de su muerte.

Viví esperando ese límite de vida que me acercaría al recuerdo. Tuve que tolerar infinitos momentos. Tuve que amar las mañanas como si fueran definitivas, tuve que amar algunas sombras de la plaza, en los ojos de Armindo, tuve que enfermarme de fiebre tifus y hacerme cortar el pelo. Conocí a Teresa, a Benigno; conocí el Manantial de los Amores, el Centinela en Tandil.[18] En Monte,[19] en la estación, tomé té con leche, con mi madre, después de visitar a una señora que era maestra de labores y de tejidos. Frente al Hotel del Jardín vi la agonía de un caballo que parecía de barro (las moscas y un hombre con un látigo lo vejaban). No llegué nunca a Buenos Aires: una fatalidad impidió ese proyectado viaje. No vi perfilarse el oscuro tren, en Constitución. Ya no lo veré. Tendré que morir sin ver los jardines de Palermo, la plaza de Mayo iluminada y el teatro Colón con sus palcos y sus artistas desesperados cantando con una mano sobre el pecho.

Contra un fondo melancólico de árboles consentí que me fotografiaran con un hermoso peinado alto, con los guantes puestos

---

18  *El Manantial de los Amores* y el *Centinela* parecen referirse a una leyenda popular en la región de Tandil, un pueblo ubicado a 350 kilómetros al sur de la ciudad de Buenos Aires, relativamente cerca de Flores donde este cuento tiene lugar. Según la leyenda del siglo diecinueve los soldados que operaban en la región decían ver la aparición de una misteriosa india de piel blanca que siempre huía de su encuentro. Para probar su existencia a sus compañeros dudosos, algunos soldados la capturaron y la llevaron al fuerte. Días después ella se escapó saltando (o cayéndose) en el río de una zanja profunda. Una piedra llamada el Centinela recuerda al amante de la muerta que la esperaba, fijo como una estatua.

19  *Monte*, o *San Miguel del Monte*, es un pueblo en el Río Salado a 107 kilómetros de Buenos Aires.

y un sombrero de paja, adornado con guindas rojas, tan estropeadas que parecían naturales.

Cumplí los últimos episodios de mi destino con lentitud. Confesaré que me equivoqué de modo extraño al prever mi fotografía: aunque la encontré parecida, no reconocí mi imagen. Me indigné contra esa mujer que, sin sobrellevar mis imperfecciones, había usurpado mis ojos, la postura de mis manos y el óvalo cuidadoso de mi cara.

Para los que recuerdan, el tiempo no es demasiado largo. Para los que esperan es inexorable.

«En un pueblo todo se termina pronto. Ya no habrán casas ni personas nuevas que conocer», pensaba para consolarme. «Aquí llega más pronto la muerte. Si hubiera nacido en Buenos Aires, interminable hubiera sido mi vida, interminables mis penas».

Recuerdo la soledad de las tardes cuando me sentaba en la plaza. ¿Hería la luz mis ojos para que no fuera de tristeza que lloraba? «Tiene treinta años y todavía no se ha casado», decían algunas miradas. «¿Qué espera», decían otras, «sentada aquí en la plaza? ¿Por qué no trae sus labores? Nadie la quiere, ni sus hermanos. A los quince años mató a su padre. El diablo se apoderó de ella, quién sabe en qué forma».

Estas pobres y monótonas previsiones del futuro me deprimieron, pero yo sabía que en esa región enrarecida de mi vida, ahí donde no había amor, ni rostros, ni objetos nuevos, donde ya nada sucedía, empezaba el final de mi tormento y el principio de mi dicha. Trémula me acercaba al pasado.

Un frío de estatua se apoderó de mis manos. Un velo me separaba de las casas, me alejaba de las plantas y de las personas: sin embargo por primera vez las veía dibujadas con claridad, con todos sus detalles, minuciosamente.

Una tarde de enero, yo estaba sentada junto a la fuente de la plaza, en un banco. Recuerdo el calor sofocante del día y la frescura inusitada que trajo la puesta del sol. En alguna parte, seguramente, había llovido. Tenía la cabeza reclinada en mi mano; tenía en la mano un pañuelo: actitud melancólica, que a veces inspira el calor, y que en aquel momento parecía inspirada por la tristeza. Alguien se sentó a mi lado. Me habló una voz suave de mujer. Este fue nuestro diálogo:

—Perdone mí atrevimiento. Por falta de tiempo desdeño los preámbulos de la amistad. Yo no vivo en este pueblo; la casualidad me trae de vez en cuando. Aunque vuelva a sentarme en esta plaza, no es probable que nuestra entrevista se repita. Tal vez, no vuelva a verla, ni en el balcón de una casa, ni en una tienda, ni en el andén de la estación, ni en la calle.

—Me llamo Irene –repuse–, Irene Andrade.

—¿Usted ha nacido aquí?

—Sí, he nacido y moriré en el pueblo.

—Nunca se me ocurrió la idea de morir en un lugar determinado, por triste o por encantador que fuera. Nunca pensé en mi muerte como cosa posible.

—Yo no he elegido este pueblo para morir en él. El destino designa lugares y fechas, sin consultarnos.

—El destino resuelve las cosas y no las participa. ¿Cómo sabe usted que va a morir en este pueblo? Usted es joven y no parece enferma. Uno piensa en la muerte cuando uno está triste. ¿Por qué está triste?

—No estoy triste. No tengo miedo de morir y nunca me ha defraudado el destino. Estas son mis últimas tardes, estas nubes rosadas serán las últimas, con sus formas de santos, de casas, de leones. Su cara será la última cara nueva; su voz la última que oigo.

—¿Qué le ha sucedido?

—Nada me ha sucedido y felizmente pocas cosas han de sucederme. No tengo curiosidades. No quiero conocer su nombre, no quiero mirarla: las cosas nuevas me perturban, retardan mi muerte.

—¿Nunca ha sido feliz? ¿No son esperanzas ciertos recuerdos?

—No tengo recuerdos. Los ángeles me traerán todos mis recuerdos el día de mi muerte. Los querubines me traerán las formas de los rostros. Me traerán todos los peinados y las cintas, todas las posturas de los brazos, las formas de las manos del pasado. Los serafines me traerán el sabor, la sonoridad y la fragancia, las flores regaladas, los paisajes. Los arcángeles me traerán los diálogos y las despedidas, la luz, el silencio conciliador.

—¡Irene, me parece que la conozco desde hace mucho tiempo! He visto su rostro en alguna parte, tal vez en una fotografía, con un peinado alto, con cintas de terciopelo y un sombrero con guindas. ¿No existe una fotografía suya, con un fondo melancólico de árboles? Su padre ¿no vendía plantas hace tiempo? ¿Por qué quiere morirse? No baje los ojos. ¿No admite la belleza del mundo? Usted desea morir porque en las despedidas todo se vuelve más definitivo y hermoso.

—Para mí la muerte será una llegada y no una despedida.

—Llegar no es tan agradable. Hay personas que ni al cielo llegarían con alegría. Hay que habituarse a los rostros, a los lugares más deseados. Hay que acostumbrarse a las voces, a los sueños, a la dulzura del campo.

—A ningún lugar llegaría por primera vez. Yo reconozco todo. Hasta el cielo a veces me inspira temor. ¡El temor de sus imágenes, el temor de reconocerlo!

—Irene Andrade, yo quisiera escribir su vida.

—¡Ah! Si usted me ayudase a defraudar el destino no escribiendo mi vida, qué favor me haría. Pero la escribirá. Ya veo las páginas, la letra clara, y mi triste destino. Comenzará así:

> Ni a las iluminaciones del veinticinco de Mayo, en Buenos Aires, con bombitas de luz en las fuentes y en los escudos, ni a las liquidaciones de las grandes tiendas con serpentinas verdes, ni al día de mi cumpleaños, ansié llegar con tanto fervor como a este momento de dicha sobrenatural.
>
> Desde mi infancia fui pálida como ahora...

# La continuación

En los estantes del dormitorio encontrarás el libro de medicina, el pañuelo de seda y el dinero que me prestaste. No hables de mí con mi madre. No hables de mi con Hernán, no olvides que tiene doce años y que mi actitud lo ha impresionado mucho. Te regalo el cortapapel que está sobre la mesa de luz, junto al cenicero; lo dejé envuelto en un papel de diario. No te gustaba porque no te gustaban las cosas que no eran tuyas. Preferías tu cortaplumas.

Me iré para siempre de este país. Mi conducta te habrá parecido extraña, aun absurda, y tal vez seguirá pareciéndote absurda después de esta explicación. No importa, nada me importa ahora. La fidelidad me ha dejado un hábito leve, cuyas últimas manifestaciones aparecen, por lo menos, en el deseo que tengo de explicarte en estas páginas muchas circunstancias difíciles de aclarar. Me siento como esos escolares holgazanes que no se esmeran demasiado en escribir una composición sumamente abstrusa y cuyas faltas no serán perdonadas. Nunca te interesaste mucho por mis tareas literarias como yo no me interesé por tus tareas profesionales. Sabes muy bien lo que pienso de tus colegas, por honestos y abnegados que sean. Me asqueaban sus reuniones, sus diálogos obscenos. Me acusas de ser exigente. Admití que tuvieras cierta superioridad sobre ellos, por ejemplo, la de ser más sensible; sin embargo, tú sabes que ésa no era ni siquiera la mínima virtud a la cual aspiraba mi exigencia; que yo te considerara superior a esa gente tampoco debía halagarte. Mi modo de pensar te distanciaba de mí, como tu distracción, en lo que atañe a la literatura, me distanciaba de ti. Aun de flores, aun de música hablábamos con rencor. ¿Recuerdas las láminas del refectorio donde conocimos el nombre de las azaleas? ¿Recuerdas las *Canciones Serias* de Brahms?, ¿los *Madrigales* de Monteverdi? ¿Recuerdas todo lo que nos indujo a la discordia? Todo, hasta esa frase afectada que me dijiste un día en el Jardín Botánico: «No me gustan las flores. Ahora sé que nunca me gustaron». Las cosas de la vida que más me interesaban eran los problemas que no llegaba a desentrañar y que te parecían absurdos: cómo había que escribir, en qué estilo, qué temas había que buscar. Nunca llegaba, desde luego, a un resultado satisfactorio; veía, en cambio, tu satisfacción ante el deber cumplido, lo que te daba a veces cierta dignidad envidiable y efímera. Soportabas privaciones, molestias, pero eras más feliz que yo. Por lo menos tu alegría lo pregonaba cuando llegabas como un perro sediento a tomar agua. Yo vivía en la duda, en la insatisfacción. Salía de mi trabajo para esconderme en las páginas de un libro. Admiraba a los escritores más dispares, más antagónicos. Nada me parecía bastante elaborado, bastante fluido, bastante mágico; nada bastante ingenioso, ni bastante espontáneo; nada bastante riguroso, ni bastante libre.

Conté a unos amigos un argumento que se me había ocurrido y por el ademán que hicieron supe que no les conmovía ni les interesaba. En cuanto empezaba a contarlo, el calor o el frío no los dejaba respirar, algunos tenían que atender un llamado telefónico, otros recordaban que habían perdido algo importante. Apenas me escuchaban, apenas fingían escucharme. Peor que tu indiferencia me resultaba la indiferencia profesional de ellos. Con ellos tampoco me entendía.

¿Cómo inventé ese argumento? ¿Por qué me cautivó tanto? No sabría decirlo. Varias veces traté de empezar a escribir. Al principio me detenía la imposibilidad de encontrar los nombres de los protagonistas. En el mes de enero, cuando Elena tuvo aquel desmayo y volvimos de la isla en la lancha, que providencialmente nos llevó hasta el club, empecé los primeros párrafos. Te someteré la lectura de algunos de ellos. Comencé a escribir con entusiasmo, tanto entusiasmo que al final de la semana, cuando podíamos pasar los días como nos placía al aire libre, en vez de nadar o de remar con ustedes, me escondía detrás de las hojas, en el silencio en que me sumían los problemas literarios a los que estaba abocada mi vida. Ustedes, tú y Elena, me miraban con reticencia, pensando que la locura no me acechaba, sino que yo la acechaba para mortificar al prójimo. Entre las volutas de humo de tus cigarrillos me mirabas con odio, mientras acariciabas a un perro porfiado que siempre te esperaba, que esperaba ser tuyo porque no tenía amo. En lugar de mirarte o de mirar a Elena yo prefería estudiar el paisaje. Varias veces me preguntaste si estaba dibujando, pues el movimiento de mi cabeza cuando yo escribía parecía el de un dibujante. Otras personas me lo habían dicho; me enfurecí porque me lo dijiste tú. Entre las volutas de humo de tus cigarrillos me mirabas con desdén, pero con desdén forzado. No comprendo qué era lo que nos unía. Nada, nada que no fuera desagradable. Mi trabajo no te inspiraba ningún respeto: decías que había que trabajar por el bien de la humanidad y que todas mis obras eran patrañas o modos abyectos de «ganar dinero». Me sorprendía el tono de tu voz, tus vocablos ramplones. Usabas las palabras sin discernimiento y con mucha candidez. Yo te perdonaba porque sabía que era una afectuosa manera de enfurecerme. A veces pensaba que tenías razón. Muchas veces pienso que los demás tienen razón, aunque no la tengan.

Como recordarás, fue en el mes de enero cuando empecé a escribir mi relato. Una noche, visualmente la más hermosa que existió para mí, esperamos tu cumpleaños hasta las cinco de la mañana, tendidos en el pasto del recreo del Delta.[20] Vimos amanecer. Cuando me hablaste de tus problemas, yo apenas te escuchaba. Mentalmente componía mis frases y a veces las esbozaba en la libreta que Elena me había regalado. Porque me las señalabas, no mirabas las estrellas que se hundían en el agua cuando pasaban los botes, ni la primera luz del alba, ni las nubes que, según decías, dibujaban un murciélago gigantesco. Buscaba la so-

---

20   El *Delta* fue formado por el Río Paraná donde éste termina en el gran estuario del Río de la Plata. Ubicada a pocos kilómetros al norte de la ciudad de Buenos Aires, la zona servía como lugar de recreo y escape del calor durante los meses de verano. Se llaman «recreos» a las hosterías ubicadas en las islas, y que por lo general también ofrecen instalaciones para actividades deportivas.

ledad. No admitía que dirigieras mi atención: quería descubrirlo todo por mi cuenta. Me fascinaba el abstracto placer de construir personajes, situaciones, lugares en mi mente, de acuerdo con los cánones efímeros que me había propuesto. Aquella escena, sin embargo, me sirvió de punto de partida para mi historia. Siempre me costó inventar paisajes y por ese motivo el que estaba viendo me sirvió de modelo. A esa misma hora, en un lugar parecido, Leonardo Moran comienza a escribir su despedida y refiere cómo concibió el proyecto de suicidarse. ¿Qué es lo que motiva su resolución? Nunca llegué a determinarlo, porque me parecía superfluo, fastidioso de escribir. Su mayor desventura es su estado de ánimo. Muchas cosas estorban a Moran, lo ligan a la vida. Para llegar a su fin tiene que lograr que los acontecimientos se barajen de modo que nada lo detenga, ningún afecto, ningún interés humano. Después de muchos papeles que se rompen, de objetos que se pierden, de afectos que se desechan, la vida se aligera. Las baldosas rojas del patio humedecidas por la lluvia ya no lo enternecen, y si lo enternecen será agradablemente. Los vidrios donde se refleja el cielo otoñal y las estatuas rotas ya no tienen el poder de conmoverlo, y si lo conmueven será para entretenerlo. Las personas son como cifras y se distinguen unas de otras pintorescamente. Las fastidiosas predilecciones no existen ya en su corazón.

Yo vivía dentro de mi personaje como un niño dentro de su madre: me alimentaba de él. Créeme, me importaba menos de mí que de él. Era más grave para mí lo que a él le sucedía que lo que a ti y a mí nos sucedía. Cuando caminaba por las calles pensaba encontrarme en cualquier esquina con Leonardo, no contigo. Su pelo, sus ojos, su modo de andar me enamoraban. Al besarte imaginé sus labios y olvidé los tuyos. Si sus manos se parecían a las tuyas era sólo por el tacto; la forma era más perfecta, el color distinto, el anillo que llevaba era el que me hubiera gustado regalarte. Mis sueños, en vez de poblarse de imágenes, se poblaban de frases, frases que olvidaba en la vigilia.

Leonardo Moran, después de perder su empleo, trata de destruir los últimos lazos sentimentales y pregunta a un retrato de Úrsula *¿No tendré suficiente valentía para complicar nuestro destino, enmarañarlo de tal modo que mi actitud te obligue a despreciarme, a rechazarme, a alejarte de mí?* El retrato contesta, su boca articula palabras que no me parecieron ridículas. El tono falsamente sublime de mis frases o la impresión de haber cometido un plagio, me indujo a abandonar el relato. Tal vez la vida me requería con más insistencia.

Cuando quería escribir, algo se interponía para impedírmelo. Úrsula y Leonardo se hundían en el olvido. La compra de un par de zapatos, el desorden de mis libros, mis amigos más lejanos, las cosas más nimias, me perturbaban. La vida volvía a cautivar mi atención con su trivialidad mágica, con sus postergaciones, con sus afectos. Como si saliera de un sótano húmedo y oscuro volví al mundo. Yo quería explicarte que la luz me sorprendía: tanto me había alejado de ella. Yo quería explicarte que el espectáculo azul de un cielo con glicinas me dolía.

Tuve momentos de felicidad, de fidelidad; no sé si coincidieron con los tuyos. Pero la felicidad se volvió venenosa. Con usura, contaba lo que me dabas y lo que yo te daba, queriendo siempre ganar en el cambio. Mi amor adquirió los síntomas de una locura. ¿Me afligí con razón porque realmente me engañaste? Esas cosas se saben cuando es demasiado tarde, cuando uno deja de ser uno mismo. Te amaba como si me pertenecieras, sin recordar que nadie pertenece a nadie, que poseer algo, cualquier cosa, es un vano padecimiento. Te quería únicamente para mí, como Leonardo Moran quería a Úrsula. Aborrecí la sangre celosa y exclusiva que corría por mis venas. Maldije la cara hermética de mi abuelo paterno, en el daguerrotipo, porque me pareció culpable de todos mis pecados, de todos mis errores. Te aborrecí porque me amabas normalmente, naturalmente, sin inquietudes, porque te fijabas en otras personas. Te pedí una suma de dinero, que sabía que no podías conseguir, para que algo prosaico rompiera el lirismo de nuestros diálogos; de igual modo te hubiera clavado un puñal o te hubiera quemado los párpados con un hierro candente mientras dormías, pues tu inocencia se asemejaba un poco al sueño y mi acto al crimen. Como si alguien me hubiera hipnotizado, recuerdo que llegué a tu casa al final de una tarde de abril. Crucé el patio. Pensé que ninguno de mis actos dependía de mi voluntad. Por una de las puertas entreabiertas vi a tres hombres barbudos, frente a una mesa, escuchando la voz de un escribano que leía el texto de una escritura. La voz aflautada resonaba en los corredores. El escribano se parecía a Napoleón. Entré en tu cuarto. Acababas de vestirte. Te pedí el dinero, con una violencia que te sorprendió. Protesté por tu indiferencia. Te dije que alguna mezquindad quedaba en el fondo de tu alma falsamente generosa, si te ofendía tanto mi reproche. Al mover una silla rompiste involuntariamente el respaldo y reproché la violencia de tu actitud en el momento más difícil de mi vida. Conseguí que en mis ojos brillaran lágrimas. Te dije que eran mis primeras lágrimas. Te hablé de mi juventud. Deploré que me llevaras tantos años. Sonreíste levemente, con esa levedad que tanto me agradaba. Me vi en tu espejo. Hacía frío, el frío me envejecía. Con el trozo de madera en la mano, te sentiste culpable. Querías saber para qué quería el dinero. Apreté los labios para expresarte mi aislamiento. Volví a mirarme en tu espejo, para asegurar mi presencia. Cuando salí de tu cuarto las plantas húmedas del patio nos anunciaron que la persona que las había regado seguramente nos había oído. Me reí de tus ojos circunspectos. Los vecinos, la opinión de tus vecinos te preocupaba. Todo lo achacabas a los deberes de tu profesión. En el largo corredor quisiste besarme y por primera vez rehuí tu abrazo.

Aquí citaré uno de los párrafos del relato que despertará tus recuerdos como una fotografía malograda, de esas que se pierden o que se rompen o que se conservan si son de una persona muerta.

*Junto al embarcadero, un sauce dejaba caer sus ramas sobre el agua en que flotaban botellas, pescados, frutas podridas. Úrsula me miraba con un rencor atónito. A través del humo de su cigarrillo sonreía con una ironía que yo, sin necesidad de mirarla, adivinaba, porque la conocía demasiado. Las casas de la costa opuesta tenían las persianas cerradas. Úrsula me dijo que mirara las estrellas que se hundían en el agua cuando cruzaba una lancha. Hacía frío. Los grillos seguían con su canto el dibujo del agua. Qué fácil me parecía morir en ese instante; ser de mármol, de piedra, como la que sentía bajo mis pies desnudos. Qué fácil, mientras olvidaba los lazos que me unían a ciertas personas.*

—Somos un compendio de contradicciones, de afectos, de amigos, de malentendidos –me decía Elena. Sin duda, pensando en mí agregaba–: Somos monstruos. Cuando estoy contigo soy distinta, muy distinta de cuando estoy con Amalia o con Diego. Somos también lo que hacen de nosotras las personas. No queremos a las personas por lo que son, sino por lo que nos obligan a ser.

Frecuentemente, con la esperanza de parecer más cruel, repetía las mismas frases con variantes confusas. Yo empezaba a tener por ella el sentimiento más difícil de controlar: el odio mezclado a una leve compasión. La compadecía porque te quería del mismo modo que yo. Muy pronto me irritaron la indiferencia y la dulzura aparente con que respondía a tus lamentos, a tus mentiras. Ella acumulaba rencores, rencores que la rodeaban como los gatos horribles que adoraba. Era fácil llegar a ese estado, tolerando silenciosamente mi conducta. Nadie destruyó con más firmeza un afecto. Nadie fue tan dócil como Elena a un distanciamiento, ni siquiera tú. Creo que se vinculó realmente a ti cuando empezó a odiarme; así lo sospecho ahora. Hasta ese momento todo había sido un juego. Yo facilitaba los encuentros de ustedes. Los dejaba siempre solos, en el dramático final de nuestras disputas. Tenía que despojarme de todo lo que enriquecía mi vida, para llegar impunemente, naturalmente al suicidio. Quedaban siempre muchas cosas y siempre me parecía muy valioso lo único, lo último que me quedaba. Algún cariño me ligaba a Elena: el amor como el odio no es siempre perfecto. Con ella fui más implacable que contigo. En su casa, en un diálogo furtivo, revelé a su familia sus más íntimos secretos. Me reí de sus rubores, humillándola. Despojada de esos secretos apenas existía. Con frialdad escuché sus insultos y no contesté a la carta que me envió pidiéndome explicaciones. Me cubrí de vergüenza. Provoqué palabras vulgares en los labios de mi padre, palabras que no me perdonó; de ellas deduje que prefería verme en la tumba, con un epitafio pérfido deplorando mi prematura muerte. Había perdido mi empleo, malogrado mis estudios, vendido algunos de sus mejores libros, por eso me maldijo. No te contaré las peripecias que tuve con las cuestiones de mi empleo. Ya te llegarán los rumores. Mucha gente dejó de saludarme. L. S. no quiso recibirme en su casa.

Durante tres días me encerré en mi cuarto. Nadie me vio, nadie intentó verme. Ya llegaba el momento de mi liberación. Impunemente podía quitarme la vida. Cuando Hernán entró en mi cuarto, por un instante pensé que todo el plan se derrumbaba. Dos veces, tímidamente, llamó a mi puerta. Me traía un cartucho de bombones. Frente a mi mesa, me perdí en la lectura casual de un libro y no levanté los ojos hasta que pronunció mi nombre, extendiendo la mano con los dedos manchados de tinta. Mirando las manos donde se concentraba siempre su vergüenza, le dije que no me molestara. Protestó y, al ver mi impavidez, retrocedió unos pasos; él estaba a punto de llorar; reí, reí diabólicamente, con la risa que a un niño puede parecerle diabólica. Me preguntó por qué me reía y le contesté que me reía de él, de sus manos. Tiró el cartucho al suelo; sus ojos parecieron encenderse, balbuceó una palabra que no entendí.

—¿Vas a llorar? –le pregunté–. Sería aún más gracioso.

Ya me odiaba para siempre. Con la cara muy pálida salió del cuarto. Cerró la puerta.

Salí de casa. El desprecio, no el odio, pesaba sobre mí, purificaba mi resolución. Cuando llegué a la calle, una gran tranquilidad me invadió. Me senté en el banco de una plaza. Saqué algunos papeles de mi bolsillo, los leí: *Vi un mundo claro, nuevo, un mundo donde no tenía que perder nada, salvo el deseo del suicidio que ya me había abandonado.* No *volverás a verme. Encontrarás mi anillo en el fondo de este sobre y esa maldita medallita con un trébol que ya no tiene ningún significado para mí. Eras todo, lo que más amé en el mundo, Úrsula, y no sé qué otras personas, qué otras cosas podré amar ahora que el mundo ha llegado a ser para mí lo que nunca fue ni pensé que sería: algo infinitamente precioso.* No sé si la frase final de mi relato, que por un capricho ya había escrito antes de terminar sus primeras páginas, corresponderá también a la parte final de mi vida: *A veces morir es simplemente irse de un lugar, abandonar a todas las personas y las costumbres que uno quiere. Por ese motivo el exiliado que no desea morir sufre, pero el exiliado que busca la muerte, encuentra lo que antes no había conocido: la ausencia del dolor en un mundo ajeno.*

Después de copiar algunos párrafos rompí las hojas. No sé si al romperlas, rompí un maleficio. Que tú no te llamas Úrsula, que yo no me llame Leonardo Moran, aún hoy me parece increíble «porque el que ve ha de ser semejante a la cosa vista, antes de ponerse a contemplarla». Al abandonar mi relato, hace algunos meses, no volví al mundo que había dejado, sino a otro, que era la continuación de mi argumento (un argumento, lleno de vacilaciones, que sigo corrigiendo dentro de mi vida). Si no he muerto, no me busques y si muero tampoco: nunca me gustó que miraras mi cara mientras dormía.

# El cuaderno

Era un día patrio. Su marido había ido a ver el desfile. Las calles estaban embanderadas y en todas las casas se oían músicas marciales. Era también un día sin horas. Para no perder el espectáculo habían almorzado a las once y media. El cielo estaba tormentoso.

—Pobres soldados, tener que marchar con este día —repetía Ermelina de Ríos encendiendo la luz.

Por más que levantara las cortinitas de la ventana, el cuarto quedaba en tinieblas. Afuera caía una lluvia finísima.

Los días de fiesta, siempre Ermelina cosía frente a la ventana. Remendaba las camisas, zurcía las medias. Esta vez, Ermelina cosía un vestido, para cuando estuviese más delgada. El cuarto estaba en desorden, había retazos de género en el suelo, alfileres, papeles recortados. La puerta que comunicaba con la pieza vecina estaba abierta. Ermelina alzó los ojos y miró la cama de matrimonio que era de bronce dorado; un ramo de flores en el centro de la cabecera entrelazaba los barrotes con una cinta. Esa cama era el testimonio de su felicidad. Se la mostraba siempre a sus amigas y a las amigas de sus vecinas. Era el regalo de bodas que le había hecho Paula Hödl, la dueña de la casa de sombreros donde ella trabajaba. Hacía quince años que trabajaba en esa casa, y era sin duda la mejor oficiala.[21] Las alas de los sombreros bajo sus manos se plegaban mágicamente; las cintas, las plumas, los moños y las flores eran dóciles a sus dedos, que formaban, con, idéntica facilidad, el sombrero de fieltro, el panamá de papel, el verdadero panamá o el sombrero de paja de Italia. Paula Hödl la adoraba. Cuando algún admirador mandaba flores para Paula,

---

21    En esta frase la palabra *casa* se refiere a un establecimiento comercial, en este caso a una sombrerería; una *oficiala* es una mujer experta —a diferencia de una *aprendiz*— que trabaja en un oficio o trabajo manual; aquí es una modista especializada en sombreros femeninos.

ésta, infaliblemente, le daba dos o tres de las más lindas. Pero Paula no la quería a ella, sino a su habilidad, no la quería a ella, sino a los sombreros que salían de sus manos como pájaros recién nacidos. Desde que se había casado, Paula le hablaba de mal modo, los sombreros estaban mal planchados, las clientas se quejaban. Paula movía una mano amenazadora.

—Ya te dije, Ermelina, ya te dije que no te casaras. Ahora estás triste. Has perdido hasta la habilidad que tenías para adornar sombreros —y sacudiendo un sombrero adornado con cintas, añadía con una pequeñísima risa, que parecía una carraspera—: ¿Qué significa este moño? ¿Qué significa esta costura?

Ermelina sabía que el sombrero era un cachivache, pero quedaba en silencio (era su manera de contestar). No estaba triste. Hasta entonces había tratado los sombreros como a recién nacidos, frágiles e importantes. Ahora le inspiraban un gran cansancio, que se traducía en moños mal hechos y pegados con grandes puntadas, que martirizaban la frescura de las cintas.

—Cuando sienta los primeros dolores venga en seguida a la Maternidad —le había dicho el médico—. Me parece que le faltan pocos días.

Ermelina sentía su hijo moverse dentro de ella. Sentía que se encogía, que se estiraba caprichosamente, como en una cuna recién estrenada. Creía ver la forma de los pies desnudos y de las manos de muñeca.

No estaba sola en ese cuarto frío.

Alguien golpeaba la puerta, alguien, venía siempre a interrumpir las largas conversaciones que tenía con su hijo que era a veces un muchacho de veinte años con un traje gris rayado, a veces de doce años y otras veces un recién nacido. Veía al hombre, al niño, al bebé; no el rostro. Ermelina dejó la costura, hizo pasar a la vecina que llegaba con sus dos hijos. Le pidió que se sentara en la mecedora que era su preferida, mientras ella volvió a la pequeña silla de costura. Los chicos se arrastraban por el suelo. Eran chiquitos y morenos, con las mejillas paspadas.

—Cumplo con mi promesa: aquí le traigo los cuadernos de mis hijos. Pobrecitos, es el primer año que van al colegio –dijo la vecina, abriendo los cuadernos y dándoselos a Ermelina.

Entre cada página de palotes había figuritas pegadas, ramos de rosas y nomeolvides, manos entrelazadas, palomas, niños, animales, banderas. Ermelina hojeaba el cuaderno.

—Qué bien. Qué estudiosos son sus hijos, señora –repetía dando vuelta las páginas, hasta que se detuvo frente a una, donde había la cara de un chico muy rosado, pegada entre un ramo de lilas–. Así quisiera que fuese. Así quisiera que fuese mi hijo –repetía Ermelina indicando con la mano la imagen brillante–. Me ha dicho mi tía que en los meses de preñez, si se mira mucho un rostro o una imagen, el hijo sale idéntico a ese rostro o a esa imagen.

—Dicen tantas cosas –suspiró la vecina, y agregó–: No es porque sean míos, pero mis hijos son bien lindos y durante los nueve meses del embarazo se puede decir que no he visto a nadie, ni mirado a nadie, ni siquiera en revistas, ni siquiera en figuras. En aquella estancia en La Pampa no teníamos radio. No teníamos otra música que la música de los eucaliptos. Yo estaba recluida en las habitaciones todo el santo día, haciendo solitarios. ¡Qué vacaciones fueron aquellas! No me las olvidaré nunca –y diciendo esto tomó el cuaderno que Ermelina le tendía, para mostrarle el rostro del niño rosado.

De repente Ermelina vio que el menor de los hijos de la vecina se parecía extrañamente a la sota de espadas; era una suerte de hombrecito pequeño aplastado contra el suelo, vestido de verde y rojo. El otro parecía un rey muy cabezón con una copa en la mano, donde bebía una cantidad incalculable de agua.[22] Habían sembrado el suelo con los útiles del colegio, y jugaban a la guerra con unos sacapuntas en forma de cañoncitos.

La vecina, mirando la figura, comentó:

---

22    La baraja española de cartas de juego se divide en cuatro *palos*, o series, llamados *oros*, *espadas*, *copas*, y *bastos*. La *sota* generalmente lleva la imagen de un noble menor. También se usan en el tarot para adivinar el futuro: en este uso la sota de espadas representa el amor y el rey de copas la ambición. En el cuento la señora sólo menciona el juego de solitarios; el parecido de las cartas a sus hijos se desarrolla aquí con efecto cómico, pero también sirve la función de afirmar la predicción de Ermelina.

—Tiene la nariz demasiado respingada, y además tiene mota, como un negro.[23]

Ermelina sacudió la cabeza.

—Es un niño precioso –alzó los ojos triunfantes–. Así quiero que sea mi hijo.

Hasta entonces no sabía cómo tenía que ser su hijo, rubio o moreno, de ojos azules, verdes o negros. ¿Parecido a quién? No lo sabía, y ahora había encontrado la imagen.

—¿Me presta este cuaderno, señora? Solamente hasta esta noche.

La vecina consintió, y se despidió de Ermelina, dejándole un beso pegajoso en cada mejilla. Los dos niños salieron del cuarto arrastrando los pies.

Ermelina volvió a sentarse con el cuaderno entre las manos; estudió la imagen minuciosamente, luego la dejó sobre la mesa y tomó la costura. Pero no había cosido cuatro puntadas, cuando empezó a sentir un dolor y después otro, como relámpagos espaciados, pero puntuales. Se levantó de la silla. Seguramente era el niño que estaba por nacer; lo sentía en su vientre, como en un cuarto oscuro, golpeando contra la puerta, con insistencia. Se puso un abrigo y ató un pañuelo alrededor del cuello. Tomó un lápiz y un papel donde escribió en letras temblorosas: *El niño está por nacer, me voy la Maternidad, la sopa está lista, no hay más que calentarla para la hora de la comida, la figura que está en la hoja abierta de este cuaderno es igual a nuestro hijo, en cuanto la mires llévale el cuaderno a la señora Lucía que me lo ha prestado.* Prendió el papelito con un alfiler sobre la colcha de la cama, puso al lado el cuaderno abierto, apagó la luz y salió del cuarto.

Atravesó los corredores oscuros, lentamente. Bajó las escaleras empinadas, con miedo de caerse; se aferraba a la baranda. En la esquina esperó el ómnibus. Llevaba apretada en su mano la recomendación para el médico. El trayecto era largo. Parecía que el conductor del ómnibus no tenía apuro como otras veces; parecía esperar a una novia, en todas las esquinas; miraba de iz-

---

23    *Mota:* una referencia despectiva al pelo muy rizado de personas de la raza negra.

quierda a derecha y hablaba solo. Ermelina pensó que iba a tener el hijo allí mismo, tan fuerte seguían los golpes y con tanta impaciencia. El tránsito estaba interrumpido; los dolores se sucedían como cuentas de un rosario interminable. Por fin se detuvo el ómnibus. Para llegar a la Maternidad, no había que caminar más que unos cuantos metros. Ermelina se bajó trabajosamente; caminaba con rapidez y, por el esfuerzo que hacía para no separar demasiado las piernas, con una extraña cadencia de baile. Subió los escalones larguísimos y blancos de la Maternidad; había una luz constante, de amanecer. Las enfermeras la rodearon, la llevaron de sala en sala, luego la estiraron sobre una cama. Vio muchas estrellas rojas y azules, adornando gigantescos sombreros; rompió con los dientes cintas de seda, que eran ásperas sábanas de algodón, que le hicieron sangrar las encías. La negrura del cuarto se llenaba de filamentos deslumbrantes y de gritos. Y después perdió la conciencia. Nadaba en un lago sin agua y sin orilla, hasta que llegó a la ausencia del dolor, que fue una gran desnudez pura y diáfana. Se había sentido como una casa muy grande y muy cerrada, que hubieran de pronto abierto, para un solo niño que quería ver el mundo.

Despertó en la camita blanca, repetida como en un cuarto de espejos, un cuarto larguísimo, repleto de camitas blancas alineadas. La enfermera se inclinó sobre la cama:

—Señora, mire lo que le traigo.

Entre envoltorios de llantos y pañales, Ermelina reconoció la cara rosada pegada contra las lilas del cuaderno. La cara era quizá demasiado colorada, pero ella pensó que tenía el mismo color chillón que tienen los juguetes nuevos, para que no se decoloren de mano en mano.

# La sibila[24]

Las herramientas de trabajo están en la sala del comisario: un reloj pulsera de oro, los guantes, un alambre, una caja de madera con llaves, la linterna, las tenazas, el destornillador y una valijita (para parecer más serio llevo siempre una valijita). ¿Armas? Nunca las quise. ¿Para qué me sirven las manos?, digo yo. Son garras de fierro; si no estrangulan, dan puñetazos como Dios manda.

Solía desanimarme últimamente. Hay mucha competencia y pobreza. ¡Quién no lo sabe! La vida de un carnicero es menos sacrificada que la nuestra. De noche, no tenía a veces ganas de salir, y rondar por las manzanas para conocer un barrio determinado de Buenos Aires, o una casa; era francamente aburrido. Del Barrio Norte me gusta Palermo porque tiene fuentes y lagos, donde uno bebe y se lava las uñas de algunos dedos; del Barrio Sur, Constitución, sin duda porque allí conocí a mis compañeros en la escalera mecánica subiendo y bajando, bajando y subiendo, entregados a nuestras ocupaciones. Me sentaba en las plazas, comiendo naranjas o pan, salame cuando tenía suerte, o queso fresco. A veces, los transeúntes me miraban como si vieran algo raro en mí. No llevo barba larga hasta el ombligo, ni llevo los dedos de los pies al aire, ni tengo lunares grandes entre las cejas, ni dientes de oro. Los otros días le pregunté a uno «¿Tengo monos en la cara?», olvidando mi responsabilidad, mi edad, mi situación. Tal vez mi pantalón de paño azul sea llamativo, porque lleva, en lugar de botones en la bragueta, cierre relámpago: todo lo que uno hace por no llamar la atención, llama la atención. ¡Qué le vamos a hacer! Si me deslizo como un gusano, todo el mundo

---

24 Las *sibilas* son figuras femeninas importantes en la mitología clásica griega. Predicen el futuro, pero siempre en forma de poema tan ambiguo que sólo se comprende después de cumplidos los hechos.

se fija en cómo camino. Si me visto como un puerco, del color de los árboles o de las paredes o de la tierra, todo el mundo se fija en mi vestimenta. Si trato de no elevar la voz, ¡Dios me libre!, todo el mundo estira la oreja para oírme. Comer helados me resulta imposible. Las chicas me miran y se codean. A veces ser simpático a las mujeres, no es agradable; tengo que oír macanas todo el día. Felizmente que de una oreja no oigo nada. Quedé sordo a los dieciséis años. Me perforaron el tímpano con una astilla.[25] Vivíamos con mis padres en Punta Chica, en una casa sobre pilotes.[26] Mi padre, que es malhumorado, y mis hermanos, que son cascarrabias,[27] una noche que en broma les puse bagres[28] en las camas, se envalentonaron, me acostaron en el piso, y mientras unos me sujetaban, otro me clavó la astilla adentro de la oreja. Después, naturalmente, para que yo no hablara, me metieron en una bolsa que tiraron al río. Los vecinos me salvaron. Me pareció raro. Luego supe que lo hicieron para hacerme hablar. ¡Hay de curiosos! Todo el mundo me odia, salvo las mujeres; sin embargo, la señorita Rómula, que vive en el almacén, porque un día maté un gato de un cascotazo en la puerta de su cuarto, me interpeló.

—Mal educado –me dijo–, ¿no puede hacer esas cosas en otra parte?

¿Qué podían molestarle unas gotas de sangre en el piso? Se limpian en dos segundos. Nunca me perdonó. Es una haragana, eso es lo que es.[29] Cuando me emplearon en la farmacia Firpo, ya la gente comenzó a mirarme como a un tipo que llama la atención. «Cachaciento» me llamaban cuando corría,[30] «Tren expreso» cuando me demoraba, «Roñitis» cuando me había bañado,[31] «Palmolive» cuando no me bañaba. Pero lo que más

---

25 *Astilla*: pedazo de madera.

26 *Pilote:* columna que sirve para elevar la casa generalmente sobre agua; Punta Chica es un barrio en las afueras hacia el norte de la ciudad de Buenos Aires, tan cerca del río que aquí hacen uso de los pilotes. Los otros barrios nombrados, Barrio Norte y Constitución, forman parte del gran centro de la ciudad.

27 *Cascarrabias:* persona que se enoja fácilmente.

28 *Bagre:* (*Pimelodus maculatus* o *Pimelodus albicans*) peces abundantes en la mayor parte de los ríos de América, de cabeza muy grande, hocico obtuso, y con barbillas.

29 *Haragana:* perezosa.

30 *Cachaciento:* (vulg.) lento. De *cachaza*, lentitud y sosiego en el modo de hablar.

31 *Roña:* (vulg. suciedad) sarna; asociada con lo sucio.

me indignó, fue cuando me llamaron «Pizza», injustamente, porque me vieron comiendo, mientras repartía las mercaderías, un trozo de torta pascualina que me regaló Susana Plombis, para llevar en el bolsillo, cuando tuviera hambre, sobre mi bicicleta.

Fue en aquella época cuando conocí los interiores de muchas casas. Ninguna me impresionó como la de Aníbal Celino; sería porque entré por la puerta principal. En las otras casas me tocaba entrar por la cocina. Guardo algunas cucharitas, algunos saleritos de plata, que sustraje de los cajones mientras las sirvientas buscaban dinero para pagar la cuenta, y que no me sirvieron para nada. La casa de Aníbal Celino era un palacio, ni más ni menos. La primera vez que me mandaron allí con un paquete de la farmacia Firpo, la puerta de servicio me pareció la principal y corrí en busca de la otra, creyendo que era la de servicio, porque estaba sucia. Conozco bien las casas de hoy. Casa muy lujosa, casa sucia. La puerta estaba cerrada y se abrió cuando moví el llamador, que era un león de bronce masticando un aro, también de bronce. Entré en la casa y no vi a nadie. Volví a salir y vi en el jardín las pelucas despeinadas de las palmeras. ¡Qué árboles! Ni a un perro le gustarían. Volví a entrar: no había nadie. La puerta se abrió sola. En seguida tropecé con la escalera de mármol que tenia una balaustrada lustrosa, como el león de la puerta. Di unos pasos y entré en una sala enorme, llena de vitrinas; aquello era una tienda o una iglesia. Por todas partes se veían estatuas, bomboneras, miniaturas, collares, abanicos, relicarios, muñequitos. Ya adentro de mi mano, porque soy distraído, vi una bombonera de oro con turquesas; la guardé en mi bolsillo; después guardé una estatuita que brillaba, sobre una mesa, en el otro bolsillo (mis bolsillos tienen doble fondo, por si acaso. Rosaura Pansi se ocupa de forrarlos. Le hago muchos regalos y la pobrecita es agradecida hasta decir basta). Cuando salí del salón, oí un ruidito como de laucha, en la escalera. Se me detuvo el corazón, porque vi a una niña de poquísimos años, sentada sobre el último escalón, mirándome con cara de gitana. Me dio risa.

—Aquí traigo un paquete de la farmacia Firpo –le dije.

—¡Qué lástima! –me contestó–. Entonces usted no es el Señor.

—¿Que yo no soy ningún señor? ¿Qué soy, entonces? Traigo un frasco de alcohol, magnesia y polvos de arroz –dije, leyendo la boleta.

—Esta no es la puerta de servicio. Salga –dijo, arrancándome de las manos la boleta y mirándola–. Vaya hasta la esquina. Allí lo atenderán.

Me hubiera gustado estrangular a esa nena; era blanca y suave como un ángel de porcelana que una vez vi en el escaparate de una santería.

—¿No son todas las puertas iguales?

—Todas –respondió–, salvo la del cielo.

—¿Y entonces, por qué no recibe el paquete y lo paga?

—Porque no tengo plata para pagar cuentas. Tengo plata para regalar o perder.

—¿Regalar a quién?

—Regalar a cualquiera que no sea de mi familia ni de mis amistades.

—¿Perder cómo?

—¿Perder? De mil maneras.

Del bolsillo de su delantal sacó un monedero con plata, puso las monedas en fila sobre el escalón.

—Las monedas se pierden jugando para tirar a la suerte –me dijo–, en las fuentes o en cualquier parte, la cuestión es que se pierden. ¿Para qué sirven?

Me pareció un poco menos repelente y le dije:

—Adiós, Micifús.[32]

—Me llamo Aurora –contestó con voz autoritaria.

—¿Qué culpa tengo yo si tiene ojos de gato? ¿Se enoja?

No me contestó y subió saltando la escalera.

Durante mucho tiempo no volví a ver a Aurora, por más que fuera, de vez en cuando a la casa, a llevar mercaderías.

---

32  Nombre bastante común para un gato, pero despectivo para una persona. Es deformación de «Micifuf», nombre de un personaje de *La Gatomaquia*, poema épico burlesco de Lope de Vega, publicado en 1634 bajo el pseudónimo de Tomé de Burguillos, y que narra una historia de amor, celos y muerte protagonizada por un grupo de gatos.

Cuando me despidieron de la farmacia Firpo, conocí a Cuchillito y a Torno. Nos entendíamos, no puedo decir como hermanos, dada la trifulca que tuve con los míos; nos entendíamos como amigos inseparables, eso quiere decir que a veces no nos mirábamos la cara delante de la gente sin reírnos como locos. La verdad es que todo era una diversión. No tardé en hablarles de la casa de Aníbal Celino y de Aurora, al pasar por la calle Canning.[33] Les enumeré los objetos que yo había visto allí. ¡Fue un verdadero inventario!, porque ninguna de las riquezas del palacio habían pasado inadvertidas para mí. Cuchillito me miró sin ánimo:

—¡Cuánto cachivache! ¿Y para qué los queremos? —dijo.

Pero a Torno, que es más entendido, se le iluminaron los ojos y susurró, con esa voz que sonaba como un silbido en la noche:

—A cualquier hora, entraremos esta semana.

Comimos cada uno ocho helados y entramos en el Jardín Zoológico, a mirar los monos. El sol pelaba.[34] Nos detuvimos a oír la musiquita de la calesita, porque a Torno le gusta cualquier musiquita. No es extraño: el padre tocaba el bandoneón. Planeaba, como pensando en otra cosa, el asalto.

Durante varios días, como era nuestra costumbre, anduvimos vagando por el barrio, donde queda la casa. Un día entero estuve sentado sobre los restos del paredón roto de un baldío viendo el movimiento de la gente que salía y entraba. No había vigilante en la esquina, por suerte. El único peligro, tal vez, era el silencio de esa manzana. El calor me obligó a quitarme la camisa: nadie me dijo nada, porque sudar vuelve distraída a la gente.

Por fin llegó la noche esperada. Yo tenía que entrar primero en la casa, porque la conocía y porque soy menos nervioso. Cuchillito y Torno quedarían afuera, escondidos detrás de las plantas, con una bolsa vacía, donde pondríamos los objetos adquiridos. Yo tenía que avisarles, con un chistido de lechuza, si convenía que ellos entraran. Comimos aquella noche a las mil maravillas, con vino tinto, y grapa al final. Nos costó cara la fiesta.

---

33   *Canning*: Hoy denominada *Scalabrini Ortiz*, es una calle del barrio de *Palermo* que corre de Oeste a Este y desemboca cerca del parque Tres de Febrero.

34   *Pelar*: (vulg. rioplatense) quemar.

Después de algunas discusiones sobre la hora conveniente para entrar en la casa de Aníbal Celino, consultando el reloj cada cuarto de hora, nos encaminamos hacía la calle Canning y nos detuvimos frente al jardín de nuestra casa, como si nos hubiésemos perdido. Bruscamente Cuchillito y Torno saltaron la verja del jardín y se escondieron entre unas plantas. Yo me guarecí en la oscuridad de la entrada, con la ganzúa ya en la mano. La cara brillante del león que mascaba el aro me distrajo un instante de mi tarea; se abrió de improviso la puerta. Retrocedí de un salto y me escondí entre las plantas, pero la puerta permaneció abierta. Durante un tiempo larguísimo un reloj dio las horas con variadísimas campanadas, luego el cuarto y luego la media hora. Esperé, arañándome el tobillo, con una maldita rama, que algo sucediera. Nada sucedió; silencio tras silencio, carcomiéndome los ojos de sueño, hormigas subiéndome por las piernas hasta el ombligo. Esperé otro cuarto de hora y me acerqué a la puerta que permanecía abierta. Entré en la casa y encendí la linterna. Hice girar el redondel de luz a mi alrededor y lo detuve sobre la escalera: en uno de los escalones estaba sentada Aurora. Creo que fue la primera vez en mi vida que me asusté: parecía una verdadera enana, porque llevaba puesto un camisón largo y el pelo recogido en la punta de la cabeza. Como si me hubiera esperado, se me acercó y me dijo al oído:

—Usted es el Señor. Hace mucho que lo espero. Empecé a temblar y le pregunté en secreto:

—¿A quién espera?

Entonces, como si no escuchara lo que yo le estaba diciendo, me dijo agitando una de sus patas que parecía de gato que se limpia la cara:

—Clotilde Ifrán me espera.

—¿Quién es Clotilde Ifrán? ¿Dónde está?

—Está en el cielo. Es una adivina que me leyó las manos. Cuando murió estaba acostada en una cama preciosa, en su tienda. Era corsetera. Hacía fajas y corpiños para señoras y tenía los cajones de su cuarto llenos de cintas celestes y rosadas, elásticos y broches, botones y encajes por todas partes. Cuando yo iba a su casa con mamá y la esperaba, me dejaba jugar con todo y a veces, cuando yo no iba al colegio, y mamá iba al teatro o Dios sabe dónde, me dejaba en la casa de Clotilde Ifrán, para que ella me cuidara. Y entonces sí que me divertía. No sólo me daba bombones y me dejaba jugar con las agujas, con las tijeras y con las cintas, sino que me leía las manos y me tiraba las cartas. Un día, que estaba echada sobre la cama, pálida como un susto, me dijo: «El Señor vendrá a buscarme, también vendrá por ti: y entonces nos encontraremos en el cielo». «¿Y nos divertiremos como nos divertimos acá?», le pregunté. «Mucho más, me respondió; porque el Señor es muy bueno». «¿Y cuándo vendrá a buscarme?» «No sé ni cuándo ni cómo, pero luego echaré las cartas para saberlo», me respondió. Al día siguiente unos enormes caballos negros la llevaron a la Chacarita[35] en un coche lleno de adornos negros, con flores y no la vi más, ni en sueños. Usted es el Señor del que ella siempre me hablaba, para el cual no había puertas. Usted quiso probar mi lealtad, ¿no es cierto?, cuando trajo aquel paquete de la farmacia Firpo. Usted es el Señor, porque tiene barba crecida.

—He de ser, si usted lo dice.

—Un Señor, al cual tenemos que dar todo lo que tenemos.

—Llevaremos cosas brillantes y bonitas, ¿no es cierto?

—Pondremos todo adentro de una canastita de pic-nic. Espéreme.

Aurora volvió con una canastita. Entramos en la sala. Aurora se subió a una silla y de arriba de un mueble buscó una llavecita. Abrió la vitrina y fue sacando objetos que iba mostrándome. Cuando la canastita estuvo llena, cerró la vitrina con llave.

—Ya está –dijo Aurora.

En ese momento Aurora elevó la voz. Con temor dije:

—Tenga cuidado. No haga ruido.

—Mamá toma píldoras para dormir y a papá no lo despierta

---

35    *La Chacarita* es uno de los cementerios grandes de la ciudad de Buenos Aires.

ni un trueno. ¿Quiere que le eche las cartas? Haré con usted lo que Clotilde Ifrán hizo conmigo. ¿Quiere?

De un salto bajó la escalera y me trajo un mazo de naipes; se sentó en uno de los escalones.

—Así echaba las cartas Clotilde Ifrán.

Aurora mezcló las cartas, las colocó en fila, una por una, sobre tres de los escalones. El vaivén de sus manos empezó a marearme. (Temí dormir: es el peligro de mi tranquilidad.) Le propuse que fuéramos a la sala, pensando en los objetos que yo tenía que recolectar, pero no me escuchó; con su voz autoritaria, empezó a enseñarme el significado de las cartas.

—Este rey de espadas, con la cara muy seria, es un enemigo suyo. Lo está esperando afuera; van a matarlo. Este caballo de espadas, también lo está esperando.[36] ¿Usted no oye los ruidos que vienen de la calle? ¿No oye los pasos, que van acercándose? Es difícil esconderse en la noche. Porque en la noche todos los ruidos se oyen y la luz de la luna es como la luz de la conciencia. Y las plantas. ¿Usted cree que las plantas pueden ayudarlo a uno? Son nuestras enemigas, a veces, cuando llega la policía, con las armas desenvainadas. Por eso Clotilde Ifrán quería llevarme con ella. Hay muchos peligros.

Quería irme, pero un sopor como el que siento después de haber comido, me detuvo. ¿Qué pensaría Torno, el jefe? Como un borracho me acerqué a la puerta y la entreabrí. Alguien hizo fuego; caí al suelo como un muerto y no supe más nada.

---

36   Los naipes, o cartas de juego, se describen en la nota #22.

# Las fotografías

Llegué con mis regalos. Saludé a Adriana. Estaba sentada en el centro del patio, en una silla de mimbre, rodeada por los invitados. Tenía una falda muy amplia, de organdí blanco, con un viso almidonado, cuya puntilla se asomaba al menor movimiento, una vincha de metal plegadizo, con flores blancas, en el pelo, unos botines ortopédicos de cuero y un abanico rosado en la mano. Aquella vocación por la desdicha que yo había descubierto en ella mucho antes del accidente, no se notaba en su rostro.

Estaban la Clara, estaba Rossi, el Cordero, Perfecto y Juan, Albina Renato, María, la de los anteojos, el Bodoque Acevedo, con su nueva dentadura, los tres pibes de la finada,[37] un rubio que nadie me presentó y la desgraciada de Humberta. Estaban Luqui, el Enanito y el chiquilín que fue novio de Adriana, y que ya no le hablaba. Me mostraron los regalos: estaban dispuestos en una repisa del dormitorio. En el patio, debajo de un toldo amarillo, habían puesto la mesa, que era muy larga: la cubrían dos manteles. Los sándwiches de verdura y de jamón y las tortas muy bien elaboradas, despertaron mi apetito. Media docena de botellas de sidra, con sus vasos correspondientes, brillaban sobre la mesa. Se me hacía agua la boca. Un florero con gladiolos naranjados y otro con claveles blancos, adornaban las cabeceras. Esperábamos la llegada de Spirito, el fotógrafo: no teníamos que sentarnos a la mesa ni destapar las botellas de sidra, ni tocar las tortas, hasta que él llegara.

Para hacernos reír, Albina Renato bailó «La muerte del Cisne». Estudia bailes clásicos, pero bailaba en broma.

---

37    *Pibe*: argentinismo por «muchacho» (*finada*: ver la nota #15).

Hacía calor y había moscas. Las flores de las catalpas ensuciaban las baldosas del patio. Los hombres con los periódicos, las mujeres con pantallas improvisadas o abanicos, todo el mundo se abanicaba o abanicaba las tortas y sándwiches. La desgraciada de Humberta lo hacía con una flor, para llamar la atención. ¿Qué aire puede dar, por mucho que se agite, una flor?

Durante una hora de expectativa en que todos nos preguntábamos al oír el timbre de la puerta de calle si llegaba o no llegaba Spirito, nos entretuvimos contando cuentos de accidentes más o menos fatales. Algunos de los accidentados habían quedado sin brazos, otros sin manos, otros sin orejas. «Mal de muchos, consuelo de algunos», dijo una viejita, refiriéndose a Rossi, que tiene un ojo de vidrio. Adriana sonreía. Los invitados seguían entrando. Cuando llegó Spirito, se destapó la primera botella de sidra. Por supuesto que nadie la probó. Se sirvieron varias copas y se inició el larguísimo preludio al esperado brindis.

En la primera fotografía, Adriana, a la cabecera de la mesa, trataba de sonreír con sus padres. Dio mucho trabajo colocar bien el grupo, que no armonizaba: el padre de Adriana era corpulento y muy alto, los padres fruncían mucho el ceño, sosteniendo en alto las copas. La segunda fotografía no dio menos trabajo: los hermanitos, las tías y la abuela se agrupaban desordenadamente alrededor de Adriana, tapándole la cara. El pobre Spirito tenía que esperar pacientemente el momento de sosiego, en que todos ocupaban el lugar por él indicado. En la tercera fotografía, Adriana blandía el cuchillo, para cortar la torta, que llevaba escrito con merengue rosado su nombre, la fecha de su cumpleaños y la palabra FELICIDAD, salpicada de grageas.

—Tendría que ponerse de pie –dijeron los invitados. La tía objetó:

—Y si los pies salen mal.

—No se aflija –respondió el amable Spirito–, si quedan mal, después se los corto.

Adriana hizo una mueca de dolor y el pobre Spirito tuvo que

fotografiarla de nuevo, hundida en su silla, entre los invitados. En la cuarta fotografía, sólo los niños rodeaban a Adriana; les permitieron mantener las copas en alto, imitando a los mayores. Los niños dieron menos trabajo que los grandes. El momento más difícil no había terminado. Había que llevar a Adriana al dormitorio de su abuela para que le sacaran las últimas fotografías. Entre dos hombres la cargaron en la silla de mimbre y la pusieron en el cuarto, con los gladiolos y los claveles. Allí la sentaron en un diván, entre varios almohadones superpuestos. En el dormitorio, que medía cinco metros por seis, había aproximadamente quince personas, enloqueciendo al pobre Spirito, dándole indicaciones y aconsejando a Adriana las posturas que debía adoptar. Le arreglaban el pelo, le cubrían los pies, le agregaban almohadones, le colocaban flores y abanicos, le levantaban la cabeza, le abotonaban el cuello, le ponían polvos, le pintaban los labios. No se podía ni respirar. Adriana sudaba y hacía muecas. El pobre Spirito esperó más de media hora, sin decir una palabra; luego, con muchísimo tacto, sacó las flores que habían colocado a los pies de Adriana, diciendo que la niña estaba de blanco y que los gladiolos naranjados desentonaban con el conjunto. Con santa paciencia, Spirito repitió la consabida amenaza:

—Ahora va a salir un pajarito.

Encendió las lámparas y sacó la quinta fotografía, que terminó en un trueno de aplausos. Desde afuera, la gente decía:

—Parece una novia, parece una verdadera novia. Lástima los botines.

La tía de Adriana pidió que fotografiaran a la niña con el abanico de su suegra, en la mano. Era un abanico con encaje de Alenzón, con lentejuelas, y cuyas varillas de nácar tenían pequeñas pinturas hechas a mano. El pobre Spirito no juzgó de buen gusto introducir en la fotografía de una niña de catorce años un abanico negro y triste, por valioso que fuera. Tanto insistieron, que aceptó. Con un clavel blanco en una mano y el abanico negro en la otra, salió Adriana en la sexta fotografía. La séptima fotografía motivó discusiones: si se sacaría en el interior del cuarto o en el patio, junto al abuelo maniático, que no quería moverse de su rincón. La Clara dijo:

—Si es el día más feliz de su vida, cómo no la van a fotografiar junto al abuelo, que tanto la quiere. –Luego explicó–: Desde hace un año esta niña se ha debatido entre los brazos de la muerte, ha quedado paralítica.

La tía declaró:

—Nos hemos desvivido por salvarla, durmiendo a su lado en los pisos de baldosa de los hospitales, dándole nuestra sangre en transfusiones, y ahora, en el día de su cumpleaños, vamos a descuidar el momento más solemne del banquete, olvidando de ponerla en el grupo más importante, junto a su abuelo, que siempre fue su preferido.

Adriana se quejaba. Creo que pedía un vaso de agua, pero estaba tan agitada que no podía pronunciar ninguna palabra; además, el estruendo que hacía la gente al moverse y al hablar hubiera sofocado sus palabras, si ella las hubiera pronunciado. Dos hombres la llevaron, de nuevo, en la silla de mimbre, al patio y la pusieron junto a la mesa. En ese momento se oyó de un altoparlante la canción ritual de «Feliz cumpleaños». Adriana en la cabecera de la mesa, al lado del abuelo y de la torta con velitas, posó para la séptima fotografía, con mucha serenidad. La desgraciada de Humberta logró introducirse en el retrato en primer plano, con sus omóplatos descubiertos y despechugada como siempre. La acusé en público por la intromisión, y aconsejé al fotógrafo que repitiera la fotografía, lo que hizo de buen grado. Resentida, la desgraciada de Humberta se fue a un rincón del patio; el rubio que nadie me presentó la siguió y para consolarla le sopló algo al oído. Si no hubiera sido por esa desgraciada la catástrofe no habría sucedido. Adriana estaba a punto de desmayarse, cuando la fotografiaron de nuevo. Todos me lo agradecieron. Destaparon las botellas de sidra; las copas rebalsaban de espuma. Cortaron las dos tortas en tajadas grandotas, que se repartieron en cada plato.

Estas cosas llevan tiempo y atención. Algunas copas se volcaron sobre el mantel: dicen que trae suerte. Con la punta de los dedos, nos humedecimos la frente. Algunos mal educados habían bebido ya la sidra antes del brindis. La desgraciada de Humberta dio el ejemplo, y le pasó la copa al rubio. No fue sino más tarde, cuando probamos la torta y brindamos a la salud de Adriana, que advertimos que estaba dormida. La cabeza colgaba de su cuello como un melón. No era extraño que siendo aquella su primera salida del hospital, el cansancio y la emoción la hubieran vencido. Algunas personas se rieron, otras se acercaron y le golpearon la espalda para despertarla. La desgraciada de Humberta, esa aguafiestas, la zarandeó de un brazo y le gritó:

—Estás helada.

Ese pájaro de mal agüero, dijo: –Está muerta.

Algunas personas alejadas de la cabecera, creyeron que se trataba de una broma y dijeron:

—Como para no estar muerta con este día.

El Bodoque Acevedo no soltaba su copa. Todos dejaron de comer, salvo Luqui y el Enanito. Otros, disimuladamente, guardaban trozos de torta estrujada y sin merengue, en el bolsillo. ¡Qué injusta es la vida! ¡En lugar de Adriana, que era un angelito, hubiera podido morir la desgraciada de Humberta!

# LA FURIA

*(Para mi amigo Octavio.)*

Por momentos creo que oigo todavía ese tambor. ¿Cómo podré salir de esta casa sin ser visto? Y, suponiendo que pudiera salir, una vez afuera, ¿cómo haría para llevar al niño a su casa? Esperaría que alguien lo reclamara por radio o por los diarios. ¿Hacerlo desaparecer? No sería posible. ¿Suicidarme? Sería la última solución. Además, ¿con qué podría hacerlo? ¿Escaparme? ¿Por dónde? En los corredores, en este momento, hay gente. Las ventanas están tapiadas.

Me formulé mil veces estas preguntas a mí mismo hasta que descubrí el cortaplumas que el niño tenía en la mano y que guardaba de vez en cuando en el bolsillo. Me tranquilicé pensando que podía, en última instancia, matarlo, cortándole, en la bañadera, para que no ensuciara el piso, las venas de las muñecas. Una vez muerto lo colocaría debajo de la cama.

Para no volverme loco saqué la libreta de apuntes que llevo en el bolsillo, y mientras el niño jugaba de un modo inverosímil con los flecos de la colcha, con la alfombra, con la silla, escribí todo lo que me había sucedido desde que conocí a Winifred.

La conocí en Palermo.[38] Sus ojos brillaban, ahora me doy cuenta, como los de las hienas. Me recordaba a una de las Furias.[39] Era frágil y nerviosa, como suelen ser las mujeres que no te gustan, Octavio.[40]

---

38  *Palermo* es un barrio de Buenos Aires, y por extensión también la denominación cotidiana del *Parque 3 de Febrero* ubicado en esa zona donde se encuentran el Jardín Zoológico, el Jardín Botánico, un lago, y otros elementos de recreo. Es un lugar mencionado con frecuencia en los cuentos de Ocampo.

39  Las *Furias* o *Euménides* son las deidades de la mitología griega asociadas con la venganza contra culpables por crímenes contra su propia familia. Se mencionan con frecuencia en los cuentos y en la poesía de Silvina Ocampo.

40  *Octavio*, mencionado aquí como recipiente de la versión que está escribiendo el narrador, también aparece en la dedicatoria, «Para mi amigo Octavio». Es una innovación de la autora quien aquí juega con una figura que parece estar simultáneamente «dentro» y «fuera» del cuento. Por las varias alusiones más adelante, especialmente a la poesía, se puede especular que el amigo es Octavio Paz, el poeta mexicano, que la autora había conocido en París unos años antes de la publicación de estos cuentos.

El pelo negro era fino y crespo, como el vello de las axilas. Nunca supe qué perfume usaba, pues su olor natural modificaba el del frasco sin etiqueta, decorado con cupidos, que vislumbré en el interior revuelto de su cartera.

Nuestro primer diálogo fue breve:

—Che, no parecés argentina, vos.[41]

—Es claro. Soy filipina.

—¿Hablás inglés?

—Es claro.

—Podrías enseñarme.

—Para qué.

—Para estudiar me vendría bien.

Ella paseaba con un niño que cuidaba: yo, con un libro de matemáticas o de lógica, debajo del brazo. Winifred no era muy joven; lo advertí por las venas de las piernas, que formaban pequeños arbolitos azules a la altura de la rodilla y por la hinchazón pronunciada de los párpados. Me dijo que tenía veinte años.

La veía los sábados por la tarde. Durante un tiempo, recorriendo el mismo trayecto del primer día, desde el busto de Dante, que queda junto a un aguaribay, hasta la jaula de los monos, mirando la punta de nuestros zapatos tiznados con polvo, o dando carne cruda a los gatos, repetimos el mismo diálogo, con distinto énfasis, casi podría decir con distinto significado. El niño tocaba sin cesar el tambor. Nos cansamos de los gatos el día en que nos tomamos de la mano: no alcanzaba el tiempo para cortar tantos pedacitos de carne cruda. Un día llevamos pan a las palomas y a los cisnes: esto fue un pretexto para retratarnos al pie del puente que comunica con la isla clausurada del lago, cuyo portón abunda en inscripciones pornográficas. Quiso escribir su nombre y el mío junto a una de las inscripciones más obscenas. Le obedecí con desgano.

Me enamoré de ella cuando pronunció un alejandrino (Octavio, me enseñaste métrica).

—Me acuerdo de mis plumas de ángel, cuando era chica.

---

41    Con el uso del voseo y la palabra «ché», el narrador se identifica a sí mismo muy enfáticamente como argentino.

Para no turbarme, la miré en el agua. Creí que lloraba.

—¿Tenías plumas de ángel? –pregunté con voz sentimental.

—Eran de algodón y muy grandes –me respondió–. Encuadraban mi cara. Parecían de armiño. Para el día de la Virgen, las hermanas del colegio me vistieron de ángel, con un vestido celeste; una túnica, no un vestido. Debajo llevaba una malla celeste y zapatos celestes también. Me hicieron rulos y me los pegaron con goma arábiga.[42]

Le coloqué mi brazo alrededor de la cintura, pero siguió hablando:

—Sobre la cabeza me pusieron una corona de azucenas artificiales. Las azucenas son muy fragantes, creo que eran nardos. Sí, nardos. Vomité durante toda la noche. Nunca olvidaré ese día. Mi amiga Lavinia, a quien estimaban tanto como a mí en el colegio, recibió la misma distinción: la vistieron de ángel, de ángel rosado (el ángel rosado era menos importante que el ángel celeste).

(Recordé tus consejos, Octavio, no hay que ser tímido para conquistar a una mujer.)

—¿No querés que nos sentemos? –le dije, abrazándola, frente a un banco de mármol.

—Sentémonos en el césped –me dijo. Dio unos pasos y se echó al suelo.

—Me gustaría encontrar un trébol de cuatro hojas... y me gustaría darte un beso.

Prosiguió, como si no me hubiera oído:

—Mi amiga Lavinia murió aquel día: fue el día más feliz y más triste de mi vida. Feliz, porque las dos estábamos vestidas de ángel; triste, porque perdí para siempre la felicidad.

Para que tocara sus lágrimas, puso mi mano sobre su mejilla.

—Siempre que la recuerdo, lloro –dijo, con voz entrecortada–. Aquel día festivo terminó en tragedia. Una de las alas de Lavinia se encendió en la llama del cirio que yo llevaba en mi mano. El padre de Lavinia se precipitó para salvar a su hija: la

---

42   *Goma arábiga:* sustancia, hecha de la resina de árboles como la acacia, usada a través de la historia como pegamento y en otros usos cosméticos y medicinales.

cargó, corrió al presbiterio, atravesó el patio, entró en el cuarto de baño con esa antorcha viva. Cuando la sumergió en el agua de la bañadera ya era tarde. Mi amiga Lavinia yacía carbonizada. De su cuerpo quedó sólo este anillo que cuido como oro en polvo –me dijo, mostrando en su anular un anillito con un rubí–. Un día, jugando, me prometió que me regalaría el anillo cuando muriera. No faltó gente mal intencionada que me acusara de haber incendiado a propósito las alas de Lavinia. La verdad es que sólo puedo jactarme de haber sido bondadosa con una persona: con ella. Yo vivía dedicada como una verdadera madre a cuidarla, a educarla, a corregir sus defectos. Todos tenemos defectos: Lavinia era orgullosa y miedosa. Tenía el pelo largo y rubio, la piel muy blanca. Para corregir su orgullo, un día le corté un mechón que guardé secretamente en un relicario; tuvieron que cortarle el resto del pelo, para emparejarlo. Otro día, le volqué un frasco de agua de Colonia sobre el cuello y la mejilla; su cutis quedó todo manchado.

El niño tocaba el tambor junto a nosotros. Le dijimos que se alejara, pero no nos obedeció.

—¿Si le quitásemos el tambor? –inquirí con impaciencia.

—Tendría un ataque de nervios –me respondió Winifred.

—¿Podré verte algún día, sin el chico o sin el tambor?

—Por ahora, no –respondió Winifred.

Llegué a creer que era hijo de ella, tanto lo complacía.

—¿Y la madre, la madre nunca puede estar con él? –le pregunté un día, con acritud.

—Para eso me pagan –me contestó, como si la hubiera insultado.

Después de una serie de besos, que cambiamos entre los follajes, continuó sus confidencias, sin que el niño dejara de tocar el tambor.

—En las Filipinas hay paraísos.

—Aquí también –le respondí, creyendo que hablaba de árboles.

—Paraísos de felicidad. En Manila, donde yo nací, las ventanas de las casas están adornadas de madreperla.

—¿Con ventanas adornadas de madreperla logra uno ser feliz?

—Estar en el paraíso equivale a lograr la felicidad; pero siempre llega la serpiente y uno la espera. Los temblores de tierra, la invasión japonesa, la muerte de Lavinia, todo ocurrió después. Lo presentí, sin embargo. Mis padres siempre colocaban afuera de nuestra casa, junto a la puerta principal, un platito con leche para que las víboras no entraran en la casa. Una noche se olvidaron de colocar la leche afuera. Cuando mi padre se metió en la cama, sintió algo caliente entre las sábanas. Era una víbora. Para matarla de un balazo tuvo que esperar hasta la mañana. No quería asustarnos con la detonación. Aquella vez presentí todo lo que iba a ocurrir. Fue una premonición. Arrodillada en la capilla del colegio trataba de pedir protección a Dios, pero siempre que estaba arrodillada, mis pies me molestaban. Los doblaba hacia afuera, hacia adentro, para un lado, para el otro, sin hallar postura adecuada para el recogimiento. Lavinia me miraba con asombro; ella era muy inteligente y no podía comprender que uno tuviera esas dificultades frente a Dios. Ella era sensata; yo era romántica. Un día, vagando con un libro, en un campo cubierto de lirios, me dormí. Era ya tarde. Me buscaron con linternas: el cortejo iba encabezado por Lavinia. Allí los lirios dan sueño, son flores narcóticas. Si no me hubieran encontrado, seguramente usted no estaría hablando hoy conmigo.

El niño se sentó junto a nosotros, tocando el tambor.

—¿Por qué no le sacamos el tambor y se lo tiramos al lago? —me aventuré a decir—. Me aturde el ruido.

Winifred dobló su impermeable rojo, lo acarició y siguió hablando:

—En los dormitorios del colegio, Lavinia lloraba de noche, porque temía a los animales. Para combatir sus inexplicables terrores, metí arañas vivas adentro de su cama. Una vez metí un ratón muerto que encontré en el jardín, otra vez metí un sapo. A pesar de todo no conseguí corregirla; su miedo, por lo contrario, durante un tiempo se agravó. Llegó al paroxismo el día en que le invité a mi casa. Alrededor de la mesita donde estaba dispuesto el juego de té con las masas, coloqué todas las fieras que mi padre había cazado en África y había mandado embalsamar: dos tigres y un león. Lavinia no probó la leche ni las masas aquel día. Yo jugaba a darle de comer a las fieras. Ella lloraba. La llevé a las hamacas del jardín, para consolarla. No cesó de llorar, hasta el momento en que anocheció. Entonces aproveché la oscuridad para esconderme detrás de unas plantas. El miedo secó sus lágrimas. Creyó que estaba sola. El sitio de las hamacas quedaba retirado de la casa. Permaneció de pie, junto a un banco rústico, rascándose nerviosamente las rodillas, hasta que aparecí cubierta de hojas de banano. En la oscuridad adiviné la palidez de su cara y los hilitos de sangre de sus rodillas arañadas. Dije su nombre, tres veces: Lavinia, Lavinia, Lavinia, tratando de cambiar mi voz. Palpé su mano helada. Creo que se desvaneció. Esa noche tuvieron que ponerle bolsas de agua caliente en los pies y bolsas de hielo en la cabeza. Lavinia dijo a sus padres que no quería verme más. Nos reconciliamos, como es natural. Para celebrar nuestra reconciliación, fui a su casa con varios regalos: chocolate y una pecera con un pez rojo; pero lo que más le desagradó fue un monito, vestido de verde, con cuatro cascabeles. Los padres de Lavinia me recibieron con cariño y me agradecieron los regalos, que Lavinia no me agradeció. Creo que el pez y el mono murieron de inanición. En cuanto al chocolate, Lavinia no lo probó. Tenía la manía de no comer dulces, razón por la cual la reprendían, cuando no le metían a la fuerza en la boca, bombones o dulces que yo siempre le regalaba.

—¿No querés que paseemos por otra parte? –le dije, interrumpiendo sus confidencias–. Está lloviendo.

—Bueno –me contestó, poniéndose el impermeable.

Caminamos, cruzamos la avenida de las palmeras, llegamos

al Monumento a los Españoles. Buscamos un taxímetro. Di las instrucciones al *chauffeur*. En el camino compramos chocolate y pan, para el niño. La casa era como las otras de su género, un poco más grande, tal vez.[43] La habitación tenía un espejo con molduras doradas y un perchero, cuyas perchas lucían en sus extremidades cuellos de cisne. Escondimos el tambor debajo de la cama.

—¿Qué hacemos con el niño? –pregunté, sin recibir otra respuesta que el abrazo que nos condujo a un laberinto de otros abrazos. Penetramos, nos demoramos en la oscuridad como en un túnel, cegados por la luz del jardín donde habíamos estado.

—¿Y el niño? –volví a interrogar, viendo su ausencia, su sombrero de paja y sus guantes blancos en la penumbra–. ¿No estará debajo de la cama?

—Ese andariego andará por los corredores de la casa.

—¿Y si alguien lo ve?

—Pensarán que es el hijo del dueño.

—Pero no permiten traer niños.

—¿Cómo lo dejaron pasar?

—No lo vieron, debajo de tu impermeable.

Cerré los ojos y aspiré el perfume de Winifred.

—Qué cruel fuiste con Lavinia –le dije.

—¿Cruel, cruel? –me respondió, con énfasis–. Cruel soy con el resto del mundo. Cruel seré contigo –dijo, mordiendo mis labios.

—No podrás.

—¿Estás seguro?

—Estoy seguro.

Ahora comprendo que sólo quería redimirse para Lavinia, cometiendo mayores crueldades con las demás personas. Redimirse a través de la maldad.

Después salí en busca del niño, porque ella me lo pidió. Vagué por los corredores. No había nadie. Me detuve en el patio donde llegaban los taxímetros con parejas que ocultaban risas, alegría, vergüenza. Un gato blanco se trepó a una enredadera. El niño

---

43   Si no está claro aquí, se hace muy obvio más adelante que la «casa» es un hotel por horas o «de citas». Generalmente son hoteles de bastante baja categoría, pero en Buenos Aires los hay también de lujo.

estaba orinando junto a la pared. Lo alcé y lo llevé escondiéndome lo mejor que pude. Al entrar en el cuarto, primeramente no vi nada; la oscuridad era absoluta. Luego advertí que Winifred ya no estaba. Nada de ella había quedado, ni su cartera, ni sus guantes, ni el pañuelo con iniciales celestes. Abrí bruscamente la puerta para ver si la alcanzaba en el corredor, pero no hallé ni el perfume de ella. Volví a cerrarla y mientras el niño jugaba peligrosamente con los flecos de la colcha, descubrí el tambor. Revisé todos los rincones en donde Winifred hubiera podido, en su distracción, dejar algo de ella, algo que me ayudara a encontrarla de nuevo: su dirección, la dirección de una amiga, el apellido de ella.

Intenté varios diálogos con el niño, que me fueron de poca utilidad.

—No toques el tambor. ¿Cómo te llamas?

—Cintito.

—Ese es un sobrenombre, ¿cuál es tu verdadero nombre?

—Cintito.

—¿Y tu niñera?

—Niní.

—¿Y qué más?

—Nada más.

—¿Dónde vive?

—En una casita.

—¿Dónde?

—En una casita.

—¿Dónde está esa casita?

—No sé.

—Te doy bombones, si me decís cómo se llama tu niñera.

—Dame bombones.

—Después. ¿Cómo se llama?

Cintito siguió jugando con la colcha, con la alfombra, con la silla, con los palillos del tambor.

¿Qué haré?, pensaba, mientras hablaba con el niño.

—No toques el tambor. Más divertido es hacerlo rodar.

—¿Por qué?

—Porque no hay que hacer ruido.

—Si yo quiero.

—No toques te digo.

—Entonces devolveme el cortaplumas.

—No es un juguete para niños. Podrías lastimarte.

—Tocaré el tambor.

—Si tocas el tambor, te mato.

Comenzó a gritar. Lo tomé del cuello. Le pedí que se callara. No quiso escucharme. Le tapé la boca con la almohada. Durante unos minutos se debatió; luego quedó inmóvil, con los ojos cerrados.

Vacilar es una de mis perdiciones. Durante minutos que me comunicaron con la eternidad, repetí: ¿Qué haré?

Ahora sólo espero que se abra la puerta de mi cárcel donde todavía estoy encerrado. Siempre fui así: por no provocar un escándalo fui capaz de cometer un crimen.

# El vestido de terciopelo

Sudando, secándonos la frente con pañuelos, que humedecimos en la fuente de la Recoleta, llegamos a esa casa, con jardín, de la calle Ayacucho. ¡Qué risa!

Subimos en el ascensor al cuarto piso. Yo estaba malhumorada, porque no quería salir, pues mi vestido estaba sucio y pensaba dedicar la tarde a lavar y a planchar la colcha de mi camita. Tocamos el timbre: nos abrieron la puerta y entramos, Casilda y yo, en la casa, con el paquete. Casilda es modista. Vivimos en Burzaco y nuestros viajes a la capital la enferman, sobre todo cuando tenemos que ir al barrio norte, que queda tan a trasmano. De inmediato Casilda pidió un vaso de agua a la sirvienta para tomar la aspirina que llevaba en el monedero. La aspirina cayó al suelo con vaso y monedero, ¡Qué risa!

Subimos una escalera alfombrada (olía a naftalina), precedidas por la sirvienta, que nos hizo pasar al dormitorio de la señora Cornelia Catalpina, cuyo nombre fue un martirio para mi memoria. El dormitorio era todo rojo, con cortinajes blancos y había espejos con marcos dorados. Durante un siglo esperamos que la señora llegara del cuarto contiguo, donde la oíamos hacer gárgaras y discutir con voces diferentes. Entró su perfume y después de unos instantes, ella con otro perfume. Quejándose, nos saludó:

—¡Qué suerte tienen ustedes de vivir en las afueras de Buenos Aires! Allí no hay hollín, por lo menos. Habrá perros rabiosos y quema de basuras. Miren la colcha de mi cama. ¿Ustedes creen que es gris? No. Es blanca. Un ampo de nieve —me tomó del mentón y agregó—: No te preocupan estas cosas. ¡Qué edad feliz!

Ocho años tienes, ¿verdad? —y dirigiéndose a Casilda agregó—: ¿Por qué no le coloca una piedra sobre la cabeza para que no crezca? De la edad de nuestros hijos depende nuestra juventud.

Todo el mundo creía que mi amiga Casilda era mi mamá. ¡Qué risa!

—Señora, ¿quiere probarse? —dijo Casilda, abriendo el paquete que estaba prendido con alfileres. Me ordenó—: Alcanza de mi cartera los alfileres.

—¡Probarse! ¡Es mi tortura! ¡Si alguien se probara los vestidos por mí, qué feliz sería! Me cansa tanto.

La señora se desvistió y Casilda trató de ponerle el vestido de terciopelo.

—¿Para cuándo el viaje, señora? —le dijo para distraerla.

La señora no podía contestar. El vestido no pasaba por sus hombros: algo lo detenía en el cuello. ¡Qué risa!

—El terciopelo se pega mucho, señora, y hoy hace calor. Pongámosle un poquito de talco.

—Sáquemelo, que me asfixio -exclamó la señora. Casilda le quitó el vestido y la señora se sentó sobre el sillón, a punto de desvanecerse.

—¿Para cuándo será el viaje, señora? —volvió a preguntar Casilda para distraerla,

—Me iré en cualquier momento. Hoy día, con los aviones, uno se va cuando quiere. El vestido tendrá que estar listo. Pensar que allí hay nieve. Todo es blanco, limpio y brillante,

—Se va a París, ¿no?

—Iré también a Italia.

—¿Vuelve a probarse el vestido, señora? En seguida terminamos.

La señora asintió dando un suspiro.

—Levante los dos brazos para que le pasemos primero las dos mangas —dijo Casilda, tomando el vestido y poniéndoselo de nuevo.

Durante algunos segundos Casilda trató inútilmente de bajar

la falda, para que resbalara sobre las caderas de la señora. Yo la ayudaba lo mejor que podía. Finalmente consiguió ponerle el vestido. Durante unos instantes la señora descansó extenuada, sobre el sillón; luego se puso de pie para mirarse en el espejo. ¡El vestido era precioso y complicado! Un dragón bordado de lentejuelas negras, brillaba sobre el lado izquierdo de la bata. Casilda se arrodilló, mirándola en el espejo, y le redondeó el ruedo de la falda. Luego se puso de pie y comenzó a colocar alfileres en los dobleces de la bata, en el cuello, en las mangas. Yo tocaba el terciopelo: era áspero cuando pasaba la mano para un lado y suave cuando la pasaba para el otro. El contacto de la felpa hacía rechinar mis dientes. Los alfileres caían sobre el piso de madera y yo los recogía religiosamente uno por uno. ¡Qué risa!

—¡Qué vestido! Creo que no hay otro modelo tan precioso en todo Buenos Aires –dijo Casilda, dejando caer un alfiler que tenía entre sus dientes–. ¿No le agrada, señora?

—Muchísimo. El terciopelo es el género que más me gusta.[44] Los géneros son como las flores: uno tiene sus preferencias. Yo comparo el terciopelo a los nardos.

—¿Le gusta el nardo? Es tan triste –protestó Casilda.[45]

—El nardo es mi flor preferida, y sin embargo me hace daño. Cuando aspiro su olor me descompongo. El terciopelo hace rechinar mis dientes, me eriza, como me erizaban los guantes de hilo en la infancia y, sin embargo, para mí no hay en el mundo otro género comparable. Sentir su suavidad en mi mano, me atrae aunque a veces me repugne. ¡Qué mujer está mejor vestida que aquella que se viste de terciopelo negro! Ni un cuello de puntilla le hace falta, ni un collar de perlas; todo estaría de más. El terciopelo se basta a sí mismo. Es suntuoso y es sobrio.

Cuando terminó de hablar, la señora respiraba con dificultad. El dragón también. Casilda tomó un diario que estaba sobre una mesa y la abanicó, pero la señora la detuvo, pidiéndole que no le echara aire, porque el aire le hacía mal. ¡Qué risa!

En la calle oí gritos de los vendedores ambulantes. ¿Qué

---

44   *Género:* tela o tejido.
45   *Nardo:* (*Polianthes tuberosa*) flor con fragancia fuerte muy usada como adorno; aquí Casilda parece asociarla con los ramos funerarios.

vendían? ¿Frutas, helados, tal vez? El silbato del afilador, y el tilín del barquillero recorrían también la calle. No corrí a la ventana, para curiosear, como otras veces. No me cansaba de contemplar las pruebas de este vestido con un dragón de lentejuelas. La señora volvió a ponerse de pie y se detuvo de nuevo frente al espejo tambaleando. El dragón de lentejuelas también tambaleó. El vestido ya no tenía casi ningún defecto, sólo un imperceptible frunce debajo de los dos brazos. Casilda volvió a tomar los alfileres para colocarlos peligrosamente en aquellas arrugas de género sobrenatural, que sobraban.

—Cuando seas grande –me dijo la señora– te gustará llevar un vestido de terciopelo, ¿no es cierto?

—Sí –respondí, y sentí que el terciopelo de ese vestido me estrangulaba el cuello con manos enguantadas. ¡Qué risa!

—Ahora me quitaré el vestido –dijo la señora. Casilda la ayudó a quitárselo tomándolo del ruedo de la falda con las dos manos. Forcejeó inútilmente durante algunos segundos, hasta que volvió a acomodarle el vestido.

—Tendré que dormir con él –dijo la señora, frente al espejo, mirando su rostro pálido y el dragón que temblaba sobre los latidos de su corazón–. Es maravilloso el terciopelo, pero pesa –llevó la mano a la frente–. Es una cárcel. ¿Cómo salir? Deberían hacerse vestidos de telas inmateriales como el aire, la luz o el agua.

—Yo le aconsejé la seda natural –protestó Casilda.

La señora cayó al suelo y el dragón se retorció. Casilda se inclinó sobre su cuerpo hasta que el dragón quedó inmóvil. Acaricié de nuevo el terciopelo que parecía un animal. Casilda dijo melancólicamente:

—Ha muerto. ¡Me costó tanto hacer este vestido! ¡Me costó tanto, tanto!

¡Qué risa!

# La boda

Que una muchacha de la edad de Roberta se fijara en mí, saliera a pasear conmigo, me hiciera confidencias, era una dicha que ninguna de mis amigas tenía. Me dominaba y yo la quería no porque me comprara bombones o bolitas de vidrio o lápices de colores, sino porque me hablaba a veces como si yo fuera grande y a veces como si ella y yo fuéramos chicas de siete años.

Es misterioso el dominio que Roberta ejercía sobre mí: ella decía que yo adivinaba sus pensamientos, sus deseos. Tenía sed: yo le alcanzaba un vaso de agua, sin que me lo pidiera. Estaba acalorada: la abanicaba o le traía un pañuelo humedecido en agua de Colonia. Tenía dolor de cabeza: le ofrecía una aspirina o una taza de café. Quería una flor: yo se la daba. Si me hubiera ordenado «Gabriela, tírate por la ventana» o «pon tu mano en las brasas» o «corre a las vías del tren para que el tren te aplaste», lo hubiera hecho en el acto.

Vivíamos, todos en los arrabales de la ciudad de Córdoba. Arminda López era vecina mía y Roberta Carma vivía en la casa de enfrente. Arminda López y Roberta Carma se querían como primas que eran, pero a veces se hablaban con acritud: todo surgía por las conversaciones de vestidos o de ropa interior o de peinados o de novios que tenían. Nunca pensaban en su trabajo. A la media cuadra de nuestras casas se encontraba la peluquería LAS ONDAS BONITAS. Ahí, Roberta me llevaba una vez por mes. Mientras que le teñían el pelo de rubio con agua oxigenada y amoníaco, yo jugaba con los guantes del peluquero, con el vaporizador, con las peinetas, con las horquillas, con el secador que parecía el yelmo de un guerrero y con una peluca vieja, que el peluquero me cedía con mucha amabilidad. Me agradaba aquella peluca, más que nada en el mundo, más que los paseos a Ongamira o al Pan de Azúcar,[46] más que los alfajores de arrope[47] o que aquel caballo azulejo[48] que montaba en el terreno baldío para dar la vuelta a la manzana, sin riendas y sin montura y que me distraía de mis estudios.

El compromiso de Arminda López me distrajo más que la peluquería y que los paseos. Tuve malas notas, las peores de mi vida, en aquellos días.

Roberta me llevaba a pasear en tranvía hasta la confitería Oriental. Ahí tomábamos chocolate con vainillas y algún muchacho se acercaba para conversar con ella. De vuelta en el tranvía me decía que Arminda tenía más suerte que ella, porque a los veinte años las mujeres tenían que enamorarse o tirarse al río.

—¿Qué río? –preguntaba yo, perturbada por las confidencias.

—No entiendes. Qué le vas a hacer. Eres muy pequeña.

—Cuando me case, me mandaré hacer un hermoso rodete –había dicho Arminda–, mi peinado llamará la atención.

Roberta reía y protestaba:

—Qué anticuada. Ya no se usan los rodetes.

—Estás equivocada. Se usan de nuevo –respondía Arminda–. Verás, si no llamo la atención.

Los preparativos para la boda fueron largos y minuciosos. El traje de novia era suntuoso. Una puntilla de la abuela materna adornaba la bata, un encaje de la abuela paterna (para que no se resintiera) adornaba el tocado.[49] La modista probó el vestido a Arminda cinco veces. Arrodillada y con la boca llena de alfileres la modista redondeaba el ruedo de la falda o agregaba pinzas al nacimiento de la bata. Cinco veces del brazo de su padre, Arminda cruzó el patio de la casa, entró en su dormitorio y se detuvo frente

---

46    El valle de *Ongamira* y el cerro *Pan de Azúcar* son sitios turísticos en las afueras de Córdoba con hermosas vistas.

47    *Alfajor de arrope:* pastel de varias capas relleno con una melaza casera (arrope) de caña, higo de tuna, uvas, etc.

48    *Caballo azulejo:* la terminología descriptiva del pelaje de los caballos depende del color del cuero (la piel) y el pelo (el manto). En este caso los dos tienen reflejos azulados.

49    *Tocado:* adorno de la cabeza más pequeño que un sombrero y que generalmente se fija en su sitio y no se saca hasta terminado el evento (como una boda).

a un espejo para ver el efecto que hacían los pliegues de la falda con el movimiento de su paso. El peinado era tal vez lo que más preocupaba a Arminda. Había soñado con él toda su vida. Se mandó hacer un rodete muy grande, aprovechando una trenza de pelo que le habían cortado a los quince años. Una redecilla dorada y muy fina, con perlitas, sostenía el rodete, que el peluquero exhibía ya en la peluquería. El peinado, según su padre, parecía una peluca.

La víspera del casamiento, el 2 de enero, el termómetro marcaba cuarenta grados. Hacía tanto calor que no necesitábamos mojarnos el pelo para peinarlo ni lavarnos la cara con agua para quitarnos la suciedad. Exhaustas Roberta y yo estábamos en el patio. Anochecía. El cielo, de un color gris de plomo, nos asustó. La tormenta se resolvió sólo en relámpagos y avalanchas de insectos. Una enorme araña se detuvo en la enredadera del patio: me pareció que nos miraba. Tomé el palo de una escoba para matarla, pero me detuve no sé por qué. Roberta exclamó:

—Es la esperanza. Una señora francesa me contó una vez que *La araña por la noche es esperanza.*

—Entonces, si es esperanza, vamos a guardarla en una cajita –le dije.

Como una sonámbula porque estaba cansada y es muy buena, Roberta fue a su cuarto para buscar una cajita.

—Ten cuidado. Son ponzoñosas –me dijo.

—¿Y si me pica?

—Las arañas son como las personas: pican para defenderse. Si no les haces daño, no te harán a ti.

Puse la cajita abierta frente a la araña, que de un salto se metió adentro. Después cerré la tapa, que perforé con un alfiler.

—¿Qué vas a hacer con ella? –interrogó Roberta.

—Guardarla.

—No la pierdas –me respondió Roberta.

Desde ese minuto, anduve con la caja en el bolsillo. A la mañana siguiente fuimos a la peluquería. Era domingo. Vendían matas y flores en la calle. Esos colores alegres parecían festejar la proximidad de la boda. Tuvimos que esperar al peluquero, que fue a misa, mientras Roberta tenía la cabeza bajo el secador.

—Pareces un guerrero –le grité.

Ella no me oyó y siguió leyendo su libro de misa. Entonces se me ocurrió jugar con el rodete de Arminda, que estaba a mi alcance. Retiré las horquillas que sostenían el rodete compacto dentro de la preciosa redecilla. Se me antojó que Roberta me miraba, pero era tan distraída que veía sólo el vacío, mirando fijamente a alguien.

—¿Pongo la araña adentro? –interrogué mostrándole el rodete.

El ruido del secador eléctrico seguramente no dejaba oír mi voz. No me respondió, pero inclinó la cabeza como si asintiera. Abrí la caja, la volqué en el interior del rodete, donde cayó la araña. Rápidamente volví a enroscar el pelo y a colocar la fina redecilla que lo envolvía y las horquillas para que no me sorprendieran. Sin duda lo hice con habilidad, pues el peluquero no advirtió ninguna anomalía en aquella obra de arte, como él mismo denominaba el rodete de la novia.

—Todo esto será un secreto entre nosotras –dijo Roberta, al salir de la peluquería, torciendo mi brazo hasta que grité. Yo no recordaba qué secretos me había dicho aquel día y le respondí, como había oído hacerlo a las personas mayores.

—Seré una tumba.

Roberta se puso un vestido amarillo con volantes y yo un vestido blanco de *plumetis,* almidonado, con un entredós de broderie. En la iglesia no miré al novio porque Roberta me dijo que no había que mirarlo. La novia estaba muy bonita con un velo blanco lleno de flores de azahar. De pálida que estaba parecía un ángel. Luego cayó al suelo inanimada. De lejos parecía una cortina que se hubiera soltado. Muchas personas la socorrieron, la abanicaron, buscaron agua en el presbiterio, le palmotearon la cara. Durante un rato creyeron que había muerto; durante otro rato creyeron que estaba viva. La llevaron a la casa, helada como el mármol. No quisieron desvestirla ni quitarle el rodete para ponerla muerta en el ataúd. Tímidamente, turbada, avergonzada, durante el velorio que duró dos días, me acusé de haber sido la causante de su muerte.

—¿Con qué la mataste, mocosa? —me preguntaba un pariente lejano de Arminda, que bebía café sin cesar.

—Con una araña —yo respondía.

Mis padres sostuvieron un conciliábulo para decidir si tenían que llamar a un médico. Nadie jamás me creyó. Roberta me tomó antipatía, creo que le inspiré repulsión y jamás volvió a salir conmigo.

# Voz en el teléfono

No, no me invites a casa de tus sobrinos. Las fiestas infantiles me entristecen. Te parecerá una macana. Ayer te enojaste porque no quise encender tu cigarrillo. Todo está relacionado. ¿Que estoy loco? Tal vez. Ya que nunca puedo verte, terminaré por explicar las cosas por teléfono. ¿Qué cosas? La historia de los fósforos. Detesto el teléfono. Sí. Ya sé que te encanta, pero a mí me hubiera gustado contarte todo en el auto, o saliendo del cine, o en la confitería. Tengo que remontarme a los días de mi infancia.

—Fernando, si jugás con fósforos, vas a quemar la casa —me decía mamá, o bien—: Toda la casa va a quedar reducida a un montoncito de cenizas —o bien—: Volaremos como fuegos de artificio.

¿Te parece natural? A mí también, pero todo eso me inducía a tocar fósforos, a acariciarlos, a tratar de encenderlos, a vivir por ellos. ¿Te sucedía lo mismo con las gomas de borrar? Pero no te prohibían tocarlas. Las gomas de borrar no queman. ¿Las comías? Esa es otra cosa. Los recuerdos de mis cuatro años tiemblan como iluminados por fósforos. La casa donde pasé mi infancia, ya te dije que era enorme: se componía de cinco dormitorios, dos vestíbulos, dos salas con el cielo raso pintado, con nubes y angelitos. ¿Te parece que vivía como un rey? No creas. Siempre había líos entre los sirvientes. Se habían dividido en dos bandos: los partidarios de mi madre y los partidarios de Nicolás Simonetti. ¿Quién era? Nicolás Simonetti era el cocinero: yo lo quería con locura. Me amenazaba, en broma, con un enorme cuchillo lustroso, me daba trocitos de carne y hojitas de lechuga para que me entretuviera, me daba caramelo que derramaba sobre el mármol. El contribuyó tanto como mi madre a despertar mi pasión por los fósforos, que encendía para que yo los apagara soplando. Debido a los partidarios de mi madre, que eran infatigables, la comida nunca estaba lista, ni rica, ni a punto. Siempre había una mano que interceptaba los platos, que los dejaba enfriar, que agregaba talco a los tallarines, que espolvoreaba los huevos con ceniza. Todo esto culminó con la aparición de un pelo larguísimo en un budín de arroz.

—Este pelo es de Juanita –dijo mi padre.

—No –dijo mi tía–, no quiero «echar pelos en la leche», para mi gusto, es de Luisa.[50]

Mi madre, que tenía mucho amor propio, se levantó de la mesa en medio de la comida y tomando de la punta de los dedos el pelo, lo llevó a la cocina. La cara absorta del cocinero que vio, en lugar de un pelo, una hebra de hilo negro, irritó a mi madre. No sé qué frase sarcástica o hiriente hizo que Nicolás Simonetti se quitara el delantal que amasó como un bollo para tirarlo y anunciar que dejaba la casa. Yo lo seguí al cuarto de baño donde se vestía y se desvestía diariamente. Aquella vez, él que era tan atento conmigo, se vistió sin mirarme. Se peinó con un poquito de grasa que le quedaba en las manos. Nunca vi manos tan parecidas a peines. Luego, con dignidad juntó, en la cocina, los moldes, los cuchillos enormes, las espátulas y las metió en una valijita que siempre traía y se dirigió a la puerta con el sombrero puesto. Para que se dignara mirarme le di un puntapié en la pierna; entonces puso su mano, que olía a manteca, sobre mi cabeza y dijo:

—Adiós, pibe. Ahora muchos apreciarán las comidas de Nicolás. Que se chupen los dedos.

¿Te hace gracia? Sigo enumerando: dos escritorios. ¿Para qué tantos? Yo también me lo pregunto. Nadie escribía. Ocho corredores, tres cuartos de baño (uno con dos lavatorios). ¿Por qué dos? Se lavarían a cuatro manos. Dos cocinas (una económica[51] y una

---

50    *Echar pelos en la leche:* juego de palabras a partir de la situación narrada y del dicho común «buscar pelos en la leche», es decir examinar algo meticulosamente para hallar defectos y encontrar un pretexto para generar conflictos.

51    *Cocina «económica»:* denominación común en Argentina de las cocinas de hierro fundido, alimentadas a leña y con hornillos en su parte superior. El calificativo de «económica» proviene de que el sistema aprovecha mucho mejor el combustible que si se cocinara directamente sobre el hogar. Muy comunes en el campo, en la ciudad fueron rápidamente desplazadas por las cocinas a gas o eléctricas.

eléctrica), dos cuartos para lavar y planchar la ropa (uno de ellos decía mi padre que estaba destinado a arrugarla), una antecocina, un antecomedor, cinco cuartos de servicio, un cuarto para los baúles. ¿Viajábamos mucho? No. Esos baúles se utilizaban para distintas cosas. Otro cuarto para los armarios, otro para los cachivaches donde dormía el perro y mi caballo de madera montado en un triciclo. ¿Si existe esa casa? Existe en mi recuerdo. Los objetos son como esos mojones que indican los kilómetros recorridos: la casa tenía tantos que mi memoria está cubierta de números. Podría decir en qué año comí la primera manzana o mordí la oreja del perro, o bien oriné en la dulcera. ¡Te parece que soy un cochino! Las alfombras, las arañas y las vitrinas de la casa me gustaban más que los juguetes. Para el día de mi cumpleaños mi madre organizó una fiesta. Invitó a veinte varones y veinte mujeres para que me trajeran regalos.[52] Mi madre era previsora. ¡Tenés razón, era un amor! Para el día de la fiesta los sirvientes sacaron las alfombras, los objetos de las vitrinas que mi madre reemplazó por caballitos de cartón con sorpresas y automovilitos de material plástico, matracas, cornetas y flautines, dedicados a los varones; pulseras, anillos, monederos y corazoncitos a las mujeres. En el centro de la mesa del comedor colocaron la torta con (cuatro velitas, los sándwiches, el chocolate servido. Algunos niños llegaron (no todos con regalos) con sus niñeras, otros con sus madres, otros con una tía o una abuela. Las madres, tías o abuelas se sentaron en un rincón para conversar. Yo las escuchaba de pie, soplando en una corneta que no sonaba.

—Qué bonita estás, Boquita —dijo mi madre a la madre de una de mis amigas—. ¿Venís del campo?

—Es la época en que uno quiere quemarse y es un monstruo —respondió Boquita.

Yo creí que se refería a los fósforos y no al sol. ¿Si me gustaba? ¿Qué cosa? ¿Boquita? No. Era horrible, con su boca diminuta, sin labios, pero mi madre aseguraba que nunca había que decir bonita a las bonitas, sino a las feas porque era más amable; que la

---

52    En el habla de los porteños se usa la palabra «mujer» no solamente para adultas sino también para niñas de poca edad. Aquí los varones y mujeres serían, en el español de otros dialectos «niños» y «niñas».

belleza está en el alma y no en la cara; que Boquita era un esper-
pento, pero que «tenía algo». Además mi madre no mentía:
siempre se arreglaba para pronunciar las palabras de un modo
equívoco, como si se le enredara la lengua, y así lograba decir
«qué loquita estás, Boquita»; lo que también podía interpretarse
como una alabanza a la fuerte personalidad de su amiga. Hablaron de política, de sombreros y de vestidos, hablaron de problemas económicos, de personas que no habían ido a la fiesta: lo
advierto ahora recopilando las palabras que les oí decir. Después
de la distribución de globos y de la representación de títeres
(donde Caperucita Roja me aterró como el lobo a la abuela, donde
la Bella me pareció horrorosa como la Bestia), después de apagar
las velas de mi torta de cumpleaños, seguí a mi madre a la salita
más íntima de la casa, donde se encerró con sus amigas, entre los
almohadones bordados. Conseguí esconderme detrás de un sillón,
pisotear el sombrero de una señora, sentado en cuclillas, apoyado
contra la pared, para no perder el equilibrio. Ya sé que soy un
bruto. Las señoras reían tanto que apenas comprendía yo las palabras que pronunciaban. Hablaban de corpiños, y una de ellas se
desabotonó la blusa hasta la cintura para mostrar el que llevaba
puesto: era transparente como una media de Navidad, pensé que
tendría algún juguete y sentí deseos de meter la mano adentro.
Hablaron de medidas: resultó que se trataba de un juego. Por
turno se pusieron de pie. Elvira, que parecía una nena enorme,
misteriosamente sacó de su cartera un centímetro.

—Siempre llevo en mi cartera una lima y un centímetro, por
las dudas –dijo.

—Qué loca –exclamó Boquita estrepitosamente–, parecés una
modista.

Se midieron la cintura, el pecho y las caderas.

—Te apuesto a que tengo cincuenta y ocho de cintura.

—Y yo te apuesto a que tengo menos.

Las voces resonaban como en un teatro.

—Quisiera ganar con las caderas –decía una.

—Yo me contento con la pechera –dijo otra–. A los hombres les interesa más el pecho, ¿no ves dónde miran?

—Si no me miran en los ojos no siento nada –dijo otra, con un suntuoso collar de perlas.

—No se trata de lo que sentís, sino de lo que ellos sienten –dijo la voz agresiva de una que no era madre de nadie.

—A mí me importa un bledo –respondió la otra, encogiéndose de hombros.

—Yo, no –dijo la Rosca Pérez, que era preciosa, cuando le tocó el turno de medirse; tropezó contra el sillón donde yo estaba escondido.

—Gané –dijo Chinche, que era puntiaguda como un alfiler de cabeza chica y que hacía sonar las nueve esclavas de oro que llevaba en el brazo.

—Cincuenta y uno –exclamó Elvira, examinando el centímetro que rodeaba la cintura diminuta de Chinche.

¿Que no podía tener cincuenta y un centímetros, a menos de ser una avispa? Pues entonces era una avispa. ¿Se puede hundiendo la barriga como un yogui? Yogui no era, pero encantadora de serpientes, sí. Fascinaba a las mujeres perversas. A mi madre, no. Mi madre era un pan de Dios. Le tenía lástima. Cuando le hablaban mal de Chinche contestaba:

—Macana[53] frita.

Cualquier día. Nunca le oí decir a un malevo «macana frita». Sería algo muy personal. Era muy ella misma. Seguiré contando. En ese momento sonó el teléfono que estaba colocado junto a uno de los sillones; Chinche y Elvira, repartiéndoselo, lo atendieron; luego, tapando el teléfono con un almohadón, dijeron a mi madre:

—Es para vos, che.

Las otras se codearon y Rosca tomó el teléfono para oír la voz.

—Apuesto a que es el barbudo –dijo una de las señoras.

—Apuesto a que es el duende –dijo otra, mordiendo sus collares.

Entonces comenzó un diálogo telefónico en que todas inter-

---

53  *Macana*: (coloq. Argentina, Perú y Uruguay) desatino, embuste. «¡Qué macana!» (Arg.) expresión de contrariedad.

vinieron pasándose el teléfono por turno. Olvidé que estaba escondido y me puse de pie para ver mejor el entusiasmo, con tintineo de pulseras y collares, de las señoras. Mi madre al verme cambió de voz y de rostro: como frente al espejo se alisó el pelo y se acomodó las medias; apagó con ahínco el cigarrillo en el cenicero, retorciéndolo dos o tres veces. Me tomó de la mano y yo, aprovechando su turbación, robé los fósforos largos y lujosos que estaban sobre la mesa, junto a los vasos de whisky. Salimos del cuarto.

—Tenés que atender a tus invitados –dijo mi madre con severidad–. Yo atiendo a los míos.

Me dejó en la sala desmantelada, sin alfombra, sin los objetos habituales de las vitrinas, sin los muebles más valiosos, con los caballitos de cartón vacíos, con las cornetas y flautines en el suelo, con los automovilitos todos con dueños que eran impostores para mí. Cada uno de los niños tenía ya un globo que abrazaba, que estrujaba con audacia. Sobre el piano enfundado alguien había colocado los regalos que los amigos me habían traído. ¿Pobre piano? ¡Por qué no decís, más bien, pobre Fernando! Advertí que faltaban algunos regalos, pues yo atentamente los había contado y examinado en el momento de recibirlos. Pensé que estarían en otro lugar de la casa y ahí empezó mi peregrinación por los corredores que me llevaron al tacho de basura donde desenterré unas cajas de cartón y papeles de diario que triunfalmente llevé a la sala desmantelada. Descubrí que algunos de los niños habían aprovechado de mi ausencia para apoderarse de nuevo de los regalos que me habían traído. ¿Vivos? Sinvergüenzas. Después de muchas vacilaciones, muchas dificultades para entrar en relación con los niños nos sentamos en el suelo para jugar con los fósforos. Pasó una niñera y dijo a su compañera:

—Hay adornos muy finos en esta casa: hay cada florero que si se te cae en un pie te lo aplasta –y mirándonos como si hablaran del mismo florero, agregó–: Cada uno cuando está solo es un diablo, pero acompañado se te vuelve un Niño Dios.

Hicimos construcciones, planos, casas, puentes con los fósforos, les doblamos las puntas, durante un largo rato. No fue sino después, cuando llegó Cacho con los anteojos puestos y una billetera en el bolsillo que tratamos de encender los fósforos. Primero quisimos encenderlos en la suela de los zapatos, después en la piedra de la chimenea. A la primera chispa nos quemamos los dedos. Cacho era muy sabio y dijo que sabía no sólo preparar, sino encender una fogata. El tuvo la idea de cercar la antecocina, donde estaba su niñera, con fuego. Yo protesté. No teníamos que desperdiciar fósforos en niñeras. Esos fósforos lujosos estaban destinados para la salita íntima donde los había encontrado. Eran los fósforos de nuestras madres. En puntas de pie nos acercamos a la puerta del cuarto donde se oían las voces y las risas. Yo fui el que cerré la puerta con llave, yo fui el que saqué la llave y la guardé en el bolsillo. Apilamos los papeles en que venían envueltos los regalos, las cajas de cartón con paja; algunos diarios que habían quedado sobre una mesa, las basuras que había juntado, unos leños de la chimenea, donde nos sentamos un rato para mirar la futura hoguera. Oímos la voz de Margarita, su risa que no he olvidado, diciendo:

—Nos encerraron con llave.

Y la respuesta de no sé quién:

—Mejor, así nos dejan tranquilas.

Al principio el fuego chisporroteaba apenas, luego estalló, creció como un gigante, con lengua de gigante. Lamía el mueble más valioso de la casa, un mueble chino con muchos cajoncitos, decorado con millones de figuras que atravesaban puentes, que se asomaban a las puertas, que paseaban en la orilla de un río. Millones y millones de pesos le habían ofrecido a mi madre por ese mueble, y nunca lo quiso vender a ningún precio. ¡Te parece, una lástima! Mejor hubiera sido venderlo. Retrocedimos hasta la puerta de entrada donde acudieron las niñeras. Retumbaron las voces pidiendo auxilio en la larga escalera de servicio. El portero, que estaba conversando en la esquina, no llegó a tiempo para hacer funcionar el extinguidor de incendios. Nos hicieron bajar a la plaza. Agrupados debajo de un árbol vimos la casa en llamas, y la inútil llegada de los bomberos. ¿Ahora comprendés por qué no quise encender tu cigarrillo? ¿Por qué me impresionan tanto los fósforos? ¿No sabías que era tan sensible? Naturalmente, las señoras se asomaron a la ventana, pero estábamos tan interesados en el incendio que apenas las vimos. La última visión que tengo de mi madre es de su cara inclinada hacia abajo, apoyada sobre un balaustre del balcón. ¿Y el mueble chino? El mueble chino se salvó del incendio, felizmente. Algunas figuritas se estropearon: una de una señora que llevaba un niño en los brazos y que se asemejaba un poco a mi madre y a mi.

# La hija del toro

*A Amalia Raffo*

Cerca de la arboleda que rodeaba la casa, las reses colgaban de un hierro sostenido por las ramas de las higueras, que olían a miel cuando estaban cargadas de frutas.

Nieves Montovia, llamado Pata de Perro porque tenía las uñas de los pies enruladas, duras y negras, como las de un perro, después de carnear, precedido de una jauría, sentado en un banquito, frente a las reses, cantaba, no sé si a los perros, a nosotros, o al escribano López, acompañándose con una guitarra grasienta, de tres cuerdas, un cantito que no he olvidado y que aún no descifro:

> *Tengui, tengui está colgada.*
> *Tengui, tengui está mirando.*
> *Tengui, tengui si cayera,*
> *tengui, tengui la comiera.*

Antes de tomar el desayuno, el olor a carne cruda y a higos me daba náuseas; pero yo acudía junto a Pata de Perro a cualquier hora. Sobre el terreno de polvo de ladrillo apisonado, no se veían las manchas de sangre. Todo era rojo: los higos entreabiertos, la carne, el polvo de ladrillo, mis alpargatas, los arañazos del escribano López.

Con la cabeza rapada y el pantalón azul, me parecía a mis hermanos varones. Trabajaba a la par de ellos. Después de sacar los abrojos de la lana, o de arrancar cardos, o de juntar leña de oveja[54], corríamos a la lomita que quedaba junto a la laguna seca. Allí, debajo de los castaños de la India, hervía sobre el fuego la olla con grasa para hacer jabón. A veces, Pata de Perro, al divi-

---

54    *Leña de oveja*: (coloq.) estiércol seco del ganado lanar, usado como combustible.

sarnos de lejos, venía a nuestro encuentro, arrastrando la guitarra; otras veces, nosotros corríamos a su lado. Nos enseñaba a guiñar un ojo, a hipnotizar gallinas, a carnear, a decir malas palabras, a fumar. De su bolsillo sacaba un atado de cigarrillos, llamados la Hija del Toro, cigarrillos que distribuía entre nosotros. El papel que envolvía el atado llevaba la figura de una mujer, con una corona de flores, abrazando el toro (especie de calcomanía, que me fascinaba).

—¿Cómo puede un toro tener una hija? –yo preguntaba.

—Usted debe de saberlo mejor que nadie.

—¿Por qué he de saberlo?

—Porque usted también es hija del toro –decía Pata de Perro–. Ya le mostraré, curiosa, cómo hacen los toros para tener una hija.

Yo no era curiosa. Tenía otros defectos, tal vez peores.

Inventé un juego demoníaco, en el cual mis hermanos, aun hoy, niegan haber participado, porque lo recuerdan como un crimen. Fabricábamos muñecos con castañas y palitos, Cada uno de estos muñecos personificaba a algún miembro de nuestra familia. Pata de Perro y mis hermanos se encargaban de perfeccionar el parecido; con barba de choclo, lana o cerda, imitaban el pelo y los bigotes.

A la hora del poniente, cuando la hoguera iluminaba nuestras caras, tirábamos los muñecos en la olla, nombrándolos a medida que los tirábamos, para no dar lugar a errores. La ceremonia generalmente acontecía los domingos, día en que Pata de Perro estaba franco. Uno de nuestros tíos murió. Sabíamos que el sortilegio había surtido efecto. No suspendimos por eso el juego.

Nieves Montovia no siempre era bueno conmigo: me hacía burla, cantando una canción alusiva a la hija del toro:

*Conozco una niña*
*que es hija del toro.*
*La llaman Amalia.*

A la hora de la siesta escapé para ver cómo el toro tenía una hija. Pata de Perro me citó en el corral del fondo, que estaba pegado a los galpones. Fui corriendo, para que nadie me sorprendiera. Jadeante llegué al alambrado, donde me esperaba Pata de Perro, con el cuidador, fumando. El toro estaba montado sobre una vaca. Lo miré. ¡Tantas veces había visto los animales en esa postura! Yo esperaba sin hablar. Pata de Perro rompió el silencio:

—¿No está contenta? Ya vio lo que quería ver.

—Idiota –le respondí furiosa–. Usted las va a pagar.

Esperé el domingo con impaciencia. Bauticé a uno de los muñecos con el nombre de Pata de Perro. Era una suerte de centauro, pues para simbolizar al carnicero quise que estuviese a horcajadas en la yegua Remigia, a la cual el hombre quería tanto. Fabricar este muñeco resultaba difícil; tuve que agregar alambres y clavos, para asegurar las numerosas patas y la cola, a más de los bigotes y del pelo revuelto del jinete.

Nunca tardó tanto en llegar un domingo como tardó aquel. El tiempo no parecía medido por los mismos relojes, ni el día ni la noche hechos por el mismo Dios. Su demora me había envejecido: en lugar de siete años, creí tener diez. Tiramos los muñecos dentro de la olla. Cuando llegó el momento de tirar el último, lo anuncié con una voz estridente: Pata de Perro y Remigia.

Blandí el centauro bigotudo en el aire. Pata de Perro, dando una suerte de rugido, rió, como si estuviese borracho, cuando oyó su nombre; pero se ensombreció al oír el nombre de la querida yegua,

—Que me quemen a mí pero no a Remigia –dijo con voz entrecortada.

Tal vez me arrepentí. Pata de Perro no pertenecía a mi familia. ¿Para qué sacrificarlo?

Quisimos sacar el muñeco del interior de la olla. Nos quemamos las manos en el vapor. Cuando logramos sacarlo no le quedaban ni piernas, ni patas, ni pelo, ni cola al centauro.

—No hay salvación para Pata de Perro, ni para Remigia –dijo Nieves Montovia–. Enterrémolos, niños.

Con palas hicimos un hoyo para enterrar al centauro. Le pusimos flores silvestres, después de cubrirlo con tierra. Nieves Montovia se arrodilló frente a su propia tumba en miniatura. Es el último recuerdo que conservo de él. En el campo, dijeron que había desaparecido. Al principio creí que se trataba de una broma que nos hacía él mismo. Lo buscamos durante varios días en los pajonales, en los potreros del fondo, pero ni él ni su yegua Remigia aparecieron. Quedó la guitarra grasienta bajo las higueras como otra res que la lluvia pudriera poco a poco y el escribano López ronroneando junto a la hoguera, donde siguió hirviendo la grasa.

# Isis[55]

Su nombre era Elisa, pero le decían Lisi; y algunos quitándole la *L* y agregándole una *s* le dijeron Isis. Estaba siempre sentada en la ventana, mirando. Yo vivía en la planta baja de la misma casa.[56] Los que pasaban por la calle decían:

—Ahí está la idiota. —Y miraban para arriba como si vieran un globo o una cometa.

Tenía muñecas, tenía libros, tenía cajas con diferentes juegos de paciencia, pero nunca jugaba con ellos. Después de comer y de dormir se colocaba frente a la ventana. Desde esa ventana se divisaba en primer plano la calle por donde pasa el tranvía, el vendedor de helados, el afilador y el carro lleno de canastos y de sillas de mimbre; en segundo plano, el Jardín Zoológico y (después lo descubrí) uno de los animales: ahora sospecho que no necesitaba mirarlo para verlo; lo miraba fijamente, como al sol, que deja su mancha deslumbrante sobre todo lo que uno mira después.

Sonreía cuando la gente hablaba, pero nunca pronunciaba sino el final de algunas palabras, inmediatamente después de oírlas, a pesar de ella. Algunas personas sospechaban que no era del todo idiota, sino que más bien se hacía la idiota. Sus grandes ojos verdes parecían siempre deslumbrados por la luz, aun cuando el cielo estuviera cubierto de nubes en el crepúsculo, o hasta en la penumbra de las habitaciones. Su inmovilidad era más perfecta que la inmovilidad de las águilas, cuando se admiran en la propia sombra, como en un espejo, dentro de la enorme jaula

---

55  *Isis* es nombre de una deidad de la tradición egipcia; madre de Horus, su imagen amamantando al hijo es una de las fuentes de la iconografía de la Virgen María con Jesús. También sus imágenes la asocian con un halcón: o se ve con el pájaro al brazo o a ella misma con grandes alas.

56  *Planta baja*: la cuenta de pisos en los edificios del mundo hispánico empieza con la planta baja; lo que sería el segundo piso para los lectores de EE. UU. es entonces el primer piso, etc. El uso aquí de la palabra «casa» significa un edificio de departamentos.

que imita la nieve con piedras tristes, pintadas de blanco. Más perfecta que la del jaguar, que no cierra los ojos sino para dormir o para devorar.

A veces una cometa brillaba, con su cola amarilla en el cielo.

—Mire el barrilete –le decían, pero ella no miraba–. De qué le servirá tener ojos tan grandes, si no ve nada –decía la gente.

Nunca miraba algo que le hiciera mover el cuello o los ojos. Un día le dieron los anteojos de larga vista que la madre usaba cuando iba al teatro. El armazón era de nácar. Los dejó caer. Otra vez le dieron un sonajero, otra vez un calidoscopio.

Pasaban aviones, pasaban helicópteros, pasaban soldados, pasaban procesiones; tampoco los miraba. Se hubiera dicho que nada debía distraerla.

La familia, la servidumbre o sus amigas, de las cuales yo era una, solíamos llevarla a pasear. A veces la llevábamos hasta el río, otras veces a una plaza, donde había columpios y toboganes, que no le interesaban; otras veces, al Jardín Zoológico, porque quedaba cerca; pero ella nunca pedía que la llevaran a ninguna parte. Y no lo hacía, sospecho yo, porque fuera humilde y dócil, sino porque era constante en su propósito y persistente en el renunciamiento de aquello que no le agradaba.

Era, sin duda, la preferida de Rómula, la sirvienta. No protestaba porque en el baño quedara Puloil,[57] ni porque dejara juntar tierra sobre las mesas o porque no atendiera el teléfono. Para ella todo era perfecto.

Las tardes eran todas iguales, pero una de ellas fue para mí fatídica.

El treinta y uno de enero de mil novecientos sesenta me pidieron que la sacara a pasear. Era la primera vez que me la confiaban a mí sola, pues la madre la trataba como a una niñita de un año. Pensaba llevarla al río porque hacía calor, pero en la esquina, frente a los portones del Zoológico, se prendió de mi falda y con el mentón me señaló la entrada del Jardín Zoológico. Entramos. No podía oponerme a sus gustos siendo Isis una niña tan

---

57 *Puloil*: tradicional marca comercial de polvo limpiador jabonoso con abrasivo. Solía dejar residuos si no se enjuagaba bien.

buena; además, hacía tanto tiempo que no manifestaba su voluntad con ademán alguno, que ese gesto fue una orden. Primeramente nos sentamos en un banco frente las calesitas, luego recorrimos los senderos del Jardín Zoológico. Se detuvo a mirar un animal que no parecía real, sino dibujado en la arena. Sus enormes ojos nos reflejaban. Desde ese ángulo del jardín, donde nos detuvimos, advertí que se divisaba la ventana donde se asomaba Isis diariamente. Comprendí que ese era el animal que ella había contemplado y que la había contemplado.

—Dame la mano –dije a Isis. Y me dio una mano que fue cubriéndose paulatinamente de pelos y de pezuñas. La solté con horror. No quise verla mientras se transformaba. Cuando me volví para mirarla vi un montón de ropa que estaba ya en el suelo. La busqué. La esperé. La perdí.

# La venganza

La señora Mercedes de Umbel era una de las mujeres más elegantes del mundo, pero algunos de sus amigos opinaban que era muy remilgada, y ninguno de los que la criticaban se ponía de acuerdo sobre sus verdaderos defectos y méritos. A veces hablaba la envidia, otras veces los celos, otras veces el sentimiento religioso, pero nunca la pura verdad ni la pura mentira.

No todo es éxito para una mujer hermosa y pudiente. Porque no sabía manejar la llave de la puerta de la calle, porque dejaba a menudo abierta la del ascensor, Tonio Juárez, el portero de la casa de departamentos donde ella vivía, la maltrataba.[58] Cada vez que debía subir los ocho pisos para cerrar esa maligna puerta del ascensor, Tonio Juárez dedicaba a Mercedes de Umbel un selecto repertorio de malas palabras, que ella oía con la sonrisa en los labios. Pero no eran estos los únicos motivos que él tenía para despreciarla; y tenía razón. Siempre hay peores. Con sus manos, diariamente, la desgraciada ponía en el balcón miguitas o maíz y aun alpiste para palomas (no por amor a las palomas, sino para encarnar la figura de un cuadro visto en una casa de remates). Tonio Juárez comparaba las palomas con las mujeres elegantes.

—Están cubiertas de plumas, con la pechuga llena pero roñosas, ensuciando lo que otros limpian con el sudor de su frente –decía a quien quisiera oírlo.

—¡Para qué le sirve tanta riqueza! Mucha pintura en los ojos, ¡pero es más ciega que una lechuza! Mucha en la boca, ¡pero ni un diente de oro!

Un día, más bien dicho una tarde, a la hora del teatro, la

---

58    La señora le causa al portero mucho trabajo extra. En el caso de las llaves de la puerta principal implica que en cualquier momento ella le toca el timbre para que la permita entrar. Peor todavía es dejar abierta la puerta del ascensor. Los primeros ascensores eléctricos no tenían puertas automáticas. Había que cerrar la puerta para que pudiera funcionar.

señora de Umbel quedó encerrada, con un cajón de basura, en el ascensor. Su angustia fue grande, tan grande que olvidó las reglas de la elegancia. Se puso a traspirar. Apoyó la rodilla sobre una basura memorable. Tocó el timbre de auxilio. Se quitó el sombrero y los guantes y al ver que nadie venía a socorrerla se sentó en el piso, pensando que se asfixiaría en pocos minutos, si alguien, aunque fueran los bomberos, no la sacaba de ese fétido suplicio. Media hora de encierro y de gritos bastaron para dejarla afónica. Cuando llegó Tonio Juárez, que la había oído desde el primer momento, la asustó un poquito más, gritándole desde afuera que la dejaría pasar la noche dentro del ascensor, que olía a coliflor y a queso de rallar. Este episodio desagradable no se borró de la memoria, llena de recuerdos lujosos, de la señora de Umbel.

Para los que no meditan, meditar es un sacrificio; pero la señora de Umbel estaba dispuesta a hacer cualquier locura. La gente, al verla tan abstraída, creyó que un inesperado misticismo se apoderaba de su alma. Pensaba. Pensaba en vengarse. Una mañana, más allá de la ventana abierta, por donde entraban sol y campanadas de iglesia, las palomas volaban de la casa de enfrente a la suya y ensuciaban la vereda, que el portero limpiaba. Con la escoba, este último las amenazaba, de vez en cuando, y les echaba maldiciones. Tristemente, alejadas del símbolo habitual de pureza y de paz, aquellas angelicales aves, con plumas del color de guantes femeninos a la moda, que arrullaban todo el día, que al desprenderse de las cornisas batían el ala como una mano de colegial, que ponían huevos inútiles, inspiraron la sutil venganza.

A la hora en que toda la gente de la ciudad duerme la siesta, Mercedes de Umbel, después de vestirse, puso papel higiénico en su bolsillo. Papel rosado. Bajó los ocho pisos sin utilizar el ascensor. En el último tramo de la escalera, se detuvo unos instantes. Después, con lentitud, salió de la casa, poniéndose los guantes.

Cuando la señora volvió del cine, el mismo día, Tonio vociferaba, en la puerta, rodeado de vecinos y de moscas.

Algunas voces decían:

—Fue un perro, seguramente.

—¡Qué perro ni perro! –contestaba Tonio Juárez–. Perra digan ustedes. Gran perra.

Esta escena se repitió a diferentes horas en los subsiguientes días. Tonio Juárez resolvió quedarse en un lugar estratégico, día y noche, esperando. ¿Esperando qué? El cumplimiento de un sueño premonitorio que tuvo no hacía un año, cuando le dio por redoblar la limpieza de la escalera.

El sacrificio no fue en vano.

Con el corazón trémulo, como en sus mocedades, vio el sueño hecho realidad: desde la penumbra del patio donde había un ínfimo jardín, divisó a la dama en la postura prevista. Se acercó y, obedeciendo a la continuación inevitable del sueño, con un certero puntapié descargó su venganza contra palomas y señoras elegantes.

# El incesto

*A Juana Ivulich*

¡Todavía me gustan las muñecas! En mi dormitorio sobre una carpeta de macramé, estaba sentada mi predilecta, la última que me regalaron, la más bonita de todas.

—Quisiera tener una mujercita y no un varón[59] –solía decirle a mi marido, pensando en alguna muñeca.

Siempre oía una cariñosa respuesta:

—La tendrás. –Y luego la recomendación habitual–: No te canses –cuando salía de casa y tomaba el tranvía en la esquina. ¡Otro marido tan bueno como el mío no habrá en todo Buenos Aires!

Yo estaba encinta y la alegría, la infalibilidad y el asombro de la perspectiva me impedían tal vez padecer los malestares de otras mujeres cuando están encintas. Además, mi afición por la costura no me dejaba desfallecer. Tenía que acudir todas las mañanas al taller de Dionisia Ferrari,[60] donde aprendía a cortar y a coser, con otras chicas de mi edad, durante el invierno. Yo tenía la impresión de otorgar un placer a mis manos cuando manejaban las tijeras, las agujas y los alfileres: un placer del cual yo estaba a menudo excluida, pues mi pensamiento, preocupado por otras cosas, me desvinculaba de mi cuerpo. A veces, por las tardes, la señora Dionisia que me trataba como una madre, me servía chocolate con leche y vainillas. El placer lo sentía mi paladar, y mi estómago y no mi verdadero yo. Mientras relamía mis labios golosos, esa preocupación, que iría acrecentándose como una enfermedad, me carcomía.

¿Acaso la desventura de los demás debe de ser también

---

59  *Mujercita y varón:* ver nota #48.

60  Parece una alusión al dios griego *Dionisio*, que para los romanos es *Baco*. Es el dios de la viña, por lo tanto de las celebraciones, y se considera su culto como un impulso para el desarrollo del teatro en la cultura griega.

nuestra? ¿Acaso debemos sentirnos siempre tan solidarios con el género humano? Yo atribuía mi estado de sensibilidad al hecho de estar encinta. ¿Qué podría importarme del drama que se desarrollaba en la familia de Dionisia Ferrari? Si bien Dionisia me trataba como una madre dándome chocolate con crema y vainillas por la tarde, ofreciéndome, para coser, un asiento junto a la ventana, prestándome a veces su dedal de oro con perlitas y su tijera de sastre, la verdad es que no le preocupaba que mi marido perdiera su empleo, que mi madre tuviera flebitis. Hay que ver las cosas como son: en el fondo me hacía mala sangre por motivos egoístas.[61] Iba a ser madre y tal vez todo lo que sucedía a una madre o a una hija tenía, en cierto modo, que preocuparme, y como todas las mujeres, son madres e hijas, me preocupaba por todas las mujeres, cosa que nunca me había sucedido, pues antes la humanidad me era indiferente.

El taller de Dionisia quedaba en la calle Necochea, en la Boca.[62] La casa era amarilla como el jabón de lavar los pisos, tenía una reja pintada de negro, con adornos de bronce, y en el jardín de entrada, dos palmeras con penachos tristes, que se agitaban con el viento, daban la ilusión de barrer las nubes del cielo cuando había tormenta. En el frente de la casa quedaban las habitaciones de los parientes de Dionisia; en los fondos, detrás de un patio con numerosas plantas, las dependencias de Dionisia y de su familia, que se reducían al taller de costura, separado por una cortina floreada del angosto y largo dormitorio.

Inútilmente yo trataba de distraerme cuando regresaba a casa. Leía «Caras y Caretas».[63] Soy aficionada a la lectura. He gastado más velas en leer que en rezar, no me da vergüenza decirlo. Soy franca y digo las cosas con naturalidad. En las fotografías miraba a la reina Ranavalona Manjaka, la ex reina de Madagascar, con su cara negra, vestida con tanta elegancia, en una berlina, paseando

---

61   *Hacerse mala sangre:* preocuparse mucho.

62   Boca: uno de los barrios pobres de Buenos Aires, localizado al sur de la ciudad, sobre la desembocadura (de ahí «boca») del Riachuelo.

63   *Caras y Caretas:* revista de interés general publicado originalmente en Buenos Aires de 1898-1941. Las fotos y artículos mencionados en este párrafo salen del año IV de 1901, principalmente. Se puede acceder por medio de los libros digitalizados en *books.google.com.*

por las calles de París,[64] y no me daba risa. Miraba al ganador del primer premio de carrera de automóviles París-Berlín, sin asombro. Miraba el *paletot* [65] de última moda para señoras del Palacio de Cristal:[66] no hubiera dado ni un paso ni un peso por tenerlo. Miraba el retrato de la pobre secuestrada de Poitiers:[67] no me horrorizaba. No me daban ganas de estar en Nápoles, para la fiesta de San Genaro. Leía con indiferencia las recomendaciones para las madres: «El estómago es el cochero del sistema nervioso». El estreno *Nerón,* por la compañía de la Guerrero, no despertaba mi curiosidad.[68] El ombú donde habitaba el ermitaño Witner, en San Nicolás de los Arroyos,[69] no me impresionaba ni un poquito; *Jacquets para señoras:* al ver los avisos no ambicionaba tener ninguno. Digo la verdad. Miraba el cuadrante solar del bañado de Flores, en una fotografía:[70] no hubiera dado un centavo por verlo personalmente. El cura Frabricci [71], circulador de moneda falsa no me escandalizaba. «¿Estaré enferma?», me preguntaba a mí misma.

---

64  *Berlina:* el coche de caballos, la berlina, sale fotografiado con la reina de Madagascar mencionada en *Caras y Caretas* 4. 144 (6 de julio de 1901).

65  *Paletot:* un abrigo de hombres o mujeres con una doble fila de botones decorativos.

66  El *Palacio de Cristal*, o «Palais de Glace», era el nombre dado a las primeras pistas públicas de patinaje sobre hielo, un deporte que comenzó a ponerse de moda en Europa a partir de 1890. En Buenos Aires hubo uno en el barrio de Recoleta. Inaugurado en 1910 como club privado, fue hasta 1930 un elegante salón de baile y hoy es un salón municipal de exposiciones.

67  *La secuestrada de Poitiers*: hecho policial ocurrido en Francia en 1901, que cobró notoriedad internacional a partir de 1930, cuando André Gide (1869-1951) comienza a publicar en la *Nouvelle Revue Française* una colección de casos criminales extraños. El primero fue, justamente, el de la secuestrada de Poitiers, caso muy discutido por los surrealistas. André Gide también la publicó como novela, *La Séquestrée de Poitiers*, Éditions Gallimard (1930).

68  María Guerrero y su esposo Fernando Díaz de Mendoza, dos actores españoles, hicieron un giro teatral con su compañía al final del siglo diecinueve; debido a su éxito con el público volvieron varias veces y colaboraron en la fundación del Teatro Cervantes (Buenos Aires) que fue inaugurado en 1921. En *Caras y Caretas* salen fotografiados en 1906 con sus hijos y con el dramaturgo español Jacinto Benavente, entre otros. *Caras y Caretas* 9. 401 (junio de 1906).

69  El enorme ombú y el ermitaño (cuyo apellido se escribe «Witmer» y no «Witner») sentado en un hueco del árbol salen fotografiados en *Caras y Caretas* 4. 140 (8 de junio de 1901).

70  La fotografía del cuadrante, o reloj solar, aparece en *Caras y Caretas* 4. 136 (11 de mayo de 1901).

71  Al cura Frabricci no lo he podido encontrar; en los *Cuentos Completas* de Ocampo han modificado el apellido a «Fabricci».

Si no hubiera sido por las confidencias de Dionisia no habría advertido lo que sucedía en esa casa donde yo trabajaba.

Horacio Ferrari no amaba a su mujer. No dormía con ella, prefería acostarse en un catre incómodo, junto a la ventana, para evitar la promiscuidad de su cuerpo. Decían las malas lenguas que el dinero que tenía lo dilapidaba en jugar. ¿Jugar a qué? ¡No lo sabré nunca! ¿Riñas de gallos, carreras de caballos, naipes? Dionisia lloraba de la mañana a la noche. Horacio era buen mozo, demasiado buen mozo,[72] lo que impedía que yo le tuviera fastidio o que pensara mal de él. Su cara era noble y tranquila y sus modales correctos.

En cuanto el matrimonio estaba junto, discutía. Los motivos de discordia no tenían mayor importancia. Una vez fue por la estrella del escudo de la casa de gobierno: si tenía ochocientas o novecientas lámparas ocupó una parte del exaltado diálogo. Otra vez fue por la casa del Rey del Son: si quedaba en la calle Florida al 220 o al 340 pareció cuestión de vida o muerte. Otra vez fue por la noticia que salió en una revista, de una gata que dio a luz cinco gatos y tres perros: el matrimonio Ferrari no estaba de acuerdo sobre el número de perros o de gatos que habían nacido. Pero todo sucedía, a mi juicio, por culpa de Livia. Livia sacaba la conversación de esto y del otro y de lo de más allá, para perturbar la tranquilidad de sus padres. Yo no digo que lo hiciera a propósito, era inocente porque tenía doce años, pero la cuestión es que en ese hogar no había paz. Yo misma empecé a sentirme culpable. Soy cavilosa,[73] me enseñaron a serlo en la infancia, cuando orinaba en la cama.

Horacio a menudo se sentaba a mi lado para verme coser. Yo me ponía nerviosa. Felizmente Livia siempre estaba con nosotros. Horacio la besaba mirándome como diciendo: «Estoy besando a Livia, pero en mi imaginación te beso a ti». Un día me corté un dedo con la tijera. Horacio, serio como de costumbre, hizo algo increíble: tomó mi mano en su mano, miró mi dedo que tenía una herida como una boca abierta, y me dijo:

---

72   *Buen mozo:* bien parecido, hermoso.
73   *Cavilosa:* obsesionada por alguna idea por suspicacia, desconfianza o aprensión.

—Hay que chupar toda la sangre para que no se infecte.

Acto seguido metió mi dedo en su boca para chupar la sangre. Sentí el calor mojado de su lengua y me estremecí. En ese momento pensé que Horacio se asemejaba mucho a un animal, y me repugnó. Me ruboricé y Livia comenzó a reír, como si le hicieran cosquillas. Me limpié la mano en la falda y seguí cosiendo como si nada hubiera sucedido, pero sentía la mirada de Horacio ardiendo sobre mi nuca. Esa mirada húmeda y brillante me recordaría para el resto de mi vida la blandura cálida del interior de su boca. Lo miraba ya sin verlo y lo veía sin mirarlo. Ningún asomo de coquetería hubo en mí. Si se enamoró no fue por mi culpa. Muchos mal pensados dirán que traté de seducirlo cuando, detrás del biombo o frente a él, en el cuarto de costura, por orden de Dionisia, me ponía los trajes suntuosos, que le encargaban las clientas; y luego, ataviada con vestido de baile, de amazona,[74] de novia o de viuda, daba unos pasos frente al espejo, para que pudiera yo misma comprobar que todo estaba en orden: el lazo, el ruedo, las puntillas del cuello, los puños del vestido. Creo que las otras chicas me envidiaban, pues ¿cómo habría de interpretar la actitud que asumieron el día en que me puse la copia del vestido de la artista francesa Henriot que había muerto hacía dos meses, en el incendio del Teatro de la Comedia?[75] Yo había gritado desde una azotea, al ver el entierro escandalosamente lujoso: «Fuera blancura y azahares» hasta que los vigilantes me hicieron callar. Pensé: estas chicas saben que no soy partidaria de la francesa loca ni de sus admiradores, que murió por salvar a su perro ¿entonces por qué me miran con severidad y no me hablan, al verme con el vestido de la francesa? Por envidia y por ninguna otra razón. Mi cuerpo es esbelto a pesar de estar encinta; tengo una cintura de avispa y mi estatura es mediana, más alta que el común de las mujeres argentinas. Mi mamá dice que me distingo por mi silueta.

Tuve un hijo. Durante un año, para cumplir con mis deberes maternales, no fui al taller de costura. Cuando volví a lo de Ferrari, nada había cambiado. Volví a reanudar mi trabajo. Dio-

---

74    *Amazona*: aquí significa mujer que monta a caballo. Tradicionalmente su vestido para montar es de una chaqueta con falda larga y botas.

75    La actriz conocida como Madame Henriot es el tema de un hermoso retrato por Auguste Renoir de 1876.

nisia, Horacio, Livia me trataron como siempre. Mi amor por Horacio había crecido.

Un día, que jamás olvidaré, Dionisia me llevó aparte y me dijo:

—Tengo que hablar contigo. Saldremos hoy a las cinco. Diré que vamos a comprar géneros y cintas.

Dionisia nunca tuvo que dar explicaciones por sus salidas. Nos vestimos para salir, nerviosamente. En la calle, lejos de la casa, Dionisia me habló:

—Sabes que Horacio es un hombre raro, un degenerado –cobardemente yo asentí con la cabeza–. No me importa que me engañe, pero que ande detrás de su propia hija es un pecado mortal, que no tolero.

Cobardemente me escandalicé. Yo sabía que Horacio estaba enamorado de mí y que utilizaba a su hija para disimular.

—Dentro de cuatro semanas –prosiguió– huiré con Livia de mi casa. Nos iremos a España. Tienes que acompañarme al puerto. Diré que voy a despedir a una amiga. A último momento me esconderé para que nadie me vea. Tengo aquí los pasajes. Me embarcaré en el «Marsella».

Sacó de su corpiño un sobre, lo abrió y me mostró los papeles. Yo podía disponer de cuatro semanas para defender a Horacio, diciendo simplemente la verdad. Para declarar su inocencia, yo tenía que acusarme. No dije nada. Dionisia confiaba en mí. Me quería más tal vez que a su hija, que era una coqueta.

El día en que salía el barco fui más temprano que de costumbre a la casa de Dionisia Ferrari. Debajo de la cama estaban escondidos dos paquetes, poquita ropa de las viajeras. Vislumbré a Horacio tomando el desayuno, antes de salir para el trabajo. Dos horas después fuimos en un coche a la dársena. Temblando, esperé que saliera el barco. Debajo de mi sombrilla abierta oculté las lágrimas, que quemaban mis ojos.

## La cara en la palma

Anoche, perdón, antenoche, a las cuatro y media de la mañana, cuando viniste a buscar el sobre con las direcciones que dejó la señora Upinsky debajo de la mano del llamador de bronce (como habíamos convenido, para no tener que entregártelo personalmente), yo estaba despierta y oí tus pasos en las baldosas del corredor. Mi vida se rige de acuerdo con tus pasos. Toda la casa dormía, salvo el perro, con sus grandes orejas rubias, que también te oyó. Me faltó valor para abrir la puerta y salir a tu encuentro, como pude hacerlo. Perdóname y compréndeme. A la hora en que todo el mundo duerme suceden las cosas más maravillosas y las cosas más terribles del mundo. Uno es capaz de matar a alguien, ¡uno es capaz de revelar cualquier secreto!, uno es capaz de alejarse de la persona que uno más quiere para robar una sortija de diamantes o una rosa de cristal; uno es capaz de huir, de huir sin rumbo y de esperar la aurora creyendo que uno se ha enamorado de alguien que uno no volverá a mirar; uno es capaz de atravesar el fuego por una persona amada, sin morir. Uno es capaz de revelar cualquier secreto a esa hora, te lo aseguro. ¡Salvo yo! No quería revelarte ningún secreto, ni siquiera quería explicarte por qué uso un guante en la mano izquierda. No. No soy leprosa, te lo hubiera dicho. Yo quería oír tus pasos subir y bajar la escalera. Te hubiera demorado, con problemas personales. A esa hora uno es, o tiene la sensación de estar libre, pero nadie, salvo tú, sabe ser libre cuando es culpable. Tengo que hacerte una confesión, tenía que hacértela desde hace tiempo. Tengo en la palma de la mano izquierda una cara que me habla, que me acompaña, que me combate; una cara pequeña como un bajo relieve, que ocupa el lugar en que deben estar las líneas de la mano. Es un defecto de nacimiento. Por sola que esté, jamás estoy sola. Por segura que esté de una cosa, jamás lo estoy, pues siempre esta pequeña voz contradice mis íntimos pensamientos como si fuera una enemiga. Hemos convivido dieciocho años; no he llegado aún a habituarme a ella. Si adviertes cierta incoherencia en mis palabras no te asombres: todo se aclarará cuando contestes con paso rápido o pausado la pregunta que te hice la última vez que nos vimos de lejos, en la confitería «Los Alfeñiques», a la hora del desayuno. No hagas conjeturas. No pienses mal de mí. No pretendo despertar tu curiosidad y aprovechar de ella para que me digas lo que jamás quisiste decirme. ¿Amarías a una mujer manca? Sinceramente te advierto que no tendré confianza en ti, si no tienes confianza en mí.

Mientras elaboro mis flores, en el taller de la calle Uspallata,[76] pienso invenciblemente en tu manera de caminar, pero la voz atroz me dice que tienes paso de soldado con clavos en las suelas, y que las flores que hago parecen insectos. Para torturarme les pasa la lengua o las muerde. La gente dice que nunca hice flores tan bonitas. No saben que están hechas con el sonido de tus pasos sobre las baldosas, la madera o el mármol. No saben que están hechas con palabras de reproche. ¡Hice tantas flores en mi vida que ahora puedo hacerlas con los ojos cerrados! Las hice de algodón, de celuloide, de lata, de plumas, de trapo, de cera, de mostacilla, de terciopelo, de espejitos, de tarlatán, de pelo (como las hacían antiguamente). Ahora las hago más económicas: de papel madera, de papel manteca, de papel de diario (de diarios viejos), de serpentinas cuando llega carnaval.[77]

Aurelio: no sabes lo que es la vida de una mujer que trabaja, con una voz enemiga que le sopla palabras al oído, cuando está preocupada y oye pasos amorosos en el piso de arriba. No sabes lo que me duele el ir y venir de la gente, en el salón de ventas, donde brillan las arañas y los espejos.[78] Ayer hice un ramo para

---

76    La calle *Uspallata* corre por el barrio obrero de *Barracas*, cercana a la estación Constitución de los ferrocarriles.

77    Evidentemente algunos de estos materiales son bien originales para la fabricación de flores artificiales: *mostacilla:* pequeñas cuentas de metal con que se puede hacer adornos; *tarlatán:* especie de muselina; *serpentinas:* ver nota #9.

78    *Araña:* artefacto de luz decorativo que pende del techo.

una novia. Me lo devolvieron, porque en uno de los pétalos de las violetas de los Alpes había caído una mancha de tinta, una mancha imperceptible, te lo juro (culpa de esta lapicera con que te escribo y culpa de mi afán por escribirte). Después supe que la novia lució un horrible ramo de flores verdaderas, que en menos de cinco minutos, como era de esperar, se marchitó entre sus manos. Anteayer la señora de Upinsky me felicitó personalmente por el florero que preparé para su cumpleaños. Dice que las flores verdaderas, nunca perfectas, se marchitan pronto y huelen a cementerio, que las mías se conservan siempre hermosas, con un tenue perfume a lila. Es una señora inteligente: habla como un libro de filosofía.

La hermana Camila, del Corazón de Jesús, me pidió flores de seda para el altar mayor, pues la señora de Upinsky le había dado mi dirección. Nunca te agradeceré bastante que me hayas iniciado en este arte de hacer flores artificiales (con tus pacientes consejos), cuando me encontraste en la calle, desvalida, hambrienta, pidiendo limosna. En parte era mi culpa, lo sé: me había escapado de mi casa, pero ¿quién desoye una voz que aconseja continuamente la huida? Recuerdo con minuciosa claridad nuestros diálogos: me fascinaban porque me estaban salvando de una tremenda inercia, de la consunción, de la muerte, tal vez. ¡Con qué orgullo entregué tu carta de recomendación a la señora Okinamoto, para que me empleara en su casa! ¡Con qué alegría emprendí una nueva vida! Ahora te contaré cómo esperé el año nuevo: fue en una casa de campo. Habían arreglado cuatro mesas sobre el césped; cada una tenía en el centro un arbolito con velas encendidas. Comimos una serie de manjares cuyos colores me deslumbraban; predominaban los colores rosados; el celeste no era comible. Brindé con todo el mundo para festejar el año nuevo; íntimamente brindé contigo. Bailamos hasta las cinco de la mañana. Tres payasos hicieron pruebas y sólo reí porque soy corta de vista. Cuando vi salir el sol me entristecí un poco, al volver a la ciudad. La aurora del campo es limpia, pero la aurora de la ciudad es sucia, llena de cobijas y de cucarachas que se esconden debajo de las bañaderas.

¿Me habrás olvidado? Me consuela la idea de poder mandarte, próximamente, un pensamiento (cuyos pétalos llevarán, en letras de oro, las iniciales tuyas); es una de mis nuevas creaciones: lo colocarás entre las hojas de alguno de los libros que tienes siempre sobre tu mesa de luz. Al olvidarme, por lo menos no olvidarás esa pequeña obra elaborada por mis manos, si todavía eres amante de la lectura y de las flores artificiales.

Si me ves llegar un día con la manga del vestido vacía, como esos guardianes lisiados de las plazas, sabrás que estoy dispuesta a casarme contigo; pero si me ves alejarme como siempre, aparentemente normal, con ese guante tejido, en la mano izquierda, entiende que yo, tu enamorada, vivo oyendo en mí la voz de alguien que te odia.

## El fantasma

Mi alma:[79]

Sirvientas distinguidas, señoras ricas, prostitutas de buena familia, adolescentes que estudian, mujeres de todas las edades, ociosas o que trabajan, y algunos hombres, cuando no temen parecer afeminados, tienen por costumbre exhibir en el dormitorio, en un marco bonito como si se tratara de un novio, un retrato de ellos mismos. Vi a una mendiga sin vivienda, sin ropa (salvo la que tenía puesta), sin alimentos (salvo la basura recogida), que llevaba en su bolsa vacía un retrato de sí misma con marco en forma de corazón. Hay también mujeres que en algún álbum costoso conservan fotografías de sí mismas, en distintas edades, con distintos trajes y posturas. Si pululan en estas fotografías perros, amigos y parientes, es para disimular el amor que sienten por sí mismas. El cuerpo parece ajeno a nosotros; nunca nuestro como podría ser o darnos la ilusión de ser. Además, los cuerpos incesantemente cambian, como las personas de quienes nos enamoramos. Se transforman en algo peor, o mejor cuando tienen mucha suerte. El enamorado sigue los rastros originales del ser amado. Narciso se enamoró de Narciso: estaba menos solo que yo. Me enamoré de una sustancia volátil y siendo tú, mi alma, de calidad parecida, me dirijo a ti para justificar de algún modo un sentimiento que no comprendo. La única superioridad que tiene esta sustancia sobre los seres humanos es que no envejece o que si envejece el hecho no se advierte. Cambia, eso sí: parece maternal a veces, frívola otras o bien grave, suele llevar faldas, pura

---

79   *Mi alma*: tiene un doble sentido; en algunos contextos es un término de cariño, muy posible en una carta de amor. Más adelante vemos que el narrador parece usarlo en el sentido más literal.

vestimenta y pedrerías, o bien estar desnuda, puede convertirse en la naturaleza, es árbol y es agua; en temperatura maravillosa; en música y en luz.

Parecería que he desvariado pero, ¿quién no habría de hacerlo tratándose de una experiencia como ésta?

Cuando ese perfume a junquillo, a jazmín, a tumbergia[80], a no sé qué extravagante flor, me sorprendió de improviso, al abrir la puerta de calle de mi casa, pensé que una mujer perfumada, llevando tal vez flores, había entrado. Supe después por los porteros y por la gente que allí habitaba, que semejante mujer no había entrado. Cuando el mismo perfume me sorprendió después en mi dormitorio, otro día en la oficina, entre hombres y mujeres con olor a tabaco, comenzó a preocuparme.

Ráfagas inopinadas entraban por la ventanilla del tren, cuando viajaba, o refrescaban súbitamente el aire, cuando cruzaba por la calle, lugares fétidos, tales como, mercados, farmacias, queserías o, en verano, esos montones de basura, con hálito inmundo, a donde acuden las moscas verdes y los perros abandonados.

No me atreví a confesárselo a nadie. Amar a algo que no tiene rostro, ni forma alguna es un suplicio que, sospecho, ni siquiera los santos han soportado. Jesús está representado en miles de formas: entre los brazos de la Virgen, en el pesebre, en los brazos de San Cristóbal, cruzando el mar, sentado en una sillita con el mundo en la mano, jugando con San Juan, o bien mostrando su corazón. La Virgen tiene millones de rostros y de vestimentas. Puede estar con un manto azul, un vestido rojo, puede tener al niño entre sus brazos, puede tener un rosario en la mano o una serpiente a los pies. Cristo, en formas aún más variadas por las actitudes en que está clavado en la cruz, por la trenza de la corona, por la de la cara, por el color de la túnica. Mi suplicio es de los peores a que puede estar condenado un hombre.

A veces aquel perfume quedaba en mis labios como el sabor a sal que el mar deja en los labios. A veces quedaba en mi pelo,

---

80   *Tumbergia*: (*Thunbergia grandiflora*), planta trepadora de flores azules, vulg. *Bignonia azul*.

como el olor a cosmético cuando uno sale de la peluquería. A veces quedaba simplemente en un dedo o en la solapa de un traje o en un guante usado. Llegó a parecerme casi natural. Hoy me parece totalmente natural.

Cirila, mi novia, no me amaba, pero yo gozaba con ella de todos los inconvenientes del amor; esta circunstancia hacía que estuviésemos dispuestos a casarnos, creyendo que estábamos enamorados el uno del otro.

Un día que paseábamos como de costumbre, sacó del bolsillo un pequeño frasco de perfume y me pasó el tapón suavemente debajo de la nariz. Me estremecí, pero no dije nada.

—Este perfume –dijo– es de Claudia.

—¿Quién es Claudia? –pregunté ansiosamente; pensé que había descubierto la clave del enigma.

—No la conocerás nunca –respondió Cirila–; murió hace un año. Este perfume lo fabricó ella misma con una mezcla de flores que puso a macerar en alcohol. Tenía el proyecto de poner una perfumería, pues le interesaban las cuestiones de las destilerías de perfumes. Estudió química durante algunos años. Pero antes de recibirse abandonó la carrera.

—¿La quieres mucho? –le pregunté, no pudiendo contener mi turbación.

—Estás temblando –respondió–. ¿Qué te pasa?

—No sé. He fumado mucho. Contesta mi pregunta.

—A decir verdad, no la quería mucho.

—¿Por qué?

—No sé. Me molestaba. Tenía celos de todo.

—¿Y de qué murió?

—En un accidente. Íbamos juntas. Fue horrible.

—¿Por qué no me lo contaste?

—¡No sé! No puedo pensar en eso: me hace mal. Nos peleamos. Fue nuestra última pelea, y su última frase fue: «Me las vas a pagar».

# El pecado mortal

Los símbolos de la pureza y del misticismo son a veces más afrodisíacos que las fotografías o que los cuentos pornográficos, por eso ¡oh sacrílega! los días próximos a tu primera comunión, con la promesa del vestido blanco, lleno de entredoses, de los guantes de hilo y del rosario de perlitas, fueron tal vez los verdaderamente impuros de tu vida. Dios me lo perdone, pues fui en cierto modo tu cómplice y tu esclava.

Con una flor roja, llamada plumerito,[81] que traías del campo los domingos, con el libro de misa de tapas blancas (un cáliz estampado en el centro de la primera página y listas de pecados en otra), conociste en aquel tiempo el placer –diré– del amor, por no mencionarlo con su nombre técnico; tampoco tú podrías darle un nombre técnico, pues ni siquiera sabías dónde colocarlo en la lista de pecados que tan aplicadamente estudiabas. Ni siquiera en el catecismo estaba todo previsto ni aclarado.

Al ver tu rostro inocente y melancólico, nadie sospechaba que la perversidad o más bien el vicio te apresaba ya en su tela pegajosa y compleja.

Cuando alguna amiga llegaba para jugar contigo, le relatabas primero, le demostrabas después, la secreta relación que existía entre la flor del plumerito, el libro de misa y tu goce inexplicable. Ninguna amiga lo comprendía, ni intentaba participar de él, pero todas fingían lo contrario, para contentarte, sembrando en tu corazón esa pánica soledad (mayor que tú) de saberte engañada por el prójimo.

En la enorme casa donde vivías (de cuyas ventanas se divisaba más de una iglesia, más de un almacén, el río con barcos, a veces procesiones de tranvías o de victorias de plaza y el reloj de los in-

---

81   *Plumerito*: flor con forma de plumas de un arbusto nativo a la parte céntrica de la Argentina.

gleses [82]), el último piso estaba destinado a la pureza y a la esclavitud: a la infancia y a la servidumbre. (A ti te parecía que la esclavitud existía también en los otros pisos y la pureza en ninguno).

Oíste decir en un sermón: «Más grande es el lujo, más grande es la corrupción»; quisiste andar descalza, como el niño Jesús, dormir en un lecho rodeada de animales, comer miguitas de pan, recogidas del suelo, como los pájaros, pero no te fue dada esa dicha: para consolarte de no andar descalza, te pusieron un vestido de tafetas tornasolado y zapatos de cuero *mordoré;*[83] para consolarte de no dormir en un lecho de paja, rodeada de animales, te llevaron al teatro Colón, el teatro más grande del mundo; para consolarte de no comer miguitas recogidas del suelo, te regalaron una caja lujosa con puntilla de papel plateado, llena de bombones que apenas cabían en tu boca.

Rara vez las señoras, con tocados de plumas y de pieles, durante el invierno se aventuraban por ese último piso de la casa, cuya superioridad (indiscutible para ti) las atraía en verano, con vestidos ligeros y anteojos de larga vista, en busca de una azotea, de donde mirar aeroplanos, un eclipse, o simplemente la aparición de Venus; acariciaban tu cabeza al pasar, y exclamaban con voz de falsete: «¡Qué lindo pelo!», «¡Pero qué lindo pelo!»

Contiguo al cuarto de juguetes, que era a la vez el cuarto de estudio, estaban las letrinas de los hombres, letrinas que nunca viste sino de lejos, a través de la puerta entreabierta. El primer sirviente, Chango, el hombre de confianza de la casa, que te había puesto de apodo Muñeca, se demoraba más que sus compañeros en el recinto. Lo advertiste, porque a menudo cruzabas por el corredor, para ir al cuarto donde planchaban la ropa, lugar atrayente para ti. Desde ahí, no sólo se divisaba la entrada vergonzosa: se oía el ruido intestinal de las cañerías que bajaban a los innumerables dormitorios y salas de la casa, donde había vitrinas, un altarcito con vírgenes, y una puesta de sol en un cielo raso.

En el ascensor, cuando la niñera te llevaba al cuarto de ju-

---

82    El *Reloj* [de la Torre] *de los Ingleses* es una estructura conocida de la Plaza San Martín; esta descripción de la vista recuerda la casa de los Ocampo en la calle Viamonte 550 donde Silvina vivía hasta su adolescencia. Las victorias, o coches de caballos, indican además la época de su infancia, entre 1908–1911, la edad aproximada de la primera comunión.

83    Cuero *mordoré:* un tratamiento del cuero que produce un brillo metálico.

guetes, repetidas veces viste a Chango que entraba en el recinto vedado, con mirada ladina, el cigarrillo entre los bigotes, pero más veces aún lo viste solo, enajenado, deslumbrado, en distintos lugares de la casa, de pie, arrimándose incesantemente a la punta de cualquier mesa, lujosa o modesta (salvo a la de mármol de la cocina, o a la de hierro con lirios de bronce del patio). «¿Qué hará Chango, que no viene?» Se oían voces agudas, llamándolo. Él tardaba en separarse del mueble. Después, cuando acudía, naturalmente nadie recordaba para qué lo llamaban.

Tú lo espiabas, pero él también terminó por espiarte: lo descubriste el día en que desapareció de tu pupitre la flor de plumerito, que adornó más tarde el ojal de su chaqueta de lustrina.

Pocas veces las mujeres de la casa te dejaban sola, pero cuando había fiestas o muertes (se parecían mucho) te encomendaban a Chango. Fiestas y muertes consolidaron esta costumbre, que al parecer agradaba a tus padres. «Chango es serio. Chango es bueno. Mejor que una niñera» decían en coro. «Es claro, se entretiene con ella», agregaban. Pero yo sé que una lengua de víbora, de las que nunca faltan, dijo: «Un hombre es un hombre, pero nada les importa a los señores, con tal de hacer economías». «¡Qué injusticia!», musitaban las ruidosas tías. «Los padres de la niñita son generosos; tan generosos que pagan un sueldo de institutriz a Chango».

Alguien murió, no recuerdo quién. Subía por el hueco del ascensor ese apasionado olor a flores, que gasta el aire y las desacredita. La muerte, con numerosos aparatos, llenaba los pisos bajos, subía y bajaba por los ascensores, con cruces, cofres, coronas, palmas y atriles. En el piso alto, bajo la vigilancia de Chango, comías chocolates que él te regaló, jugabas con el pizarrón, con el almacén, con el tren y con la casa de muñecas. Fugaz como el sueño de un relámpago, te visitó tu madre y preguntó a Chango si hacía falta invitar a alguna niñita para jugar contigo. Chango contestó que no convenía, porque entre las dos harían bulla. Un color violeta pasó por sus mejillas. Tu madre te dio un beso y partió; sonreía, mostrando sus preciosos dientes, feliz por un instante de verte juiciosa, en compañía de Chango.

Aquel día la cara de Chango estaba más borrosa que de costumbre: en la calle no lo hubiéramos conocido ni tú ni yo, aunque tantas veces me lo describiste. De soslayo lo espiabas: él, habitualmente tan erguido, arqueándose como signos de paréntesis, ahora se arrimaba a la punta de la mesa y te miraba. Vigilaba de vez en cuando los movimientos del ascensor, que dejaba ver, a través de la armazón de hierro negro, el paso de cables, como serpientes. Jugabas con resignada inquietud. Presentías que algo insólito había sucedido o iba a suceder en la casa. Como un perro, husmeabas el horrible olor de las flores. La puerta estaba abierta: era tan alta, que su abertura equivalía a la de tres puertas de un edificio actual, pero eso no facilitaría tu huida; además no tenías la menor intención de huir. Un ratón o una rana no huyen de la serpiente que los quiere; no huyen animales más grandes. Chango, arrastrando los pies, se alejó de la mesa por fin, se inclinó sobre la balaustrada de la escalera para mirar hacia abajo. Una voz de mujer, aguda, fría, retumbó desde el sótano:

—¿La Muñeca se porta bien?

El eco, seductor cuando le decías algo, repitió sin encanto la frase.

—Muy bien –respondió Chango, que oyó resonar sus palabras en los fondos oscuros del sótano.

—A las cinco le llevaré la leche.

La respuesta de Chango: «No hace falta: se la preparé yo», se mezcló con un «gracias» femenino, que se perdió en los mosaicos de los pisos bajos.

Chango volvió a entrar en el cuarto y te ordenó:

—Mirarás por la cerradura, cuando yo esté en el cuartito de al lado. Voy a mostrarte algo muy lindo.

Se agachó junto a la puerta y arrimó el ojo a la cerradura, para enseñarte cómo había que hacer. Salió del cuarto y te dejó sola. Seguiste jugando como si Dios te mirara, por compromiso, con esa aplicación engañosa que a veces ponen en sus juegos los niños. Luego, sin vacilar, te acercaste a la puerta. No tuviste que agacharte: la cerradura se encontraba a la altura de tus ojos. ¿Qué mujeres degolladas descubrirías?[84] El agujero de la cerradura obra como un lente sobre la imagen vista: los mosaicos relumbraron, un rincón de la pared blanca se iluminó intensamente. Nada más. Un exiguo chiflón hizo volar tu pelo suelto y cerrar tus párpados. Te alejaste de la cerradura, pero la voz de Chango resonó con imperiosa y dulce obscenidad: «Muñeca, mira, mira».

Volviste a mirar. Un aliento de animal se filtró por la puerta, no era ya el aire de una ventana abierta en el cuarto contiguo. Qué pena siento al pensar que lo horrible imita lo hermoso. Como tú y Chango a través de esa puerta, Píramo y Tisbe se hablaban amorosamente a través de un muro.[85]

Te alejaste de nuevo de la puerta y reanudaste tus juegos mecánicamente. Chango volvió al cuarto y te preguntó: «¿Viste?» Sacudiste la cabeza, y tu pelo lacio giró desesperadamente. «¿Te gustó?» insistió Chango, sabiendo que mentías. No contestabas. Arrancaste con el peine la peluca de tu muñeca, pero de nuevo Chango estaba arrimado a la punta de la mesa, donde tratabas de jugar. Con su mirada turbia recorría los centímetros que te separaban de él y ya imperceptiblemente se deslizaba a tu encuentro. Te echaste al suelo, con la cinta de la muñeca en la mano. No te moviste. Baños consecutivos de rubor cubrieron tu rostro, como esos baños de oro que cubren las joyas falsas. Recordaste a Chango hurgando en la ropa blanca de los roperos de tu madre, cuando reemplazaba en sus tareas a las mujeres de la casa. Las venas de sus manos se hincharon, como de tinta azul. En la punta de los dedos viste que tenía moretones. Involuntariamente recorriste con la mirada los detalles de su chaqueta de lustrina, tan áspera sobre tus rodillas. Desde entonces verías para siempre las tragedias de tu vida adornadas con detalles minuciosos. No te de-

---

84   Las mujeres degolladas se refieren al cuento de hadas «Barba Azul», en que la nueva esposa recibe de su marido las llaves del castillo con instrucciones de no abrir una de las puertas. Cuando desobedece y abre el cuarto prohibido ve los cuerpos de sus cinco esposas anteriores colgados del techo.

85   *Píramo* y *Tisbe* son amantes de la mitología griega. A pesar de la prohibición de sus padres se enamoran, comunicándose al principio con señales, pero por fin aprovechando de una grieta en el muro que los separa.

fendiste. Añorabas la pulcra flor del plumerito, tu morbosidad incomprendida, pero sentías que aquella arcana representación, impuesta por circunstancias imprevisibles, tenía que alcanzar su meta: la imposible violación de tu soledad. Como dos criminales paralelos, tú y Chango estaban unidos por objetos distintos, pero solicitados para idénticos fines.

Durante noches de insomnio compusiste mentirosos informes, que servían para confesar tu culpa. Tu primera comunión llegó. No hallaste fórmula pudorosa ni clara ni concisa de confesarte. Tuviste que comulgar en estado de pecado mortal. Estaban en los reclinatorios no sólo tu familia, que era numerosa, estaban Chango y Camila Figueira, Valeria Ramos, Celina Eyzaguirre y Romagnoli, cura de otra parroquia. Con dolor de parricida, de condenada a muerte por traición, entraste en la iglesia helada, mordiendo la punta de tu libro de misa. Te veo pálida, ya no ruborizada frente al altar mayor, con los guantes de hilo puestos y un ramito de flores artificiales, como de novia, en tu cintura. Te buscaría por el mundo entero a pie como los misioneros para salvarte si tuvieras la suerte, que no tienes, de ser mi contemporánea. Yo sé que durante mucho tiempo oíste en la oscuridad de tu cuarto, con esa insistencia que el silencio desata en los labios crueles de las furias[86] que se dedican a martirizar a los niños, voces inhumanas, unidas a la tuya, que decían: es un pecado mortal, Dios mío, es un pecado mortal.

¿Cómo hiciste para sobrevivir? Sólo un milagro lo explica: el milagro de la misericordia.

---

86    *Las furias*: ver nota #36.

# Rhadamanthos [87]

La envidiaba por sus pecados con una envidia que carcomía, una envidia que no la dejaba descansar, y ahora, ahí estaba, muerta. Nada en el mundo podría resucitarla. Ahí estaba, muerta como una piedra preciosa, que no sufre, con todos los honores, con todas las ceremonias. ¡Ni siquiera desfigurada! Y si lo hubiera estado, alguien se hubiera encargado de ver en ella un encanto nuevo, el encanto de sus imperfecciones. Joven, nada le quitaría la juventud; tranquila, nada le quitaría la tranquilidad; impura, nada le quitaría su aparente pureza. Las iniciales, sobre el paño negro del coche fúnebre, brillaban, y sus retratos ya se repartían entre los amigos de la casa. No había modo de contener las lágrimas que vertían por ella un hijo de ocho años, un marido de treinta y esa corte ridícula de amigos que la admiraban, aún más que antes. En los armarios, aquellos vestidos que olían a perfume, serían sus delegados. Con ellos, el recuerdo maquinaría costumbres, ritos en su memoria. Las santas tienen altares, pero ella, que se había suicidado, tendría en cada corazón alguien que suspiraba secretamente por su memoria.

*Injusticias de la suerte,* pensaba Virginia, mientras subía las escaleras. *Yo que he sufrido tanto, yo que soy pura, yo que tengo a veces cara de muerta, yo que no tengo miedo de nadie, yo no me he suicidado. Nadie llora por mí.*

Entró en el cuarto donde la velaban. Flores, las flores que le agradaban tanto, la cubrían. En la luz trémula de los cirios brillaban la frente, los pómulos, las mejillas, el cuello y los labios, como si estuviese viva. Ninguno de sus defectos se veía, ni los

---

87    En la mitología griega *Rhadamanthos* es un rey sabio, hijo de Zeus y Europa. Por su inflexibilidad varias versiones romanas lo imaginan como uno de los jueces de los muertos en el Infierno.

dedos de los pies, que eran tan insólitos, ni las piernas demasiado fuertes. Se había arreglado, peinado, pintado, para torturarla.

Para no verle la cara se arrodilló; para no pensar en ella, rezó. Un zumbido de voces le llenó los oídos. La gente hablaba, ¿de qué? Sólo de ella. Era pura, decían, como la luz. Se puso de pie, Por suerte nadie advierte en las miradas los íntimos sentimientos de un ser.

Virginia se dirigió al dormitorio de la muerta. Buscó el peine, para peinarse, buscó el lápiz de los labios, para pintarse, buscó el perfume, para perfumarse, y se miró en el espejo. Salió de la casa apresuradamente; entró en una tienda donde compró papel de cartas (el papel que tenía en su casa era un papel ordinario). Caminó por la calle mirando la punta de sus zapatos de bruja; subió por un ascensor interminable, abrió una puerta y entró en su cuarto. Se puso a escribir maravillosas cartas de amor dirigidas a la muerta, revelando en ellas, con toda suerte de subterfugios, la vida monstruosa, impura, que le atribuía. Al pie de las cartas firmaba con el nombre del supuesto amante. En una noche, mientras velaban a la muerta, escribió veinte cartas, cuyas fechas abarcaban toda una vida de amor.

A la mañana siguiente, al alba, hizo un paquete con las cartas, las ató con la cinta rosada de uno de sus camisones, las llevó a la casa mortuoria y las depositó en el armario de la muerta.

# La pluma mágica

Sabes que no es un sueño ni una invención, sabes que todo lo que yo escribía, todo lo que se me ocurría, ya estaba escrito por alguien en alguna parte del mundo, y que por ese motivo llegó un momento en que no pude publicar nada, pues los lectores menos sagaces me hubieran acusado de plagio. Tú solo sabes que jamás fui capaz de plagiar a nadie, y que esta fatalidad que aqueja, yo lo sospecho, al mundo entero, sin que el mundo le advierta, se hace en mí solo evidente, tan evidente que me impide seguir con mi oficio. Desde que existe la literatura se escriben las mismas obras; sin embargo los otros escritores siguen escribiendo. Sufrí durante años este espantoso horror que consiste en repetir involuntariamente el cuento, la novela, el poema que otros habían escrito; en el momento en que llevaba estos engendros a un diario, a una revista, a una editorial cualquiera, descubría por azar que ya habían sido publicados por otro autor desconocido o conocido. De ese modo escribí algunos de los libros más célebres, que quedaron guardados en mi cajón, sin esperanza de ser reconocidos ni apreciados por nadie. Sufrí este tormento hasta que me regalaron la famosa pluma. Creí que se trataba de una pluma común, pero pronto advertí que bajo su apariencia modesta ocultaba un poder mágico que me llenaba de esperanza. Las primeras páginas que escribí con ella fueron realmente notables, tan notables que en ningún diario, en ninguna revista, ni en ningún libro encontré sus frases. Con éxito publiqué aquellas obras que me valieron una indiscutible fama. La llevaba en mis paseos solitarios. Para no perder su fluido dormía con ella metida en los bolsillos de mi pijama. De ese modo compuse infinidad de libros, uno titulado *La verdad es muda*, otro *La esperanza se infiltra*, otro *La fuente del Asilo*, otro *Tinta*. En un brusco rapto de confianza, cuando te conocí, te revelé el secreto. Te elegí por confidente sin sospechar que todo confidente se vuelve enemigo del que confía sus confidencias. Con candidez y lujo de detalles te conté las vicisitudes de mi vida de escritor. Parecías comprender tan bien lo que me sucedía, que a menudo pensaba que la carrera de escritor convendría a tu sensibilidad. No rechazabas la idea y me escuchabas, como siempre lo hacías, con admiración y asombro. Pensaba en ti en los momentos de ilusión, como en un posible discípulo que el tiempo se encargaría de recompensar con los frutos de mi trabajo y de mi experiencia. Llegué a hablarte casi como a mi conciencia. En mi trabajo no había dificultad que no te comunicara, no había esperanza frustrada que no te confesara. Te arrastré a la Biblioteca Nacional en busca de libros, que sólo podían interesarme a mí, y los leías como si el interés mío fuera el tuyo. Abandonaste la música y la pintura. Estabas en un período de evolución. No pensé que al revelarte el secreto perderías la admiración y el respeto que tenías por mí. No pensé que me traicionarías. Fue en un momento de descuido: sobre la mesa del cuarto dejé la pluma; estabas a mi lado. Fui a la esquina a buscar cigarrillos. Cuando volví, la pluma había desaparecido. Te pregunté si no la habías visto; me dijiste que no y te mostraste asombrado de mis presunciones. Desde aquel momento cambiaste conmigo. No me comunicaste en qué empleabas tu tiempo ni a qué se debía tu súbito cambio de carácter. Simultáneamente aparecieron en diarios y revistas cuentos en que reconocía el estilo inconfundible de mi pluma. Bajo las obras, la firma siempre era un seudónimo. Pero la duda me acechaba. Por fin en el escaparate de una librería encontré, con el término de mis dudas, un libro titulado: *La Pluma Mágica*.

# El diario de Porfiria Bernal
## Relato de Miss Antonia Fielding

*A Juli*

Pocas personas creerán este relato. A veces habría que mentir para que la gente admitiera la verdad; esta triste reflexión la hacía en la infancia por razones fútiles, que ya he olvidado; ahora la hago por razones trascendentes. Las personas consideradas honestas, son muchas veces las insensibles, las que no se conmueven ante un destino complejo, o las que saben con sumo sacrificio o habilidad mentir para hacerse respetar. No me encuentro en ninguna de estas categorías. Soy modestamente, torpemente honesta. Si llegué al borde del crimen, no fue por mi culpa: el no haberlo cometido no me vuelve menos desdichada.

Escribo para Ruth, mi hermana, y para Lilian, mi hermana de leche,[88] cuyo afecto de infancia perdura a través de los años. Escribo también para la conocida *Society for Psychical Research;* tal vez algo, en las siguientes páginas, pueda interesarle, pues investiga los hechos sobrenaturales. El primer presidente de esta sociedad, el profesor Henry Sidwick, fue uno de los mejores amigos de mi abuelo.[89] Recuerdo haber oído en mi infancia muchos cuentos de hadas, pero ninguno me impresionó tanto ni me pareció tan misterioso como la conversación entre mi abuelo y Henry Sidwick, cuando hablaron de Eusapia Palladino[90] y de

---

88  *Hermana de leche*: relación entre los hijos de una nodriza y los niños que alimenta o cuida.

89  La *Society for Psychical Research,* fundada en Londres en 1882, existió históricamente tal como su presidente, Henry Sidgwick. Su propósito era aportar los métodos científicos al estudio de los fenómenos sobrenaturales, como la existencia de fantasmas, las capacidades de predecir el futuro (la clarividencia) y leer los pensamientos de otros (la telepatía), el hipnotismo, y otros elementos considerados inexplicables.

90  *Eusapia Palladino* (1854-1918), espiritista famosa de Italia, conocida por sus habilidades como médium, fue examinada en 1908 por la sociedad norteamericana, *The American Society for Psychical Research,* que la confirmó como genuina. En 1910 fue expuesta como fraudulenta (Paranormal Encyclopedia.com). Alexander Aksakof (1832-1903), como Sidwick en Inglaterra, fundó una sociedad dedicada al estudio de espiritismo en Alemania. El también examinó a Eusapia Palladino entre otros, y escribió mayormente a su favor.

Alexander Aksakof, después de una comida veraniega, en el pequeño y hermoso jardín de nuestra casa. Escribo sobre todo para mí misma, por un deber de conciencia.

No quiero detenerme en ínfimas anécdotas de la infancia, sin duda superfluas. Ruth y Lilian las conocen, una porque es mi hermana y la otra porque es mi dilecta amiga. Me limitaré a declarar mi respeto por la *Society for Psychical Research* y a dedicarle este trabajo que encierra el fruto de una amarga experiencia. Pido perdón por la incorrección del estilo, por la falta esencial de claridad. Nunca supe escribir y ahora que me apremia el tiempo, me estremezco pensando en los errores que dejaré grabados en estas páginas, que jamás he de releer.

Me llamo Antonia Fielding, tengo treinta años, soy inglesa y el largo tiempo que pasé en la Argentina no modificó el perfume a espliego de mis pañuelos, mi incorrecta pronunciación castellana, mi carácter reservado, mí habilidad para los trabajos manuales (el dibujo y la acuarela) y esa facilidad que tengo para ruborizarme, como si me sintiese culpable Dios sabe de qué faltas que no he cometido (esto se debe, más que a timidez, a una transparencia excesiva de la piel, que muchas amigas me han envidiado). Entre las dichas que el cielo me deparó están la salud y el optimismo que brillaron en mis ojos durante largos períodos de la juventud. Soy silenciosa y tal vez por ese motivo no parezco alegre como lo soy en realidad, o más bien lo fui. Para los que me ven de lejos soy hermosa: en el espejo aprecio lo necesaria que es la distancia para embellecer la asimetría de una cara. Frente a un espejo, en la infancia, deploré, llorando, mi fealdad.

No necesito, no puedo relatar todos los pormenores de mi vida. Conozco este país como si fuese mío, porque lo amo y porque leí, para conocerlo mejor, los libros de Hudson.[91] Desde que llegué a la Argentina me sentí atraída por este paisaje, por

---

91    *William Henry Hudson* (1841-1922), nació en Quilmes, Provincia de Buenos Aires, de padres ingleses. De joven viajó extensamente a caballo por el interior de Argentina, Uruguay y Paraguay haciendo estudios de la naturaleza. Después de la muerte de sus padres fue a vivir en Inglaterra pero escribió novelas sobre la historia y el paisaje de la Argentina, incluyendo su más famosa, *Green Mansions* de 1904. *Far Away and Long Ago*, escrito en 1918, es su memoria de su propia juventud en las pampas.

esta música folklórica, tan española, por esta vida rural y por esta gente lánguida y a la vez bulliciosa. Tuve la suerte de poder viajar por las provincias, antes de verme obligada a trabajar como institutriz (el Jardín de la República y las cataratas del Iguazú me impresionaron vivamente).[92]

No sufrí por mi difícil situación pecuniaria; ni por mi trabajo, que al principio me pareció, debo confesarlo altamente romántico: he amado siempre a los niños, no con un sentimiento maternal, sino más bien con un sentimiento amistoso (como si tuviéramos yo y los niños la misma edad y los mismos gustos).

El primer día que desempeñé mi puesto de institutriz pensé con alegría que la vida me premiaba, obligándome de un modo inesperado a educar a niñas de acuerdo con mis íntimos ideales. No suponía que los niños fueran capaces de infligir desilusiones más amargas que las personas mayores.

No contaré las distintas etapas de mi vida de institutriz. Tal vez demasiado desilusionada y sin embargo con la misma timidez, llegué a esta casa desde cuyas ventanas estrechas y altas diviso la plaza San Martín con su monumento. Aquí, en esta casa de la calle Esmeralda, escribo estas líneas que tendrán que ser las últimas.

Recuerdo como si fuese hoy la calurosa mañana de diciembre,[93] brillando sobre el llamador de bronce, en forma de mano. Aquel día yo había estrenado un vestido floreado, que me daba felicidad, esa felicidad exagerada que sentimos, las mujeres, ante una prenda que nos embellece. Hacía tiempo que deseaba tener un vestido de ese color, celeste de turquesa, con esas mismas flores, que me recordaban a la vez un jardín y una taza de té, en el día de mi cumpleaños. La súbita aparición del llamador en la puerta de calle oscureció por un instante mi alegría. En los objetos leemos el porvenir de nuestras desdichas. La mano de bronce, con una víbora enroscada en su puño acañalado, era imperiosa y brillaba como una alhaja sobre la madera de la puerta. Un portero con levita verde me llevó hasta el ascensor. Yo estaba nerviosa porque no sabía o suponía no saber pronunciar un

---

92    *San Miguel de Tucumán*, en el noroeste del país, se conoce como el Jardín de la República; las *Cataratas de Iguazú*, localizadas en la frontera entre Brasil y Argentina, son uno de los centros turísticos más impresionantes del país.

93    El mes de diciembre en el hemisferio del sur es un mes de verano. Ver nota #12.

nombre y un apellido que ahora me parecen familiares: el nombre de la dueña de casa. En los momentos en que nos creemos más perturbados, distraídos o abstraídos, más incapaces de observar, es cuando observamos mejor. Cuando murió mi padre, entre mis lágrimas, descubrí la forma verdadera de sus cejas y un lunar que oscurecía la parte inferior de su mandíbula; con pasión descubrí la forma exacta de un mueble de caoba, mueble de la época victoriana, donde guardaba los anteojos y los biblioratos[94], y que yo había visto toda mi vida, distraídamente.

Recuerdo el vívido olor a piso recién encerado, la alfombra roja y gastada de la escalera, con bordes más oscuros. Recuerdo en el hall el atardecer, con todas las nubes, del cuadro pintado al óleo, donde una mujer semidesnuda (entre una lluvia de rosas blancas) daba de comer a cuatro palomas con plumas irisadas. Recuerdo las claraboyas con vidrios de distintos colores, las tonalidades verdes, rojas, violetas predominantes, las guirnaldas complicadas; una flor que parecía un pájaro preso en su eterno vuelo. Recuerdo un piano vecino, cuya música melancólica me perseguiría.

Ana María Bernal (este es el nombre de la dueña de casa) acababa sin duda de bañarse y de vestirse; una fragancia a polvos, cremas y perfumes delicados la aureolaban o más bien la alimentaban, como el agua alimenta a ciertas flores lujosas. La imaginé envuelta en tules, como una bailarina española perseguida por un reflejo dorado: un rayo de sol la iluminaba y un público invisible presenciaba la escena; ese público encantado y horrible que hay a veces en los muebles tapizados, en las cajas de bombones finos, en los costureros y en los antiguos tarjeteros de marfil.

Nunca pude saber, ni entonces ni después, la edad de Ana María Bernal: sólo supe que su edad dependía de la dicha o de la desventura que le traía cada momento. En un mismo día podía ser joven y envejecer con elegancia, como si la vejez o la juventud fueran para ella frivolidades, meras vestiduras intercambiables, de acuerdo con las necesidades del momento. Recuerdo el perfume estridente de su blusa bordada, el dibujo nacarado de su

---

94    *Bibliorato*: carpeta grande de cartón que organiza papeles sueltos por medio de ganchos de metal.

prendedor y la melancolía falsa y magnífica de sus ojos castaños. Parecía una reina egipcia del *British Museum,* de esas que me asustaron en la infancia y que admiré más tarde, cuando aprendí que hay bellezas que son muy desagradables. Aun entonces, atareada como yo estaba en estudiar aquel nuevo y asombroso rostro, aun entonces me pareció descifrar el lenguaje lúgubre de la casa, como si cada objeto, cada adorno fuera un símbolo cuidadoso, un anuncio de mis sufrimientos futuros.

Frente a esta desconocida mujer argentina me sentí desamparada. Me sentí transparente, de una transparencia definitivamente dolorosa y oscura. El color de mi piel, el oro gastado de mi cabello (que veía reflejados en los vidrios de la ventana) me parecieron en ese instante no sólo los despojos de mi personalidad sino una maldición inexplicable. El color oscuro de la piel suele dar a los seres una jerarquía, un poder oculto, que admiro, desprecio y temo secretamente: esto me hacía decir en mi infancia «Podría enamorarme de un hombre de tez oscura, pero nunca me casaría con él, porque le tendría miedo».

Incapaz de ocultarle a Ana María Bernal mis faltas de erudición, equivocadamente me creía inferior a ella. Me ruborizaba y ella en la sombra de sus ojos, como detrás de una máscara, con serenidad, seguía los subterfugios de mis movimientos.

—No creí que fuera tan joven –dijo, invitándome a sentarme en un sillón tapizado de damasco amarillo–. Mi suegra me habló de usted. Ella se ocupa del personal de la casa. Es una señora de ochenta años, pero mantiene su agilidad y su memoria. Yo no tengo carácter para estas cosas.

Asentí con la cabeza.

—No sabía que usted fuera tan joven –volvió a repetir con dulzura.

—No soy tan joven –le dije con cierta impaciencia–, tengo treinta años.

Una sonrisa desganada pasó por sus labios.

—Es cierto que la edad, a veces, no significa nada. Además,

nunca se sabe la edad de las inglesas. Usted parece tímida, tal vez sin carácter; probablemente por eso parece más joven de lo que es.

—Señora, no hay que juzgar por las apariencias. Yo he sido como una madre con mis hermanos; cuando tenía quince años quedamos huérfanos y yo sola manejaba la casa.

—¡Qué interesante! –dijo Ana María Bernal, cruzando las piernas y colocando las manos, cubiertas de anillos, sobre las faldas–, ¡las vidas de ustedes son tan diferentes de las nuestras! Estoy segura de que la vida de usted debe de ser como una novela muy romántica, como las novelas de Henry James. ¿Henry James o Francis James?[95] Los confundo siempre. Nada asoma al exterior; parece una niña tímida, sin experiencia y sin carácter –Ana María suspiró suavemente–. Le recomiendo que tenga mucha seriedad con mi hija. No le dé confianza. Sea severa con ella. Porfiria es hija del rigor. ¿Sabe usted lo que es ser hija del rigor?[96] Es voluntariosa. Este año no la mandaremos al colegio, porque tuvo una pleuresía y está delicada de salud. Usted tendrá que educarla e instruirla, entreteniéndola. Cuando estemos en el borde del mar (usted sabe que veraneamos en el mar) sus baños no pasarán de cinco minutos: con el reloj y la toalla en la mano tendrá usted que esperarla en la orilla, como hacía mi abuela con mi madre cuando mi madre era chica. Mi hija debe alimentarse bien y comer lentamente; lo ha dicho el médico; tiene que masticar mucho. Espero que usted se haga obedecer y que no tenga debilidades con ella.

En una hoja de bloc Ana María Bernal anotó con un lápiz el régimen alimenticio de Porfiria y luego me lo entregó, con un ademán grosero, mascando las sílabas de su última frase:

—No le dé chocolate, aunque se lo pida.

Cuando Porfiria Bernal vino a saludarme me asombró lo diferente que era de la imagen que yo me había formado de ella. Su

---

95 *Henry James* (1843-1916) era uno de los autores más famosos de su época. La confusión de Ana María Bernal aquí sería un elemento cómico para los lectores de Silvina Ocampo. Uno de los cuentos de James, sin embargo «The Turn of the Screw», probablemente es una influencia directa en este cuento de Ocampo con conflictos entre una institutriz y sus discípulos, por medio de elementos aparente o posiblemente sobrenaturales.

96 *Hija del rigor:* En Argentina se suele usar esta expresión indicando que alguien actúa adecuadamente sólo cuando se le castiga o apremia.

nombre, que me recordaba una apasionada poesía de Byron, y la conversación que yo había tenido con su madre habían formado en mí una, imagen resplandeciente y muy distinta.[97] Pálida y delgada, con modestia se acercó para que le besara la frente.

Porfiria no era hermosa, no se parecía a su madre, pero hay una belleza casi oculta en los seres, que presentimos difícilmente si no somos bastante sutiles; una belleza que aparece y desaparece y que los vuelve más atrayentes: Porfiria tenía esa modesta y recatada belleza, que vemos en algunos cuadros de Botticelli, y esa apariencia de sumisión, que me engañó tanto en el primer momento.

Me parece que esta casa es la morada de todos mis recuerdos. El infierno debe de ser menos minucioso, menos estrictamente atormentador, en la elaboración de sus detalles. Podría describir los ruidos, uno por uno, las comidas, la luz esencial de los silencios y de las ventanas. Podría describir el día de cada semana con un cielo adecuado. Podría enumerar los cuadros, las fotografías, las manchas de humedad de ciertos cuartos. Podría enumerar las estatuitas de porcelana, con grupos de gatos, y las miniaturas con retratos de antepasados. Podría repetir las lecciones, los dictados, las lecturas que le infligía a Porfiria los lunes, jueves y sábados por la mañana. Podré morir tal vez sin lograr extinguir en mi memoria la precisión punzante y extraña de estos recuerdos.

La vida me asusta y sin embargo ese árbol que veo desde mi ventana me llama y aún me cautiva con sus ramas verdes. Quisiera ser aún la mujer que he sido. La plaza San Martín es alegre: tiene plantas tropicales y un monumento grande, negro y rosado. ¿No respiraré otra vez el olor vernacular de sus tumbergias? ¿No volveré a descubrir esa intimidad argentina, en sus bancos debajo de los gomeros? ¿Quién podrá creer en mi inocencia? ¿Qué hacer para seguir viviendo la humilde felicidad, que tengo todavía, de ser como soy?

El hermano de Porfiria se llamaba Miguel. Cinco años mayor que ella, este adolescente era de una extraordinaria belleza; de piel oscura, de rasgos perfectos, de ojos negros, que brillaban sin

---

97 Miss Fielding se equivoca aquí: el poema es de Robert Browning; ver el artículo de Francomano en las Obras Citadas de este volumen. Las referencias a Browning y a James preparan al lector para un fin trágico de la niña Porfiria.

melancolía. Una suave sonrisa contradecía la dureza de la mirada, iluminaba a veces la cara; una sonrisa cruel la ensombrecía, otras veces. Su cabello, como las plantas, crecía apasionadamente. Porfiria, vuelvo a repetir, no era única hija y sin embargo su padre la mimaba como si lo fuera. Mario Bernal era un hombre tranquilo y bondadoso y sentía por su hija una ternura casi maternal, una ternura parecida a la que sentía por su madre, que lo admiraba y que siempre lo había preferido.

Hice cuanto pude por mejorar la educación de Porfiria. Leí mucha geografía, mucha historia: debo confesar que había olvidado casi todas las fechas y los acontecimientos históricos importantes. Mi padre siempre decía: Enseñar es la mejor, tal vez la única manera de aprender. Me instruí yo misma, para poder instruir a Porfiria. Nunca estudié tan fervorosamente. Nunca me sentí tan alentada por una familia entera. Hasta la abuela de Porfiria, esa viejita de ochenta años que trataba en vano desde hacía dos años de terminar de tejer una esclavina de lana lila, se interesaba por los métodos de enseñanza y me daba consejos.

Porfiría era extraordinariamente inteligente. La literatura le interesaba, casi lo diría, con pasión. Ciertas composiciones que escribió fueron verdaderamente notables: *Los pequeños príncipes en la torre, La muerte de un árbol, Un día de lluvia, Un paseo en el Tigre,*[98] *Los gatos abandonados,* me sobrecogieron, me conmovieron. Yo la dejaba elegir los temas. Yo fui también, Dios me perdone, quien le dio la idea de escribir un diario. Pasaba muchas horas escribiendo como un ángel, inclinada sobre el cuaderno, con los ojos iluminados. (¡Entonces la veía inspirada como un ángel!)

—Las niñas inglesas tienen siempre un diario –le dije una mañana en un tren que huyendo de los calores sofocantes de la ciudad nos llevaba a las playas del sur.

—¿Y hay que decir la verdad? –me preguntó Porfiria.

—De otro modo ¿para qué sirve un diario? –le contesté, sin pensar en el significado que tendrían para ella mis palabras.

Por la ventanilla del tren veía todo el campo incendiado por

98   *El Tigre* es un río afluente del Paraná, al norte de la ciudad de Buenos Aires, que da nombre a la zona más próxima del Delta; ver nota #20.

el poniente; ni un árbol lo interrumpía; los animales parecían juguetes recién pintados. De vez en cuando pasaba un campo de flores moradas o de lino. He venerado siempre la naturaleza: sus diversas manifestaciones me traen a la memoria versos, frases enteras de algunas novelas, hermosas miniaturas que había en la sala de nuestra casa, en Inglaterra, reproducciones de cuadros pintados al óleo por Turner, cuyas bellezas me estremecen, ciertas canciones de Purcell (canciones de pastores),[99] que le oía cantar a mi madre, de noche, cuando estaba vestida con un maravilloso vestido rosado, con cintas verdes, que anudaba para hacer juego con su peinado. Un recuerdo de perfumes de heliotropo me traen ciertos cielos parecidos a los de aquella tarde: en esos perfumes están mi patria y mi romanticismo.

—Pero ya tengo un diario –dijo Porfiria con una voz agria, que no le conocía–. Usted misma, Miss Fielding, me dio la idea de hacerlo el día que me contó que había escrito un diario a los doce años. ¿No recuerda?

Yo no recordaba haberle dicho nada sobre aquel diario de mi infancia, pero sentí al mirar sus ojos que me decía la verdad. Aquellas palabras que yo le había dicho tan distraídamente la habían sin duda impresionado. Continuó hablando con esa pequeña voz agria y desagradable, acentuada por el ruido del tren, que la obligaba a hablar más alto.

—Mi diario, es un diario muy especial. Tal vez un día se lo entregue para que lo lea. Pero se lo entregaré a usted solamente. Mamá no lo tiene que ver porque a ella le parecería inmoral.

La miré con asombro. ¿Cómo se atrevía a hablarme así?

—¿Por qué le parecería inmoral a su madre y no a mí? –le pregunté con una ansiedad mal disimulada.

—Porque usted, Miss Fielding, es inteligente y sobre todo porque usted no es mi madre. Las madres fácilmente dejan de ser inteligentes.

Sentí mucha inquietud al oír estas palabras. ¡Qué había querido decir Porfiria! En ese momento la señora de Bernal, que

---

99   *Joseph Mallord William Turner* (1775-1851) fue un pintor romántico de paisajes en óleo y en acuarela; hoy se considera como un precursor de los Impresionistas franceses. Henry Purcell (1659–1695) fue un compositor inglés del período barroco. Basta decir que el campo argentino que Miss Fielding ve por la ventana del tren tendría poco que ver con Turner o Purcell.

viajaba en otro vagón, se acercó para invitarnos a comer. ¡Ya empezaba a abrumarme la responsabilidad de ser institutriz!

Comenzaba a hacer frío, caía la noche y por primera vez me apresó una tristeza indecible, inmotivada, recordando mis veraneos natales, los distintos trenes que me habían llevado a otras playas. Me contemplé discretamente en un espejo, para alisar mi cabello. Descubrí en mi rostro, en las esquinas de mi boca, una nueva arruga, una arruga que nunca había visto. Porfiria se apoyaba contra mí, me tomaba del brazo, hacía el ademán de besarme; me parecía que un secreto ya nos unía: un secreto peligroso, indisoluble, inevitable.

Durante muchos meses, Porfíria me amenazó con la lectura de su diario. De tiempo en tiempo me recordaba la urgencia que ella sentía porque yo lo leyera, pero al ver mi indiferencia tal vez se cansó de insistir.

Pasó el invierno y luego la primavera. Llegó el verano. Entonces Porfíria logró, con mil artimañas, hablarme otra vez del diario. Sabía que el asunto me desagradaba. Quería vencer mi repugnancia.

Estábamos en el mes de septiembre de mil novecientos treinta. Tardé unos días en abrir el diario que Porfiria me había entregado y en recorrer superficialmente las páginas. Me repugnaba la idea de leerlo, me parecía, vuelvo a repetir, que ese diario podía herirnos, que era una especie de vínculo secreto, un objeto clandestino, que me traería disgustos; pero Porfiria insistió tanto que no pude rehusarme por más tiempo. ¿A qué abismos del alma infantil, a qué infierno cándido de perversión habían de llevarme estas páginas cuya trémula escritura, en tinta verde, trataba de imitar la mía? ¡Qué lejos estaba yo de imaginar la verdad!

No puedo detenerme en los pormenores de este relato. Mis recursos literarios son nulos, Sospecho que las palabras que he escrito no me proporcionarán siquiera un desahogo, sino un profundo sufrimiento.

Porfíria fue mi primera, mi última discípula. Fue la única por quien tuve un afecto verdadero, por quien sufrí como una madre puede sufrir por una hija, por quien padecí las perturbaciones más hondas que habrá sufrido una persona adulta por una niña. La verdad es que esta criatura influyó sobre mí como sólo puede influir una amiga aviesa.

Con cierta repugnancia, con cierta curiosidad avergonzada, emprendí la lectura del diario. ¿Qué significado tenía para Porfiria la palabra inmoral? ¿Nada de tan terrible como yo me lo había imaginado? ¿Qué secretos familiares me revelarían esas páginas? ¿Hablaría de su abuela, de su madre, de su padre, de su hermano Miguel, irrespetuosamente? ¿La lectura de este diario no me traería problemas de conciencia, sinsabores de diversa índole? Todas estas reflexiones me parecieron bajas, egoístas, insignificantes, ininteligentes. Conmovida y reconfortada por mi resolución, leí las primeras páginas.

## El diario de Porfiria

*3 de enero de 1931.*

*Tengo ocho años cumplidos. Me llamo Porfiria y Miguel es mi único hermano. Miguel tiene un perro grande como una oveja. Durante muchos años esperé tener un hermano mejor y menor, pero ya he desistido: no quiero a mi familia. Miss Fielding piensa que no soy hermosa, pero que tengo una expresión fugitivamente hermosa. «Es la expresión de la inteligencia» me ha dicho. «Es lo único importante». Me parezco a los ángeles de Botticelli que usan cuellitos bordados y que tienen «las caras viejas de tanto pensar en Dios», como dice Miss Fielding. Yo no pienso en Dios, sino de noche, cuando nadie ve mi cara; entonces le pido muchas cosas y le hago promesas que no cumplo. La noche tiene grandes follajes con flores y pájaros en donde me escondo para ser feliz, a veces para ser muy desdichada, porque si es fácil ser audaz a esas horas, es también fácil morir de susto o de desesperación. A esas horas podría escaparme de mi casa, matar a alguien, robar un collar de brillantes, ser una estrella de cine.*

*Todas las expresiones de mi cara las he estudiado en los espejos grandes y en los espejos chicos. Los cuadros de Botticelli los he visto en la colección de Pintores Célebres.*

*No ambiciono, para cuando sea grande, ser como mi madre, ni como Miss Fielding, ni como mi prima Elvira. Me parece que nunca voy a ser ni siquiera joven: esta idea no me entristece, me da una sensación de inmortalidad, que muchas niñas de mi edad sin duda no tuvieron.*

*10 de enero.*

*Miss Fielding me dio la idea de escribir este diario. Antes de conocerla no se me hubiera ocurrido: antes de conocerla no se me hubiera ocurrido contemplar los ángeles de Botticelli ni mi cara en tantos espejos, porque siempre encontré que yo era horrible y que mirarme en un espejo era un pecado. En una cadenita de oro entre dos medallitas, tengo una llave; es la llave del cajón donde guardo mi diario. El cajón y la llave despiertan la curiosidad de los sirvientes y de mi madre, que es astuta.*

*Ella sola, Miss Fielding, podrá leer estas páginas; ella y tal vez Miguel, que sabe ortografía.*

*Porfiria Bernal es mi nombre: me asombra, me contraría continuamente, me cambia el color de los ojos, la forma de la boca y de los brazos y hasta el afecto que siento por mi madre. ¡Mi madre! A veces la veo como una extranjera, como una intrusa que acaricia mi pelo, cuando le doy las buenas noches. Mi padre tiene cara de prócer, me es familiar como las miniaturas que guarda en la vitrina. Besarlo me da vergüenza.*

*Soy la esclava de mi nombre.*

*—Todo es cuestión de costumbres. Cuando seas grande te gustará tu nombre, porque es original —me dijo mi madre.*

*—Preferiría llamarme Miguel. Miguel es nombre de varón y es vulgar.*

*15 de enero.*
*Me enojé con Miss Fielding: no quería que me despidiera de los gatos de Palermo.*

*20 de febrero.*
*Hoy llegamos al mar. Los viajes en tren son demasiado cortos: tenía tantas cosas que pensar y sólo el tren me permite pensar. Los ejercicios físicos me sacan los pensamientos, y la gente y la aritmética.*

*28 de febrero.*
*La arena es hecha de piedras, caracoles, huesos, pelos, uñas de náufragos y pedacitos de animales que se han aventurado dentro del mar y han dejado su esqueleto: la he mirado de cerca con mi vidrio de aumento.*
*Mi madre conversa con un señor cuyos ojos azules son del color de algunos pescados. Es claro que hablan de cosas muy desagradables, de parientes o de negocios, porque mi madre frunce las cejas y mira su reloj, y el señor, que tiene un anillo de oro, mira con odio el mar y se recuesta contra el toldo, fumando como si estuviera muy cansado. La arena se pega entre los dedos de los pies; trato de sacarla, pero no puedo. Miss Fielding mira de reojo al señor del anillo de oro. ¿Qué piensa Miss Fielding? No piensa. Sale a nadar: sigo su gorra verde sobre el mar, la sigo hasta que vuelve.*
*¡Cuántos ombligos tiene la arena!*
*Me regalaron una virgen que sirve de velador: son las más prácticas.*

*1º de marzo*
*Estoy enferma. Miss Fielding no me deja pensar: lee, con su monótona voz de gato, Robinson Crusoe. Pero ¿qué interés puede tener para mí un libro como ese? Me gustan los libros de amor o de crímenes. Me gustan los libros de pensamientos. No espero sino la hora de la comida, que no me trae nada. ¿Moriré antes de los quince años? He contado las horas en que Miss Fielding no me ha dejado pensar desde que estoy en cama: cinco horas hoy, ayer tres, anteayer ocho: dieciséis en total. Si muero antes de los quince años, no se lo perdonaré.*

*10 de marzo.*

*Me despedí del mar: fue difícil besarlo, más fácil me resultó besar la arena, que estaba húmeda. No volveré hasta el año que viene (pero ya no será lo mismo, tendré un año más, ya no seré la misma).*

*Iremos a pasar unos días a una estancia de mi abuelo, en Arrecifes.*

*12 de marzo*

*La estancia se llama* La Dormida.

*—Seguramente La Bella Durmiente del Bosque era uno de los cuentos preferidos de las hijas del antiguo propietario de esta estancia y por eso le pusieron ese nombre –me dijo Miss Fielding la noche que llegamos.*

*Tuve que explicarle que no se llamaba La Bella Durmiente del Bosque sino* La Dormida, *lo que era distinto. Me contestó como si me diera un dato histórico:*

*—Seguramente han querido abreviar el nombre porque resultaba un poco largo.*

*14 de marzo*

*La estancia se llama* La Dormida, *porque su antiguo propietario tenía una hija más callada, mucho más callada y tímida que yo. Cuando llegaban visitas, el dueño de casa, que tenía una barba, mitad negra, mitad, colorada, para alabar o llamar a su hija mientras servía las masas que ella misma había preparado, decía en voz alta:*

*—No es dormida. No es dormida, mi hija.*[100]

*Las visitas, que eran todas señoras viejas, de luto y golosas como chanchos, tomaron la costumbre, cuando llegaban a la estancia, de preguntar por la que «no era dormida» y finalmente para abreviar un poco por «la dormida», pensando en las masas caseras que parecían por los firuletes de merengue, masas de una gran confitería. Poco a poco, la Dormida se hizo famosa, «¿Dónde está la dormida?», «¿Cómo está la dormida?» «¿Qué está haciendo la dormida?» eran frases que empezaron a oírse cuando la gente reclamaba masas. La estancia acabó por llamarse* La Dormida.

---

100   *Ser dormido/a:* obviamente no es lo mismo que *estar dormido/a.* Tal vez su opuesto lo explique mejor: *ser despierto* quiere decir consciente, alerto y hasta inteligente; así que *ser dormido* sería todo lo contrario.

*Pero ahora no hay nadie que pueda convencer a Miss Fielding de que La Bella Durmiente del Bosque no fue responsable de ese nombre.*

*15 de marzo.*
*Miss Fielding aprendió en un día a andar a caballo. Todo el mundo la felicitó. No se asusta de las víboras, ni de los murciélagos, ni de las luces malas. No sé si adora o si odia a los gatos. Los acaricia y les da pedazos de carne que roba de la cocina, cuando el cocinero duerme la siesta, pero también les da puntapiés.*
*Camina con Miguel por el parque a la noche. Oigo las voces hasta que me duermo. Dicen que vieron un fantasma y que Miss Fielding cayó desmayada: eran los ojos fosforescentes de un gato, que corría por el techo de la casa, como un gigante negro.*

*20 de marzo.*
*Pienso que voy a ser una gran artista cuando veo un rayo de sol sobre el césped, o cuando tomo el olor a trébol que brota de la tierra al caer la noche o cuando me imagino que un tigre me devora en pleno día. Pintaré muchos cuadros para el Museo Nacional.*

*26 de marzo.*
*Ser pobre, andar descalza, comer fruta verde, vivir en una choza con la mitad del techo roto, tener miedo, deben de ser las mayores felicidades del mundo. Pero nunca podré ambicionar esa suerte. Siempre estaré bien peinada y con estos horribles zapatos y con estas medias cortas.*
*La riqueza es como una coraza que Miss Fielding admira y que yo detesto.*

*28 de marzo.*
*He inventado esta oración: Dios mío, haced que todo lo que yo imagine sea cierto, y lo que no pueda yo imaginar no llegue nunca a serlo. Haced que yo, como los santos, desprecie la realidad.*

*29 de marzo.*

*He dudado de la existencia de Dios: las personas grandes siempre mienten y ellas me hablaron de la existencia de Dios.*

*1° de abril.*

*No puedo encontrar un trébol de cuatro hojas. Nunca seré feliz, porque ser feliz significa creer que uno lo es.*

*2 de abril.*

*Dormir y comer en el tren me gusta. Me gusta también Buenos Aires, hoy, porque es día de llegada y porque hay olor a naftalina en las alfombras.*

*4 de abril.*

*Sin convicción estudio el piano. Para tocar bien el piano tengo que imaginar un teatro lleno de gente, oír aplausos. Le pago diez centavos a Filomena por cada aplauso. En la salita de esta casa, cuando hay una visita, mi madre me pide que toque* AU COUVENT, *de Borodin: pero detesto esa visita y detestaría cualquier teatro con semejante público. Para no llorar tengo que imaginar que estoy en un jardín con rosales y sauces y que un joven descalzo y muy pobre me lleva de la mano; entonces la música se abre como un sendero para dejarnos pasar y el teclado se vuelve invisible.*

*20 de mayo.*

*Pablo Lerena comió anoche en casa. Es un primo segundo de mi padre. Hasta los veinte años vivió en Europa: es lo único que sé de él. Me saludó agachando la cabeza perfumada. Apenas le contesté. Me había caído de la escalera y me dolía la rodilla.*

*21 de mayo.*

*Sobre las rosas, en los floreros de la sala, recordando mi infancia, lloré como si fuera grande. A las seis de la tarde no había nadie en la casa. Un silencio intimidante, como el de una presencia, se internaba por las habitaciones. Los corredores oscuros me llevaron al cuarto de*

*Miss Fielding. Me detuve un instante antes de abrir el cajón de la mesa de luz: encontré un paquete de cartas atado con una cinta (sabía de quién eran esas cartas), un frasquito de perfume, un lápiz y una caja de fósforos. Desaté la cinta. Leí las cartas una por una; a medida que las iba leyendo las guardaba en un bolsillo, para no releer las que ya había leído. Oí un ruido en la puerta de calle. Con la cinta rápidamente até las cartas. Una quedó en mi bolsillo: la conozco de memoria.*

*22 de mayo.*
*Miss Fielding sabe que le falta una carta. Sabe que yo se la robé y que se la mostré a Miguel. «Son cartas comprometedoras» diría mi madre. Lloré con la cabeza escondida entre las faldas de Miss Fielding. Me perdonó porque es inteligente. Se lo conté a mi madre.*

*27 de mayo.*
*Rosa, Fernanda y Marcelina son mis mejores amigas. Soy admirada por la primera, dominada por la segunda, ignorada por la tercera, que toca muy bien el piano y que anda como un mono en bicicleta. Las amigas pueden dividirse en varias clases: las que escuchan siempre, las que escuchamos, las que amamos cuando están cerca, las que preferimos cuando están lejos, las que deseamos que tengan diferentes opiniones de las nuestras, las que recordamos cuando oímos una música, las que son como un jardín, las que se parecen únicamente a ellas mismas, las que saben lo que íbamos a decir antes de hablar y lo dicen para avergonzarnos, las que nos roban las cosas amadas amándolas, las que perfeccionan la soledad, las grandes, las que no se ocupan de nosotras.*

*Rosa, Fernanda y Marcelina no son en realidad mis mejores amigas; es sólo en algunas composiciones que lo digo, como por ejemplo en la composición titulada* UN PASEO EN EL TIGRE.

*4 de junio.*
*Pablo Lerena come casi todas las noches en casa. Tiene un negocio*

*a medias con mi padre. Después de comer Miss Fíelding y mi madre hacen solitarios, mientras mi padre y Pablo Lerena conversan envueltos en el humo espeso de los cigarros. Mi abuela teje una esclavina. Teje como una tortuga con manos de araña. Oye todo lo que nadie alcanza a oír, pero no oye nada de lo que todo el mundo oye. A veces parece disfrazada. A veces parece disfrazada sobre todo en invierno porque se abriga mucho cuando va a misa.*

*Miss Fielding cree que me burlo de ella: no es mi culpa, es tan distinta de todo el mundo, con sus ojos de gato de angora y con su voz llorona.*

*20 de junio.*

*Veo muy poco a mi padre o más bien lo miro muy poco: ayer descubrí que tenía los ojos verdes y la nariz aguileña. Tener siempre cerca a las personas las aleja: conozco pedacitos de mi madre, conozco sus muñecas, el espesor de su peinado y el lugar que ocupa una de sus ondas preferidas,*[101] *el crujido de sus pasos, la sonoridad de su risa, pero a Pablo Lerena lo conozco de arriba abajo y no como un busto, como la conozco a mi abuela, lo conozco todo entero como en un gran espejo.*

*21 de julio.*

*Fui a Palermo con Miss Fielding. Llevamos carne cruda para los gatos. Cerca del lago, donde alquilan las bicicletas, nos sentamos para mirarlos comer; ronroneaban, se frotaban contra mí. De pronto Miss Fielding se puso a temblar; su cara se transformó: parecía horrible, un verdadero gato. Se lo dije y me cubrió de arañazos. Con la cara sangrando llegué a casa.*

*23 de julio.*

*Me escondí en el rellano de la escalera. No veía pero oía todo lo que decían: Miss Fielding hablaba con Miguel: parecía que lloraba. Hablaban mal de mí. Cantaban los pájaros de las jaulas, en el balcón, como si se besaran. En la claridad de la pared veía agitarse las sombras, como las figuras de una linterna mágica.*

---

101   *Onda:* en el contexto describe una ondulación del pelo.

*30 de julio.*

*Es mi cumpleaños. Mi padre me regaló una pulsera de oro fina, Miss Fielding un libro, mi madre un monedero, mi abuela cien pesos, Pablo Lerena no sabía que era mi santo y cuando vio el postre con mi nombre y con las velitas encendidas sobre la mesa, en medio de la comida se levantó para besarme. Me ruboricé. Mi abuela comió en la mesa, pero no probó el postre, porque tenía huevo.*

*10 de agosto.*

*Dije a Miss Fielding:*

*—Dale que eras un gato y yo un perro y me arañabas.*

*Miss Fielding me puso en penitencia.*

*15 de agosto.*

*Me gustan los libros de amor o de crímenes, me gustan los libros de Rossetti y de Tennyson: algunos versos los sé de memoria y los recito silenciosamente cuando estoy en la iglesia esperando que termine la misa.*

*24 de agosto.*

*En medio de las lecciones, Miss Fielding se detiene, suspira y sus ojos se aventuran por el paisaje de la ventana. Miguel la llamó ayer para que le ayudara a escribir una carta: tardaron más de una hora.*

*2 de septiembre.*

*Soy romántica, Miss Fielding me lo dijo anoche mientras me hacía las trenzas. Ella es más romántica porque ha vivido más, pero menos intensamente.*

*Miss Fielding lo abraza a Remo y le clava las uñas, le dice en inglés: ¿Sabes cómo te quiero? Remo no comprende el inglés, pero sabe que Miss Fielding es idéntica a un gato y no la quiere y baja las orejas.*

*29 de septiembre.*

*Miss Fielding me ve tal vez como a un demonio. Siente un horror profundo por mí y es porque empieza a comprender el significado de este diario, donde tendrá que seguir ruborizándose, dócil, obedeciendo al destino que yo le infligiré, con un temor que no siento por nada ni por nadie.*

*5 de octubre.*
*Roberto Cárdenas vino a comer por primera vez esta noche. En seguida reconocí al señor, con los ojos azules, que había visto durante el verano, en la playa, conversando con mi madre. Me saludó con amabilidad. Yo apenas le contesté. Miss Fielding se ruborizó violentamente.*
*Remo, el perro de Miguel, murió en un accidente.*

Interrumpo este diario, como lo interrumpí entonces, con estupor, el 5 de octubre, a las doce de la noche, al comprobar que todo lo que Porfiria había escrito en su diario hacía casi un año estaba cumpliéndose.

Roberto Cárdenas había venido a comer esa noche por primera vez. Y ahí tenía, ante mis ojos, la fecha increíble, 5 de octubre, escrita sobre la página del diario, como un testimonio mágico, infernal. El cuaderno había estado en mi poder todo ese tiempo. Me constaba que Porfiria no había podido tocarlo ni durante todos esos días, ni hoy, después de la comida. Qué horrible misterio alimentaba diariamente las páginas de este diario. Recuerdo que no dormí en toda la noche, presa de inexplicables temores.

A la mañana siguiente, le pregunté a Porfiria si no había agregado anotaciones nuevas al diario. ¡Demasiado bien sabía que no lo había tocado! Le señalé con un vago temor la distracción que había tenido en anticipar las fechas. Me miró con asombro. Abriendo desmesuradamente los ojos, me explicó con exaltación inusitada:

—Escribir antes o después que sucedan las cosas es lo mismo: inventar es más fácil que recordar.

Confieso que la inteligente, la dulce Porfiría, me pareció presa de algún demonio. Sentí ese día horror por ella, y a la noche, en la soledad de mi habitación, leí las páginas siguientes del diario.

*26 de octubre.*
*Roberto Cárdenas y mi madre se despiden como si temieran no verse nunca más. ¿Qué secretos terribles se dicen en la oscuridad de la sala cuando pasa el tranvía? Miss Fielding es muy celosa. ¿Los gatos son celosos?*

*Hoy nos pidieron a Miss Fielding y a mí que tocáramos el piano a cuatro manos. Miss Fielding, tristemente, se sentó al piano y yo a su lado, en el taburete. En la madera brillante del piano yo veía a mi madre que lloraba y a Roberto Cárdenas que le besaba las manos para consolarla.*

*Mi madre llora sin lágrimas con frecuencia. Sabe que Miss Fielding me lastima. Sabe que Miss Fielding no es un ser humano, pero no se atreve a despedirla, porque le tiene miedo.*

*5 de noviembre.*
*Estar enamorada, no significa amar a un hombre: puede uno estar enamorado sin amar a nadie. Una fotografía, una puesta de sol, un perfume, un ángel o una música bastan.*

*20 de noviembre.*
*Quisiera ser pruebista. Vestirme con un traje verde y brillante. Un pruebista se parece mucho a un ángel; cuando salta en los trapecios, otro ángel lo recibe en sus brazos.*

*4 de diciembre.*
*Tengo un presentimiento. Nuestro fin se acerca. Algunas personas tienen caras de criminales cuando se les acerca la muerte; inconscientemente adoptan la cara que imaginan que tiene la muerte.*

*Ayer hablamos con Miss Fielding de la muerte, del suicidio, del crimen. No son conversaciones para tener con niños.*

*5 de diciembre.*

*Hace calor. Miss Fielding volvió del campo con un enorme ramo de flores. Las arregló en los floreros del comedor. Mi madre no las agradeció, es orgullosa.*

*El sol amarillo brilla sobre las calles y las casas todavía, y ya es tarde.*

*Miss Fielding está enamorada de Miguel. Así tienen que ser las institutrices con los discípulos y no tratarlos con la rudeza con que me trata a mí. Pero Miguel no es el discípulo de Miss Fielding, es el discípulo de un gato. Soy yo la discípula y es de mí de quien tiene que ocuparse, y no arañarme como un felino; se lo dije a mi madre.*

*8 de diciembre.*

*Fui a misa con Miguel y Miss Fielding.*

*Trataré de alejarlos. No me importa que me odien. Cuando uno no consigue el afecto que reclama, el odio es un alivio. El odio es lo único que puede reemplazar al amor.*

*Conseguí que me pegara, que me clavara las uñas de nuevo. He triunfado, exasperándola.*

*9 de diciembre.*

*Podría matar a Miss Fielding sin remordimiento. Si lloré por la muerte de Remo no lloraría por la de ella, como ella no lloraría por la mía.*

*15 de diciembre.*

*Es como si una voz me dictara las palabras de este diario: la oigo en la noche, en la oscuridad desesperada de mi cuarto.*

*Puedo ser cruel, pero esta voz lo puede infinitamente más que yo. Temo el desenlace, como lo temerá Miss Fielding.*

De nuevo cerré el diario. Lo tuve guardado dos días. Pensé que si no lo leía, tal vez el diario dejaría de existir; yo rompería su encantamiento, ignorándolo. Creo innecesario describir mi angustia, mi tortura, mi humillación.

Todas las cosas que me han sucedido las leo en este diario.

Leí las últimas páginas; no pude evitarlo.

Hablará por mí el diario de Porfiria Bernal. Me falta vivir sus últimas páginas.

*20 de diciembre.*

*Me he contemplado largamente en el espejo, para decirme adiós, como si los espejos del mundo fueran a desaparecer para siempre.*

*Creo que existo porque me veo.*

*Miss Fielding me asusta. Todos los gatos me asustan. Les doy de comer para que no me odien.*

*21 de diciembre.*

*¿Cuándo comenzó nuestra enemistad? El día que los vi con las dos cabezas juntas, leyendo un libro de poesía. Miss Fielding me ha perdonado todo, menos eso tal vez. Me guarda el rencor de los gatos por los perros o de los malos discípulos por sus maestros.*

*22 de diciembre.*

*Uno desea, en el fondo de su alma, que llegue pronto el día trágico. Miss Fielding me arañó tres veces hoy.*

*23 de diciembre.*

*Fuimos al Tigre. El cielo cubría de reflejos el agua, La canoa verde se deslizaba silenciosa. Por un instante nos olvidamos de todo. Almorzamos debajo de los sauces. A las cinco de la tarde, Miss Fielding me miró con horror. ¿Qué había visto? La sombra de un gato. Cuando las personas están por transformarse ven una sombra que las persigue, que les anuncia el porvenir.*

*24 de diciembre.*

*Miss Fielding me regaló un libro; yo le regalé un gato de porcelana.*

*Subimos a la azotea, con Miss Fielding, como siempre lo hacemos cuando llegan los días calurosos. La baranda es endeble. La altura de una casa de cuatro pisos no puede dar vértigo a nadie. Miss Fielding dice que siente vértigo en cualquier parte donde se encuentra, desde una altura grande o pequeña. Sin embargo, cuando estábamos en el campo se subía al molino.*

*—Deme la mano —me dijo al pasar por la parte más angosta de la escalerita.*

*Tenía las manos heladas y temblaba. Me clavó las uñas. Me sorprendió de nuevo con su cara de gato; se lo dije. Alcanzamos a ver el Río. De pronto perdí pie. ¿Es Miss Fielding que me ha empujado? Trato de asirme a los barrotes de hierro.*

*No caí afuera; caí sobre las baldosas, desmayada. Oí un grito estridente, desgarrador. Era la sirena del puerto, la que he oído siempre a esa hora de la tarde.*

*26 de diciembre.*

*Miss Fielding trató de matarme. No se lo diré a nadie. Ella cree que duermo. Por la ventana abierta veo la plaza San Martín, donde florecen las primeras tumbergias. Brillan las palmas y el cielo de Buenos Aires se extiende hasta el río amarillo. Estoy en cama. Me permiten tomar una taza de chocolate. Por la puerta entreabierta veo que Miss Fielding prepara el chocolate. Hierve la leche en un calentador. Ya no podrá traerme la taza. Se ha cubierto de pelos, se ha achicado, se ha escondido; por la ventana abierta da un brinco y se detiene en la balaustrada del balcón. Luego da otro brinco y se aleja. Mi madre se alegrará de no tenerla más en la casa. Comía mucho, sabía todos los secretos de la casa. Me arañaba. Mi madre la temía aún más que yo. Ahora Miss Fielding es inofensiva y se perderá por las calles de Buenos Aires. Cuando la encuentre, si algún día la encuentro, le gritaré, para burlarme de ella: «Mish Fielding, Mish Fielding», y ella se hará la desentendida, porque siempre fue una hipócrita, como los gatos.*

# Las invitadas

Para las vacaciones de invierno, los padres de Lucio habían planeado un viaje al Brasil. Querían mostrar a Lucio el Corcovado, el Pan de Azúcar, Tiyuca y admirar de nuevo los paisajes a través de los ojos del niño.[102]

Lucio enfermó de rubéola: esto no era grave, pero «con esa cara y brazos de sémola», como decía su madre, no podía viajar.[103]

Resolvieron dejarlo a cargo de una antigua criada, muy buena. Antes de partir recomendaron a la mujer que para el cumpleaños del niño, que era en esos días, comprara una torta con velas, aunque no fueran a compartirla sus amiguitos, que no asistirían a la fiesta por el inevitable miedo al contagio.

Con alegría, Lucio se despidió de sus padres: pensaba que esa despedida lo acercaba al día del cumpleaños, tan importante para él. Prometieron los padres traerle del Brasil, para consolarlo, aunque no tuvieran de qué consolarlo, un cuadro con el Corcovado, hecho con alas de mariposas, un cortaplumas de madera con un paisaje del Pan de Azúcar, pintado en el mango, y un anteojito de larga vista, donde podría ver los paisajes más importantes de Río de Janeiro, con sus palmeras, o de Brasilia, con su tierra roja.

El día consagrado, en la esperanza de Lucio, a la felicidad, tardó en llegar. Vastas zonas de tristeza empañaron su advenimiento, pero una mañana, para él tan diferente de otras mañanas, sobre la mesa del dormitorio de Lucio brilló por fin la torta con seis velas, que había comprado la criada, cumpliendo con las instrucciones de la dueña de casa. También brilló, en la puerta de entrada, una bicicleta nueva, pintada de amarillo, regalo dejado por los padres.

---

102  *Corcovado* y *Pan de Azúcar* son cerros que dominan la ciudad de Río de Janeiro; Tiyuca es el bosque tropical y también un barrio elegante de la ciudad.

103  *Rubéola* es una infección común entre los niños y generalmente, como explica el cuento, no es grave pero produce granos en la piel.

Esperar cuando no es necesario es indignante; por eso la criada quiso celebrar el cumpleaños, encender las velas y saborear la torta a la hora del almuerzo, pero Lucio protestó, diciendo que vendrían sus invitados por la tarde.

—Por la tarde la torta cae pesada al estómago, como la naranja que por la mañana es de oro, por la tarde de plata y por la noche mata. No vendrán los invitados –dijo la criada–. Las madres no los dejarán venir, de miedo al contagio. Ya se lo dijeron a tu mamá.

Lucio no quiso entender razones. Después de la riña, la criada y el niño no se hablaron hasta la hora del té. Ella durmió la siesta y él miró por la ventana, esperando.

A las cinco de la tarde golpearon a la puerta. La criada fue a abrir, creyendo que era un repartidor o un mensajero. Pero Lucio sabía quién golpeaba. No podían ser sino ellas, las invitadas. Se alisó el pelo en el espejo, se mudó los zapatos, se lavó las manos. Un grupo de niñas impacientes, con sus respectivas madres, estaba esperando.

—Ningún varón entre estos invitados. ¡Qué extraño! –exclamó la criada–. ¿Cómo te llamas? –preguntó a una de las niñas que se le antojó más simpática que las otras.

—Me llamo Livia.

Simultáneamente las otras dijeron sus nombres y entraron.

—Señoras, hagan el favor de pasar y de sentarse –la criada dijo a las señoras, que obedecieron en el acto.

Lucio se detuvo en la puerta del cuarto, ¡Ya parecía más grande! Una por una, mirándolas en los ojos, mirándoles las manos y los pies, dando un paso hacia atrás para verlas de arriba abajo, saludó a las niñas.

Alicia llevaba un vestido de lana, muy ceñido, y un gorro tejido con punto de arroz, de esos antiguos, que están a la moda. Era una suerte de viejita, que olía a alcanfor. De sus bolsillos caían, cuando sacaba su pañuelo, bolitas de naftalina, que recogía y que volvía a guardar.[104] Era precoz sin duda, pues la expresión

---

104    *El alcanfor* y las *bolas de naftalina*: los dos tienen un fuerte olor químico y se usan para evitar las polillas en la ropa.

de su cara demostraba una honda preocupación por cuanto hacían alrededor de ella. Su preocupación provenía de las cintas del pelo que las otras niñas tironeaban y de un paquete que traía apretado entre sus brazos y del cual no quería desprenderse. Este paquete contenía un regalo de cumpleaños. Un regalo que el pobre Lucio jamás recibiría.

Livia era exuberante. Su mirada parecía encenderse y apagarse como la de esas muñecas que se manejan con pilas eléctricas. Tan exuberante como cariñosa, abrazó a Lucio y lo llevó a un rincón, para decirle un secreto: el regalo que le traía. No necesitaba de ninguna palabra para hablar; este detalle desagradable para cualquiera que no fuera Lucio, en ese momento, parecía una burla para los demás. En un diminuto paquete, que ella misma desenvolvió, pues no podía soportar la lentitud con que Lucio lo desenvolvería, había dos muñecos toscos imantados que se besaban irresistiblemente en la boca, estirando los cuellos, cuando estaban a determinada distancia el uno del otro. Durante un largo rato, la niña mostró a Lucio cómo había que manejar los muñecos, para que las posturas fueran más perfectas o más raras. Dentro del mismo paquetito había también una perdiz que silbaba y un cocodrilo verde. Los regalos o el encanto de la niña cautivaron totalmente la atención de Lucio, que desatendió al resto de la comitiva, para esconderse en un rincón de la casa con ellos.

Irma, que tenía los puños, los labios apretados, la falda rota y las rodillas arañadas, enfurecida por el recibimiento de Lucio, por su deferencia por los regalos y por la niña exuberante que susurraba en los rincones, golpeó a Lucio en la cara con una energía digna de un varón, y no contenta con eso rompió a puntapiés la perdiz y el cocodrilo, que quedaron en el suelo, mientras las madres de las niñas, unas hipócritas, según lo afirmó la criada, lamentaban el desastre ocurrido en un día tan importante.

La criada encendió las velas de la torta y corrió las cortinas para que relucieran las luces misteriosas de las llamas. Un breve silencio animó el rito. Pero Lucio no cortó la torta ni apagó las velas como lo exige la costumbre. Ocurrió un escándalo: Milona clavó el cuchillo y Elvira sopló las velas.

Ángela, que estaba vestida con un traje de organdí lleno de entredoses y de puntillas, era distante y fría; no quiso probar ni un confite de la torta, ni siquiera mirarla, porque en su casa, según su testimonio, para los cumpleaños, las tortas contenían sorpresas. No quiso beber la taza de chocolate porque tenía nata y cuando le trajeron el colador, se ofendió y, diciendo que no era una bebita, tiró todo al suelo. No se enteró, o fingió no enterarse, de la riña que hubo entre Lucio y las dos niñas apasionadas (ella era más fuerte que Irma, así lo afirmó), tampoco se enteró del escándalo provocado por Milona y Elvira, porque, según sus declaraciones, sólo los estúpidos asisten a fiestas cursis, y ella prefería pensar en otros cumpleaños más felices.

—¿Para qué vienen a estas fiestas las niñas que no quieren hablar con nadie, que se sientan aparte, que desprecian los manjares preparados con amor? Desde chiquitas son aguafiestas –rezongó la criada ofendida, dirigiéndose a la madre de Alicia,

—No se aflija –contestó la señora–, todas se parecen.

—¡Cómo no voy a afligirme! Son unas atrevidas: soplan sobre las velas, cortan la torta sin ser el niño del cumpleaños.

Milona era muy rosada.

—No me da ningún trabajo para hacerla comer –decía la madre, relamiéndose los labios–. No le regale muñecas, ni libros, porque no los mirará. Ella reclama bombones, masas. Hasta el dulce de membrillo ordinario le gusta con locura. Su juego favorito es el de las comiditas.[105]

Elvira era muy fea. Aceitoso pelo negro le cubría los ojos. Nunca miraba de frente. Un color verde, de aceituna, se extendía sobre sus mejillas; padecía del hígado, sin duda. Al ver el único regalo, que había quedado sobre una mesa, lanzó una carcajada estridente.

—Hay que poner en penitencia a las chicas que regalan cosas feas. ¿No es cierto, mamá? –dijo a su madre.

---

105 Los regalos extraños y el comportamiento inusitado de las invitadas poco a poco nos inducen a verlas como imágenes de los siete pecados capitales, con sus nombres que resuenan apropiadamente: Alicia (avaricia), Livia (lujuria), Irma (ira), Milona/comilona (la gula), Elvira (envidia), Ángela (soberbia), Teresa (pereza).

Al pasar frente a la mesa, consiguió barrer con su pelo largo, enmarañado, los dos muñecos, que se besaron en el suelo.

—Teresa, Teresa –llamaban las invitadas.

Teresa no contestaba. Tan indiferente como Ángela, pero menos erguida, apenas abría los ojos. Su madre dijo que tenía sueño: la enfermedad del sueño. Se hace la dormida.

—Duerme hasta cuando se divierte. Es una felicidad, porque me deja tranquila –agregó.

Teresa no era del todo fea; parecía, a veces, hasta simpática, pero era monstruosa si uno la comparaba con las otras niñas. Tenía párpados pesados y papada, que no correspondían a su edad. Por momentos parecía muy buena, pero hay que desengañarse: cuando una de las niñas cayó al suelo por su culpa, no acudió en su ayuda y quedó repantigada en la silla, dando gruñidos, mirando el cielo raso, diciendo que estaba cansada.

«Qué cumpleaños», pensó la criada, después de la fiesta. «Una sola invitada trajo un regalo. No hablemos del resto. Una se comió toda la torta; otra rompió los juguetes y lastimó a Lucio; otra se llevó el regalo que trajo; otra dijo cosas desagradables, que sólo dicen las personas mayores, y con su cara de pan crudo ni me saludó al irse; otra se quedó sentada en un rincón como una cataplasma, sin sangre en las venas; y otra, ¡Dios me libre!, me parece que se llamaba Elvira, tenía cara de víbora, de mal agüero; pero creo que Lucio se enamoró de una, ¡la del regalo!, sólo por interés. Ella supo conquistarlo sin ser bonita. Las mujeres son peores que los varones. Es inútil».

Cuando volvieron de su viaje los padres de Lucio, no supieron quiénes fueron las niñas que lo habían visitado para el día de su cumpleaños y pensaron que su hijo tenía relaciones clandestinas, lo que era, y probablemente seguiría siendo, cierto.

Pero Lucio ya era un hombrecito.

## Amada en el amado

A veces dos enamorados parecen uno solo; los perfiles forman una múltiple cara de frente, los cuerpos juntos con brazos y piernas suplementarios, una divinidad semejante a Siva: así eran ellos dos.[106]

Se amaban con ternura, pasión, fidelidad. Trataban de estar siempre juntos y cuando tenían que separarse por cualquier motivo, durante ese tiempo tanto pensaban el uno en el otro que la separación era otra suerte de convivencia, más sutil, más sagaz, más ávida.

Lo primero que hacían al separarse era poner cada uno en su reloj pulsera la hora exacta.

—A medianoche quiero que repitas los versos de San Juan de la Cruz, que me gustan.

—*¡Oh noche que juntaste Amado con amada, / amada en el Amado transformada!*[107]

—Los diremos a la misma hora.

—A las seis de la tarde, en el reloj, mis ojos te mirarán.

—En el lápiz de los labios estaré cuando te pintes, o en el vaso cuando bebas agua.

—A las ocho te asomarás a la ventana para contemplar la luna. No mirarás a nadie.

—Creyendo que es tuyo, para no gritar de pena, me morderé el brazo, no el antebrazo.

—¿Por qué?

—Porque el brazo es más sensible.

—¿En qué sitio?

—En el sitio en que la boca lo alcanza cuando el brazo está

---

106   El dios hindú *Siva* (Shiva) se representa muchas veces con cuatro brazos pero generalmente sólo dos piernas.

107   El lector notará que la palabra clave de la cita, «transformada», se elimina del título del cuento. En el poema de San Juan la amada y el amado son símbolos de la unión entre el alma y Dios.

doblado con el codo hacia arriba, apoyado contra la cara, como guareciéndola del sol. Es tu postura predilecta, por eso la imito como si mi brazo fuera el tuyo.

—A las nueve menos cinco de la noche, cerrá los ojos. Te besaré hasta las nueve y cinco.

—¡Podrías más tiempo!

—¿Pero acaso no llegaríamos a morir prolongando indefinidamente ese momento?

—No pediría otra cosa.

Con éstos y otros desatinos se despedían. Como es natural, cumplían religiosamente lo pactado. ¿Quién se atrevería a romper semejante rito? El que no lo comprenda, nunca ha amado o ha sido amado, ni valdría la pena que ame o que sea amado, ya que el amor es hecho de infinita y sabia locura, de adivinación y de obediencia.

Todas las miserias grandes y pequeñas de la vida cotidiana, todo lo que es un motivo de fastidio para otras personas, para ellos era muy llevadero.

La casa en donde vivían no era muy cómoda; tenía poca luz porque sus cuartos daban a un patio interior. Ruidos intestinales de cañerías se hacían oír en todos los pisos. El baño estaba metido adentro de un armario, la ducha sobre la letrina, las ventanas no cerraban o abrían según el grado de humedad del tiempo, un camino de cucarachas distinguía la cocina de los otros cuartos, pero ellos encontraron en esas incomodidades cómicos motivos de regocijo. (Compartir cualquier cosa vuelve cualquier cosa mejor para los enamorados, cuando son felices.) La felicidad les prestaba simpatía, simpatía para el verdulero, para el carnicero, para el panadero, para el médico cuando había que consultarlo, para los participantes de una cola, por personal y larga que fuera.

De noche, cuando se acostaban, el cansancio que sentían, abrazados, era un premio. Él soñaba mucho, ella no soñaba nunca.

Él, al despertar a la hora del desayuno, le contaba sus sueños; eran sueños interminables y accidentados, llenos de alegría o de zozobras. Le gustaba contar los sueños, porque casi todos tenían (como las novelas policiales) suspenso: aprovechaba el momento en que iba a tomar un trago caliente de té o en que se metía un trozo grande de pan con manteca y miel en la boca, para interrumpir la parte sensacional del sueño y hacer esperar debidamente el desenlace.

—Quisiera ser vos —decía ella, con admiración.

—Yo también —decía él— ser vos, pero no que vos fueras yo.

—Es lo mismo —decía ella.

—Es muy distinto —respondía él—. Lo primero sería agradable, lo segundo angustioso.

—¡Por qué nunca puedo estar en tus sueños, si en la vigilia te acompaño! —ella exclamaba—. Oírtelos contar, no es lo mismo. Me faltan el aire, la luz que los rodea.

—No creas que son tan divertidos (tengo más talento de narrador que de soñador), son mejores cuando los cuento —dijo él.

—Los inventarás, entonces,

—No tengo tanta imaginación.

—De todos modos, quisiera entrar en tus sueños, quisiera entrar en tus experiencias. Si te enamoraras de una mujer, me enamoraría yo también de ella; me volvería lesbiana.

—Espero que nunca suceda —decía él.

—Yo también —decía ella.

Durante un tiempo resolvieron dormir teniéndose de la mano, con la esperanza de que los sueños de él pasaran dentro de ella a través de las manos. Por incómodo que fuera, ya que para mantener una posición estratégica dar vuelta la almohada buscando la frescura se volvería imposible, resolvieron dormir con las cabezas juntas. Pensaban que ese contacto sería más eficaz que el de las manos, pero ella seguía sin sueños.

—Hay personas que no sueñan —decía él—. No hay nada que hacer.

—Sería capaz de tomar mescalina, fumar opio. Cualquier cosa haría con tal de soñar.

—Es lo único que falta –decía él.

Una mañana de primavera, a la hora del desayuno, ella trajo como siempre la bandeja con las dos tazas servidas y las tostadas con manteca y miel. Colocó todo sobre la mesa de luz. Se sentó sobre la cama, lo despertó ahogando risas con besos, y dijo:

—Anoche soñaste con una vaquita de San José. Aquí está. –Mostró sobre su brazo el bichito rojo como una gota de sangre.[108]

Él se incorporó en la cama y le dijo:

—Es cierto. Soñé que estábamos en un jardín donde en vez de flores había piedras, piedras de todos los colores.

—Un jardín japonés –musitó ella.

—Tal vez –respondió él–, porque en las piedras había letras grabadas que parecían japonesas o chinas. Por una calle de piedras más altas, pues todas las piedras eran de distinta forma y tamaño, venías caminando como si fuera adentro del agua. Te acercaste y me mostraste el brazo que creía que te habías lastimado con un alfiler, pero mirándolo bien, advertí que la gota de sangre que veía en tu brazo era en efecto una *vaquita de San José*.

—De algo me sirvió dormir con la frente pegada a la tuya –dijo ella, tratando vanamente de hacer pasar el bichito rojo de una mano a la otra–. En tu próximo sueño trataré de obtener algo mejor o más duradero –prosiguió, viendo que el bichito abría un ala rizada, suplementaria, que tenía escondida, y salía volando para desparecer en el aire.

A la noche siguiente, ella se durmió antes que él. A las cinco de la mañana se despertaron al mismo tiempo.

—¿Qué soñaste? –ella preguntó, sobresaltada.

—Soñé que estábamos acostados en la arena, pero... vas a enojarte...

—Lo que sucede en un sueño no podría enojarme.

—A mí, sí.

—A mí, no –contestó ella–. Seguí contando.

—Estábamos acostados, y vos no eras vos. Eras vos y no eras vos.

---

108    Como el personaje mismo explica, la *vaquita de San José* (*Cycloneda sanguinea*) es un pequeño insecto de color rojo brillante, común también en los EE. UU.

—¿En qué lo advertías?

—En todo. En el modo de besar, en los ojos, en la voz, en el pelo. Tenías pelo de nylon como la muñeca de la motocicleta, que te gustaba en el escaparate del subte, ese pelo amarillo lustroso. Un día me dijiste: «Me gustaría tener el pelo así».

—¿Y qué te hizo pensar que esa mujer tan distinta de mí, era yo?

—El amor que yo sentía.

—Llamas amor a cualquier cosa.

—Aquel pelo amarillo de nylon, tan parecido al de la muñeca de la motocicleta, tal vez fuera culpable. Cada hebra era como un hilo de oro que yo acariciaba.

—¿Así? –dijo ella, mostrándole una hebra de nylon amarillo que colgaba del cuello del camisón.

El tomó en broma el diálogo. A decir verdad esa hebra de nylon amarilla podía haber estado anteriormente en la casa, por cualquier motivo. ¿Acaso las hijas de las amigas no iban de visita con sus muñecas, que tenían pelo de nylon? Se usa tanta ropa de nylon, ¿acaso una hebra de una costura no podría caer?

La próxima noche él tuvo que salir y ella quedó sola. Él volvió muy tarde; ella dormía. Empezaba el invierno y le trajo un ramo de violetas. En el momento de acostarse él puso en uno de los ojales del camisón de ella, una violeta.

—¿Qué soñaste? –dijo ella, como siempre, al despertar.

—Soñé que viajaba en un trineo por un campo cubierto de nieve, donde merodeaban lobos hambrientos. Estaba vestido con pieles de lobo; lo advertí en el modo de mirarme que tenían los lobos. Un bosque de pinos se divisó en el horizonte. Me dirigí al bosque. Frente a ese bosque bajé del trineo y en la nieve encontré una violeta, la recogí y me alejé rápidamente.

En ese momento ella vio la violeta en el ojal de su camisón.

—Aquí está –dijo ella.

—Te la traje anoche con un ramito que te compré en la calle; elegí la violeta más grande y la puse en el ojal de tu camisón.

—¿El sueño lo inventaste?

—Si lo hubiera inventado sería más divertido.

—¿Cómo supiste que ibas a soñar con violetas? Sos mentiroso. Querés imitarme, inventando experimentos mágicos. Eso no impide que tus verdaderos sueños obren milagros para mí —dijo ella—. *La vaquita de San José,* la hebra de nylon, no han sido un invento. Saldré pronto en los diarios, fotografiada como la mujer que saca objetos de los sueños ajenos.

—¿Mis sueños te son ajenos?

—Para los diarios, sí.

Fue durante una siesta de verano. Él soñó que andaba caminando con ella por una ciudad desconocida, con desfiles de soldados. En una puerta verde, debajo de un puente, Artemidoro el Daldiano, vestido de blanco, con sombrero y capa, lo llamó.

—¿Quién es Artemidoro? —preguntó ella.

—Un griego. Escribió la *Crítica de los sueños.*

—¿Cómo sabés que era él?

—Lo conozco. Estudiamos juntos —contestó él.[109]

Artemidoro le tendió la mano como si lo apuntara con un revólver, pero lo que tenía en la mano era un filtro misterioso, aquel que bebieron Tristán e Isolda. «Cuando quieras llevar a tu amada como a tu corazón dentro de ti», le dijo, «no tienes más que beber este filtro».

Cuando él despertó a la hora de desayuno, ella le dijo:

—Aquí está el filtro —y le mostró una botellita diminuta.

No necesitaba que le contara el sueño.

Él le arrebató el frasco de la mano, lo miró atónito, cerró los ojos y bebió. Cuando abrió los ojos quiso mirarla de nuevo. Ella no estaba. Él la llamó, la buscó. Oyó una voz dentro de él, la voz de ella, que le contestaba:

—Soy vos, soy vos, soy vos. Al fin soy vos.

—Es horrible —dijo él.

—A mí me gusta —dijo ella.

—Es un conyugicidio.

---

109   Casi todo de lo que dice el personaje sobre Artemidoro Daldiano es verdad: es una figura de la historia clásica griega que estudió los sueños, pero en el siglo dos de nuestra era. Por lo tanto no podía haber estudiado con él. El filtro con la poción mágica es parte de la leyenda de Tristán e Isolda, dos amantes trágicos celebrados en la edad moderna más notablemente por las óperas de Wagner.

—Conyugicidio... ¿Y qué quiere decir? —ella interrogó.

—Muerte causada por uno de los cónyuges al otro —respondió. Bruscamente despertaron.

Él volvió a soñar a lo largo de la vida y ella a sacar objetos de sus sueños. Pero la mayor parte de las veces no le sirvieron de nada pues son todos objetos de poca importancia; a veces ni siquiera los mira. Los atesora en su mesa de luz. Rara vez, por suerte, le sirven para sufrir transformaciones, como sucedió con el filtro: el término *sufrir* está bien elegido pues en toda transformación hay sufrimiento. A veces tienen miedo de no volver a su estado anterior —al hogar, a la vida habitual— y volatilizarse. ¿Pero acaso la vida no es esencialmente peligrosa para los que se aman?

# Las vestiduras peligrosas

Lloro como una Magdalena[110] cuando pienso en la Artemia,[111] que era la sabiduría en persona cuando charlábamos. Podía ser buenísima, pero hay bondades que matan, como decía mi tía Lucy. Lo peor es que por más que trate, no puedo describirla sin quitarle algo de su gracia.

Me decía:

—Piluca, hacéme un vestido peligroso.

Era ociosa y dicen que la ociosidad es madre de todos los vicios. A pesar de eso, hacía cada dibujo que lo dejaba a uno bizco. Caras que parecía que hablaban, sin contar cualquier perfil del lado derecho que es tan difícil; paisajes con fogatas que daba miedo que incendiaran la casa, cuando uno los miraba. Pero lo que hacía mejor era dibujar vestidos. Yo tenía que copiarlos después, ésa era la macana, porque la niña vivía para estar bien vestida y arreglada. La vida se resumía para ella en vestirse y perfumarse; en seguida me decía chau y ni un lebrel la alcanzaba. Cuántas personas menos buenas que ella hay en el mundo que están todo el día en la iglesia rezando.

Yo había trabajado de pantalonera antes de conocerla y no de modista como le dije, de modo que estaba en ascuas cada vez que tenía que hacerle un vestido.

Perdí mi empleo de pantalonera, porque no tuve paciencia con un cliente asqueroso al que le probé un pantalón. Resulta que el pantalón era largo de tiro[112] y había que prender con alfileres sobre el cliente, el género que sobraba. Siendo poco delicado para una niña de veinte años manipular el género del pantalón en la entrepierna para poner los alfileres, me puse nerviosa. El bigotudo,

---

110 *María Magdalena del Nuevo Testamento* se menciona en todos los Evangelios como una discípula importante de Jesús: presenció la crucifixión y también se menciona entre los primeros testigos de la resurrección.

111 *Artemisa* es la diosa griega de la caza, conocida en parte como protectora de su propia virginidad.

112 *El tiro*: la distancia entre la unión de las dos piernas a la cintura en un pantalón.

porque era un bigotudo, frente al espejo miraba su bragueta y sonreía. Cuando coloqué los alfileres, la primera vez me dijo:

—Tome un poco más, vamos –con aire puerco.

Le obedecí y volvió a decirme con el mismo tono, riéndose:

—Un poco más, niña, ¿no ve que me sobra género?

Mientras hablaba, se le formó una protuberancia que estorbaba el manejo de los alfileres. Entonces, de rabia, agarré la almohadilla y se la tiré por la cara. La patrona no me lo perdonó y me despidió en el acto diciendo que yo era una mal pensada y que la protuberancia se debía al pantalón que estaba mal cortado.

Soy una mujer seria y siempre lo fui. La señorita Artemia me tomó por el diario. Acudí a su casa con la cédula.[113] En seguida simpatizamos y le dije que me llamara por el sobrenombre, que es Piluca, y no por el nombre, que es Régula.

Iba a su casa tres veces por semana, para coser. Siempre me invitaba a tomar un cafecito o una tacita de té, con medias lunas. Yo perdía horas de trabajo. ¿Qué más quería? Si yo hubiera sido una cualquiera, qué más quería; pero siendo como soy me daba no sé qué. A pesar de la repugnancia que siento por algunas ricachonas, ella nunca me impresionó mal. Dicen que estaba enamorada. Sobre su mesa de luz, pegada al velador, tenía una fotografía del novio que era un mocoso. Tenía que serlo para dejarla salir con semejantes vestidos. Pronto me di cuenta de que ese mocoso la había abandonado, porque los novios vienen siempre de visita y él nunca. El amor es ciego. Le tomé cariño y bueno ¿qué hay de malo?

Un enorme ventanal ofrecía el cielo a mis ojos, una regia máquina de coser eléctrica estaba a mi disposición, un maniquí rosado traído de París, que daba ganas de comerlo, una tijera grandota, que parecía de plata, un millón de carreteles de sedalina de todos colores, agujas preciosas, alfileres importados, centímetros que eran un amor, brillaban en el cuarto de costura. Una habitación con sus utensilios de trabajo no parece nada, pero es todo en la vida de una mujer honrada.

---

113  *La cédula* [de identidad]: la tarjeta nacional de identidad.

Hay bondades que matan, como dije anteriormente; son como una pistola al pecho, para obligarle a uno a hacer lo que no quiere.

—Piluca, hágame este vestido para mañana, Piluquita, aquí está el género y el modelo –rogaba la Artemia.

—Pero niña, no tengo tiempo.

—Yo sé que lo vas a hacer en un cerrar y abrir de ojos.

—Manos a la obra –yo exclamaba sin saber por qué, y me ponía a trabajar. Me tenía dominada. A veces yo trabajaba hasta las cinco de la mañana, con los ojos desteñidos por la luz, para concluir pronto. El lirio de la Patagonia me ayudaba. Llevaba siempre su estampita en mi bolsillo.[114]

La señorita Artemia era perezosa. No es mal que lo sea el que puede, pero dicen que ociosidad es madre de todos los vicios y a mí me atemorizan los vicios. Sin embargo, para algo no era perezosa. Dibujaba, de su idea propia, sus vestidos, ya lo dije, para que yo se los copiara. No crean que esto era fácil. Con un molde, yo cortaba cualquier vestido; pero sacar de un dibujo el vestido, es harina de otro costal. Lloré gotas de sangre. Ahí empezó mi desventura. Los vestidos eran por demás extravagantes. A veces ella misma pintaba las telas, que en general eran livianas y rosadas. El jumper de terciopelo, el único de terciopelo que le hice, tenía un gran escote por donde me explicó que se asomaría una blusa de organza, que cubriría sus pechos. Varias veces le recordé, después de terminarle el jumper, que tenía que comprar la organza para hacerle la blusa. El día que se le antojó estrenar el jumper, no estaba hecha la blusa: resolvió, contra viento y marea, ponérselo. Parecía una reina, si no hubiera sido por los pechos, que con pezón y todo se veían como en una compotera, dentro del escote. Mama mía. La acompañé hasta la puerta de calle y después hasta la plaza. Allí me despedí de ella. No pude menos que admirar la silueta envuelta en el hermoso forro negro de terciopelo que a regañadientes yo le había cortado y cosido. Qué extravagancia. Al día siguiente, cuando la vi, estaba demacrada. Tomó el diario bruscamente y me leyó una noticia de Budapest,

---

114 *El lirio de la Patagonia:* el nombre popular para Ceferino Namuncurá (1886-1905), hijo de un jefe Mapuche, que llegó a ser cura. Murió en Italia pero su cuerpo fue devuelto a la Argentina y enterrado en el sur de la Provincia de Buenos Aires. Su tumba es un sitio de veneración especialmente entre los pobres. La *estampita* es una imagen de él, a manera de un Santo, impresa en una tarjeta de cartón.

llorando. Una muchacha había sido violada por una patota de jóvenes que la dejaron inanimada, tendida y desgarrada en el suelo. La muchacha llevaba puesto un jumper de terciopelo, con un escote provocativo, que dejaba sus pechos enteramente descubiertos. La Artemia lloraba como si se hubiera tratado de una parienta o de una amiguita o de su madre. Yo le pregunté por qué lloraba: qué podía importarle de una muchacha de Budapest que no había conocido. ¡Qué sensibilidad!

—Debió de sucederme a mí –me contestó, enjugándose las lágrimas.

—Pero, niña, está bien que sea buena –le dije– pero no hasta el punto de querer sacrificarse por la humanidad.

—Es horrible que esto haya pasado. Comprenda que es mi jumper el que llevaba esa mujer. El jumper que yo dibujé, el que me quedaba bien a mí.

No comprendí. Me ruboricé y sin decirle nada salí del cuarto, para tomar una tacita de tilo.

Al día siguiente volvió con el dibujo de un vestido no menos extravagante, para que se lo copiara. Fruncí el ceño y exclamé involuntariamente:

—¡Dios mío! ¡Virgen Santísima!

—¿Qué tiene de malo? –me dijo, fulminándome con la mirada. Y como yo no contestaba, prosiguió–: ¿Para qué tenemos un hermoso cuerpo? ¿No es para mostrarlo, acaso?

Le dije que tenía razón, aunque no lo pensara, porque soy educada muy a la antigua y antes de ponerme un vestido transparente, con todo al aire, me muero.

—Usted es una santulona, pero no hay derecho de imponerle sus ideas a los demás.

—Fui educada así y ya es tarde para cambiarme.

—Yo me eduqué a mí misma y no es tarde para cambiarme, pero no voy a cambiar. Ayúdeme, entonces –me dijo.

El vestido que había dibujado era más indecente que el anterior. Era todo de gasa negra, con pinturas hechas a mano: pinturas muy delicadas, que parecían reales, como el fuego de las fogatas y los perfiles. Las pinturas representaban sólo manos y pies perfectamente dibujados y en diferentes posturas; manos con anillos y sin anillos. Al menor movimiento de la gasa, las manos y los pies parecían acariciar el aire. Cuando terminé el vestido y se lo probó me ruboricé. La Artemia se complacía frente al espejo, viendo el movimiento de las manos pintadas sobre su cuerpo, que se transparentaba a través de la gasa, Le pregunté:

—¿Cómo le hago el viso?

—Su abuela –me contestó–. ¿No sabe que se usa sin viso? Usted, vieja, está muy anticuada.

Esa noche salió a las dos de la mañana. Como era el mes de enero y hacía calor, no se puso un abrigo ni un chal para cubrirse.[115] Con temor la vi alejarse y no dormí en toda la santa noche.

Al día siguiente la encontré malhumorada, frente al desayuno. Tomó el diario en una mano, mientras con la otra bebía el café con leche. Me leyó una noticia: en Tokio, en un suburbio, una patota de jóvenes había violado a una muchacha a las tres de la mañana. El vestido provocativo que la muchacha llevaba era transparente y con manos y pies pintados.

La Artemia se echó a llorar y yo traté de consolarla.

—No puedo hacer nada en el mundo sin que otras mujeres me copien –exclamó sacudiendo la cabeza.

—Pero, niña, no diga esas cosas.

—Son unas copionas. Y las copionas son las que tienen éxito.

—¿Qué éxito es ése? No es nada de envidiar.

—No me entiende, Régula.

—Llámeme Piluca y no se enoje.

El siguiente vestido me sacó canas verdes.[116] Era de tul azul, con pinturas de color de carne, que representaban figuras de hombres y mujeres desnudos. Al moverse todos esos cuerpos, representaban una orgía que ni en el cine se habrá visto. Yo, Régula Portinari, metida en ésas; no parecía posible.

Durante una semana cosí temblando la túnica pintada con lú-

---

115 Enero es un mes de verano en el hemisferio del sur. Ver nota #12.
116 *Sacar canas verdes:* provocar mucho trabajo dificultoso.

bricas imágenes, pero no sabía los efectos que sobre el cuerpo de la Artemia podían producir.

Rebajé cinco kilos cosiendo ese dichoso vestido; rompí varias agujas de puro nerviosa. Aquel cuarto de costura era un tendal de géneros mal aprovechados. Senos, piernas, brazos, cuellos de tul, llenaban el piso.

Felizmente la noche del estreno del vestido hubo un apagón en la cuadra y nadie vio salir a la Artemia de casa, cubierta de esa orgía de cuerpos que se agitaban al menor movimiento. Le previne:

—Va a tener frío, niña. Lleve un abrigo.

—Qué frío puedo tener en el auto con calefacción.

Era pleno invierno, pero la niña no sentía frío.

Al día siguiente, nada nuevo auguraba su rostro. Otra vez leyendo el diario, sorprendió una noticia que la impresionó a tal punto que tuve que prepararle una taza de tilo. En Oklahoma, una muchacha salió a la calle con un vestido tan indecente, que la ciudad entera la repudió y un grupo de jóvenes, para ultrajarla, la violó. El vestido era de tul y llevaba pintados cuerpos desnudos que en el movimiento parecían abrazarse lúbricamente. Me dio pena y horror la perversidad del mundo.

Aconsejé a la Artemia que se vistiera con pantalón oscuro y camisa de hombre. Una vestimenta sobria, que nadie podía copiarle, porque todas las jóvenes la llevaban.

En mala hora me escuchó. Con suma facilidad y rapidez le hice el pantalón y una camisa a cuadros, que corté y cosí en dos patadas. Verla así, vestida de muchachito, me encantó, porque con esa figurita ¿a quién no le queda bien el pantalón?

Cuando salió de casa me abrazó como nunca lo había hecho. Tal vez pensó que no volvería a verme. Cuando fui a mi trabajo, a la mañana siguiente, un coche patrullero de la policía estaba estacionado frente a la puerta. Ese silencio, esa luz cruel de la mañana, me anunciaron algo horrible que después supe y leí en los diarios:

Una patota de jóvenes amorales violaron a la Artemia a las tres de la mañana en una calle oscura y después la acuchillaron por tramposa.[117]

---

117  *Tramposa:* que hace trampa en el juego o en un deporte; impostor.

# Atinganos[118]

*A Amalia.*

Rómulo Pancras se dejaba crecer la barba como Fidel Castro. Tal vez la barba fuera uno de sus encantos. Tenía ojos muy oscuros y brillantes, una greña negra, una boca que era como un tajo, el cuello arrugado, muy arrugado, cuadriculado casi, las cejas rojas, quemadas por el sol. Era cuidador de un terreno baldío. Yo no sabía que los terrenos baldíos tuvieran cuidador; sin embargo, él, con toda naturalidad, era el cuidador de un terreno baldío, en la calle Sáenz Peña, en el barrio Sur de Buenos Aires.[119] Vivía en una casilla pintada de verde. Cuando aparecieron los gitanos con sus carros, su ropa, sus hijos, sus muebles viejos, su montonera de sartenes, peroles y cacerolas, sus carpas, sus alfombritas, sus perros, sus gallinas, sus filtros, sus barajas, Rómulo Pancras se alegró. Sabía que tenían dinero, relojes de oro y collares, dos brillantes. Les alquiló parte del terreno y los dejó que se instalaran cómodamente, en los lugares donde había algunos yuyos y algunos cardos,[120] que aprovecharon de algún modo para tender los pañales de los recién nacidos. Frecuentemente hacían fogatas y cocinaban la carne o las gallinas sobre el fuego, entre dos piedras grandes que colocaban estratégicamente.

La madre de mi amiga Albina, la señora de Leonarducci, que vivía al lado del terreno baldío, un día mandó a llamar a Rómulo Pancras, para protestar porque los gitanos se habían alojado en ese sitio, donde antes había una alegre calesita. Temía que en-

---

118 *Atinganos*, según el *Diccionario de las sectas principales heréticas* (de François André Adrian. Barcelona: Imprenta y Librería Politécnica de Tomás Gorchs, 1860), son sectarios que habitaban principalmente hacia la Frigia (parte de lo que es Turquía) llamados así porque no querían tocar a nadie por temor de contaminarse.

119 El *Barrio Sur* (originalmente *Catedral al Sur*) comprende los barrios de *Monserrat* y *San Telmo*. Hoy día es un barrio modesto hacia el sur del centro comercial de la ciudad; en el siglo diecinueve vivían allí muchas familias ricas que más tarde se trasladaron al *Barrio Norte* para escapar las inundaciones y la fiebre amarilla.

120 *Yuyos* y *cardos*: plantas que crecen en sitios descuidados.

traran en su casa, a robar; además, el olor continuo a carne asada, a quema de basuras y la cantidad de moscas que se metían por las ventanas, le molestaban y quería terminar de una vez por todas con esos inconvenientes. Rómulo Pancras, que sabía por qué motivo la señora de Leonarducci lo mandaba llamar, tomó sus precauciones (le habían dicho que iban a denunciarlo a la policía por alquilar el terreno baldío, del cual era cuidador y no propietario); en una canasta llevó huevos frescos, del criadero de gallinas de los gitanos. A la señora de Leonarducci le gustaban mucho los huevos frescos. ¿A qué ama de casa no le gusta recibir de regalo tres o cuatro docenas de huevos frescos justamente en momentos como esos, en que las gallinas no ponen? Al ver aparecer a Rómulo Pancras, con la canasta limpia, llena de huevos, blancos o de color marfil, pero todos fresquitos, la señora de Leonarducci se conmovió. Ella, que iba a hablarle en términos duros, cambió el tono y el sentido de sus palabras bruscamente, pensando en los bizcochuelos y en los budines del cielo que haría con esos huevos y con todos los venideros.

—Don Rómulo –le dijo–, ¿no le parece que es imprudente tener a todos esos gitanos metidos en el terreno baldío? Después de todo, usted es un hombre serio y le podría traer muchos inconvenientes alojar a esa gentuza en este lugar. Es un criadero de basuras: mañana o pasado la municipalidad llegará, revisará el lugar y lo llevarán a usted preso, a usted y no a los gitanos. Yo me inquieto por su situación, créame; no sólo porque soy su vecina, sino porque lo aprecio. Es claro que a mi hija, la doctora, le disgustan estas cosas; cuando los pacientes vienen a su consultorio les impresiona ver tanta basura antihigiénica.

Rómulo Paneras se aclaró la voz y respondió:

—Señora Leonarducci, los gitanos son gente muy limpia y buena, qué le va a hacer. Tienen mala fama pero muy inmerecida, créame; yo los he visto recoger a una criatura hambrienta, traerla aquí, darle huevos frescos, sopita, alimentarla, cubrirla con abrigos de lana verdadera, ¿y para qué? Para no recibir ningún agradecimiento de los padres, que eran como cerdos, créame, de esa criatura; los he visto también recoger perros perdidos, darles agua, carne, fideos, darles besitos; los he visto rezar de noche, usando los collares como rosarios, y, créame, que en el fondo son bastante limpios, recogen el agua llovida en baldes para lavarse el pelo, con manzanilla, que juntan por ahí. Las gallinas que pusieron estos huevos están perfectamente cuidadas y muy bien alimentadas; en fin, señora, usted no tiene más que observarlos desde su ventana y verá que son gente correcta, que no molesta a nadie, qué le va a hacer; aunque alguna de las chicas salga a decir la buenaventura para divertirse, son chicas jóvenes que les gusta hacer ese tipo de trabajo porque está en la raza de ellos, son adivinas, leen en las manos cosas que nosotros no vemos, qué le va a hacer.

La señora de Leonarducci asintió, sacudiendo la cabeza.

—Puede ser –dijo–. Puede ser. Rómulo Pancras, nunca se me hubiera ocurrido que esta gente fuese buena, pero si usted los ha visto vivir, los ha visto mejor que yo.

Rómulo Pancras volvió al terreno baldío y se tranquilizó, pues estaba un poco inquieto pensando que la señora de Leonarducci iba a denunciarlo, aunque en la municipalidad él tuviera dos amigos incondicionales.

El campamento de gitanos iba agrandándose. Compraron un automóvil del año mil novecientos veinte, negro, grande, con faros de bronce; se sentaban adentro, a veces para comer, a veces para conversar, a veces las mujeres se sentaban para coser o para pelar papas. Rómulo Pancras pidió permiso a un vecino para colocar una manga y bajar agua desde la ventana de su casa al terreno baldío. Con esa agua los gitanos lavaban la ropa en palanganas y tachos. Estaban muy contentos, pero un día dejaron de pagar el alquiler. El primer mes no sucedió nada, el segundo tampoco, pero el tercero a Rómulo Pancras no le gustó mucho que el campamento se fuera agrandando tanto, tuviera tantas comodidades y no pagaran puntualmente; tuvo una discusión con el jefe de los gitanos, que era un hombre temible. Rómulo Pancras le dijo que iba a denunciarlo a la policía y el gitano le dijo que lo hiciera. Cualquier denuncia lo tenía sin cuidado. Rómulo Pancras resolvió buscar a sus amigos que trabajaban en la municipalidad; les pidió que fueran a inspeccionar el terreno baldío y que echaran a los gitanos porque estaban molestándolo.

A los pocos días los inspectores fueron al terreno baldío, hablaron con el jefe de los gitanos que, de entrada, les habría ofrecido no sé qué cantidad de dinero para que los dejaran seguir viviendo en el terreno baldío, pues al final de un breve diálogo palmotearon, por turno, la espalda del jefe de los gitanos, mientras moscas revoloteaban sobre manjares momentáneamente abandonados.

Los inspectores, que habían llegado cuando los gitanos comían, a las dos de la tarde de un día de verano, habían interrumpido demasiado brutalmente el almuerzo. Durante un momento el odio brilló en los ojos de los gitanos. A la cabecera de una larga mesa estaba el asiento del gitano jefe, un antiguo mueble muy lujoso, todo destartalado. Los asientos de los gitanos menos importantes estaban colocados de cada lado de la mesa y recubiertos con un montón de cortinas viejas; los asientos de las mujeres apartados adentro del automóvil.

El jefe de los gitanos invitó a los inspectores a sentarse a la mesa y a beber un poco de vino. También los invitó con asado y con algún plato de tallarines con tuco, muy bien preparado. Rómulo Pancras, a una distancia prudencial, observaba la escena. Conocía el gusto de esos tallarines. Moscas azules y verdes revoloteaban sobre la comida y sobre los dedos que empuñaban los vasos. La comida era buena y tan pesada que daba sueño al más desvelado. Atinganos, la hija del jefe de los gitanos, que tenía doce años, dijo la buenaventura a uno de los inspectores. Este la sentó sobre sus rodillas, cosa que enfureció a Rómulo Pancras. «Es un tratante de blancas» pensó. Él, Rómulo, que le llevaba caramelos a Atinganos para Navidad, serpentinas y pomos para Carnaval[121],

---

121  *Serpentinas:* ver la nota #9; *pomos:* en el uso argentino, juguete, por lo común cilíndrico y flexible, con el que se arroja agua durante el carnaval.

nunca se había atrevido a sentarla sobre sus rodillas en público, aunque hubiera sido natural que lo hiciera, ya que tantas cosas había hecho con ella en la oscuridad, por más que ella le dijera «No me toques, no me toques» siempre inútilmente.

Fue en ese momento cuando se le ocurrió tomar, por despecho, una de las decisiones más importantes de su vida: casarse con Atinganos.

Cuando los inspectores se fueron, Rómulo Pancras, al sentirse perdido, se humilló un poco más: solemnemente pidió al jefe de los gitanos, exponiéndose a que se la negara, la mano de Atinganos. Era una buena edad para que Antiganos se casara y el jefe de los gitanos aceptó con algunas condiciones, todas relacionadas con el terreno baldío.

## Las esclavas de las criadas

*A Pepe.*

Herminia Berni era preciosa. No creo que su belleza fuera puramente espiritual, como ciertas personas decían, aunque detallándola tuviera algunos defectos: ojos un poco bizcos, labios demasiados gruesos, mejillas hundidas, cabellera enteramente lacia; sin embargo, hubiera podido ser Miss Argentina. La belleza es un misterio. Herminia era preciosa y su patrona la adoraba.

—Mi patrona es una señora muy querida –me dijo cuando entré en la casa, de visita.

La miré con asombro: a más de bonita era buena. Jamás supuse que fuera hipócrita. El cariño era recíproco entre la dueña de casa y la criada, después lo supe.

Aquel día, en que entré por primera vez en la, casa, tropecé con un tigre embalsamado y rompí una bombonera de porcelana. Herminia recogió religiosamente los pedazos de la bombonera rota y los guardó en una caja con papel de seda. No toleraba que rompieran ningún adorno de la señora. Hacía tres meses que la señora estaba enferma, gravemente enferma. La casa estaba llena de tarjetas, de telegramas, de flores y de plantas, que las amigas le habían mandado.

—Sólo un muerto recibe tantos ramos –comentaba una de las visitas, que era envidiosa hasta para las enfermedades. No volvía a su casa ni para dormir, de miedo de perder algún beneficio que le otorgaran a la enferma; quería disfrutar no menos de las ventajas que de los padecimientos de su amiga.

—No es sano respirar el olor de tantas flores –decía otra, que se llevaba las mejores rosas.

—A mí me parece que es una falta de tino. ¿Por qué no le mandan un salto de cama, una batita, bombones, caramelos de leche, que tanto le agradan? –decía otra, que tejía sin descanso.

—A mí las flores me dan en los nervios. Artificiales las que quieran, pero verdaderas ni pintadas –decía otra, que era cariñosa con Herminia.

A decir verdad todas eran cariñosas con Herminia y tenían razón en serlo. Al verla mustia y tan delgada, haciéndose tanta mala sangre[122] por la enfermedad de la señora, las visitas le traían chocolate en una caja pintada con gatos, o pancitos de salud en una canastita de material plástico, o empanadas con dulce de membrillo en una valijita que decía Buen Viaje, o jalea de naranja en una polvera de vidrio, con algunos pelos.[123] No podían verla tan demacrada.

—Usted tiene que cuidarse –le decían.

—Preferiría morir –protestaba ella, sin faltar a la verdad.

Su fidelidad era ejemplar, pero ejemplar también era el cariño que le prodigaba la señora de Bersi. En su cuarto atestado de cuadros, en el lugar privilegiado, estaba el retrato de Herminia, vestida de Manola.[124]

La hubiera dejado hablar por teléfono a la hora que quisiera, salir de noche, silbar o cantar mientras acomodaba los cuartos, sentarse a mirar la televisión en la sala con un cigarrillo entre los labios, pero Herminia no hacía nunca esas cosas.

—Es una chica nada moderna –decía una visita a otra.

Poco a poco me di cuenta de que todas esas señoras iban, en realidad, a visitar a Herminia, no a la señora de Bersi. No lo disimulaban y a cada rato las sorprendía diciendo:

—Somos esclavas de nuestras criadas, confesémoslo.

—La muchacha se me fue.[125]

O bien:

—La muchacha que tengo es malísima.

---

122   *Mala sangre:* ver nota #55.

123   *Jalea:* conserva transparente hecha de jugo de frutas; por lo tanto, aquí *con algunos pelos* se refiere a la cáscara de la naranja.

124   La imagen de la *Manola* viene de Madrid del siglo diecinueve, popularizada en las zarzuelas. Las mujeres visten un pañuelo con flor roja o blanca, mantilla, y falda larga hasta los pies.

125   *Muchacha:* aquí sinónimo de «criada».

O bien:

—Estoy buscando una muchacha pero con recomendaciones.

—Herminia es una perla.

Iban a visitar a Herminia, con la esperanza de encontrarse a solas con ella, para decirle más o menos estas palabras, que ya tenían preparadas:

—Herminia, cuando muera la señora de Bersi, Dios no lo quiera, pero todo puede suceder, a veces me pregunto si no vendría usted a trabajar a mi casa. Tiene un cuarto para usted sola, puede salir todos los domingos y días de fiesta, se entiende. La trataré como a una hija y, después, créame, no sería tanta la tarea que usted tendría que hacer; menos que aquí. Los salones estos son muy grandes; hay muchas escaleras y cepillar estas fieras embalsamadas no debe de ser poco trabajo. Usted es fuerte, pero nunca se sabe si conviene hacer tantos esfuerzos. En casa, es claro, tendría que hacer un poquito de costura, de lavado, de cocina, de limpieza de patios, de planchado, también tendría que sacar el perro a pasear, tres veces por día, y bañarlo y secarlo, cepillarlo una vez por semana, pero son todas cositas livianas que se hacen en un minuto. En una palabra, no tendría nada que hacer.

A Herminia le gustaban los trabajos de la casa de la señora de Bersi. El tigre embalsamado tenía cepillo especial para sus dientes, y las teclas del piano también; el cupido de mármol, una esponja, y las palomas de plata, un pincel. Le fastidiaba que las visitas hablaran con tanta insolencia. «Algún día las mandaré al diablo, me están pobreando como si estuviera enferma».

Tuco, el hijo mayor de la señora, que era casado y aficionado a la música, rondaba alrededor del piano. Una vez Herminia lo vio tomar las medidas del piano con un centímetro. Nada bueno prometía este acto insólito. ¿Quería apropiarse del instrumento musical? Herminia redobló su vigilancia. Se apostó junto al piano, para remendar la ropa o para anotar las cuentas del mercado, pero un día el hijo de la señora trató de tomarle la mano y le dijo:

—¿No se vendría conmigo, preciosa?

Herminia, ante la monstruosa proposición, se hizo la sorda y no contestó nada. Pero el interés que el señor Tuco demostraba por el piano no amainó y Herminia volvió a sorprenderlo, con un centímetro, anotando esta vez las medidas del piano en una libretita verde, que llevaba en el bolsillo. Herminia no dormía, pero de nada le valió su vigilancia. Siempre había que salir a hacer compras o a pagar cuentas y en una de esas oportunidades ocurrió lo que ella temía: manos criminales arrebataron el piano. Herminia deploró la ausencia del mueble, con sus candelabros y sus pedales de bronce, pero había sucedido algo imprevisible. Tuco, que se había empeñado en bajar personalmente el piano a hurtadillas, ayudado por dos changadores, pagó muy caro su desleal atrevimiento. A más de ser un inútil era débil y el esfuerzo resultó sin duda demasiado grande para él. En el momento en que bajaba el último escalón de la casa, tropezó y murió bajo el peso del piano. Herminia fue la encargada de darle la noticia a la señora. Ni una lágrima derramó la señora al recibir la noticia de la muerte de Tuco. Herminia tenía tacto hasta para dar las malas noticias. Era una perla.

La señora Alma Montesón no tardó en proponer seriamente a Herminia un puesto de ama de llaves o de dama de compañía en su casa. Le dijo que viajarían a Europa y que ella se ocuparía de arreglar los equipajes, de ordenar la ropa en las valijas, de tomar pasajes para los distintos puntos de Europa a donde viajaran, en fin, una vida muy agradable y sin ningún trabajo de los que había siempre hecho, tan fastidiosos como lavar, planchar, limpiar los cuartos. Herminia no se sintió tentada por ese puesto y contestó airadamente:

—Por ningún motivo del mundo yo abandonaría a la señora de Bersi.

—Pero fíjese usted que la señora de Bersi está muy enferma y que necesita más bien una enfermera y no una criada como usted, que está perdiendo su vida acá encerrada.

Herminia le dio la espalda y no contestó ni una palabra. Al

día siguiente salió la noticia en los diarios: la señora Alma Montesón inesperadamente había fallecido de un ataque cardíaco.

Lilian Guevara, una pariente lejana de la señora de Bersi, recién casada, que fue varias veces a visitar a la señora para ver cómo se encontraba, un día propuso un trabajo a Herminia. Era tímida y después de muchas vacilaciones, de aclararse la voz, de toser, le dijo:

—Herminia, yo necesitaría una muchacha como usted, y como la señora de Bersi, que está tan grave, no lo dudo, terminará por morir un día no muy lejano, pienso que usted en mi casa se encontraría muy bien. Veraneo al borde del mar. Tengo una casa preciosa, que usted habrá visto tal vez fotografiada en *El Hogar* o en el rotograbado[126] de *La Nación*. La llevaría conmigo y usted podría ir todas las mañanas a la playa, a bañarse. También, durante el invierno, hago algunos viajes a Bariloche y la llevaría a usted, porque yo no me separo de mis criadas, cuando son buenas, cuando son buenas como usted. La señora de Bersi me habló en muchas oportunidades de todos sus méritos y realmente tengo muchos, muchos deseos de tener una persona como usted en mi casa.

Herminia quedó asombrada. No podía creer que esta muchacha joven le hablara en esos términos tan vulgares. Por no llorar, se echó a reír con frenesí. Fue un momento terrible, porque su risa no podía aplacarse con nada. En aquella casa, silenciosa y triste, la risa de Herminia pareció más trágica que todas las lágrimas de las personas hipócritas que preguntaban por la salud de la señora de Bersi. Luego se quedó quieta en un rincón de la casa, meditando, como si rezara.

Dieron la noticia la misma noche en las radios: Lilian Guevara había muerto en un accidente de automóvil, en las cercanías de La Magdalena.

La señora de Bersi no empeoraba ni mejoraba. Su salud llenaba la casa de inquietud y de pesar, pero no parecía sufrir mayormente y se fue habituando a ese estado tan particular que tienen algunos enfermos. Las visitas, cada día más numerosas, re-

---

126 *Rotograbado:* los diarios *La nación* y *La prensa* publicaron hasta 1969 los días Domingo sendos suplementos culturales y sociales, que al incluir fotografías eran impresos mediante «rotogravure» (también llamado *huecograbado*) en vez de con una prensa común, como se hacía el resto del diario. Durante muchos años se utilizó una tinta característica de color amarronado.

solvieron pedir que en una consulta de médicos se discutiera el tratamiento que había que darle a la enferma. Llamaron pues a un clínico notable y lo hicieron venir de la Plata, llamaron a un especialista del corazón y a otro de niños que vivía cerca de la casa de la señora de Bersi y los esperaron en el vestíbulo de la casa, nerviosamente reunidas y conversando como lo hacían todas las tardes en aquella casa. Las más atrevidas, siempre hay mujeres atrevidas, resolvieron que iban a hablar con los médicos, antes de que se reunieran. Por la ventana espiaron la llegada de estas eminencias. Desde la ventana los vieron bajar del automóvil; cautelosamente se acercaron a la puerta esperando la subida del ascensor y como por casualidad les hablaron a la entrada de los corredores, cuando se quitaban los abrigos y las bufandas.

Algunas dijeron:

—¿No le parece, doctor, que prolongar la vida de una señora que sufre tanto es un... una falta de humanidad?

Otra le dijo a uno de los médicos:

—Dígame, doctor, ¿y no se le podría dar alguna cosa que acortara un poco este vía crucis?

Y otra dijo:

—Yo, en el lugar de ella, preferiría realmente que se me diera algo para terminar de una vez con la vida.

Herminia estaba sentada junto a la ventana viendo todas estas cosas. No le gustaba, no le gustaba nada que se hubieran apoderado de esa casa, que se hubieran apoderado de la vida de su patrona, que tantas mujeres frívolas anduvieran por los corredores de la casa, se sentaran en la sala, tocaran los libros, los floreros, las fieras, acariciaran el pelo de las queridas fieras de la señora. Ya era bastante amargura que el hijo se hubiera llevado el piano. ¿No habían forzado la cerradura de una de las vitrinas donde brillaban los abanicos y las piezas de ajedrez de marfil? ¿A qué desmanes llegarían? Qué triste es la vida, pensaba Herminia. Nunca hubiera imaginado que las personas fueran tan malas, la amistad tan falsa, las riquezas tan inútiles. Lágrimas caían de sus ojos; explicaba: «Se me entró una basurita en un ojo». Suspiros salían de sus labios; explicaba: «Soy un poquito asmática». Tenía pudor hasta de su pena. Las personas que la veían tan triste se preocupaban más por ella que por la señora de Bersi. El lechero que traía la leche, el panadero con su enorme canasta de panes, el almacenero, todos preguntaban:

—¿Cómo está la señorita Herminia? ¿Qué tiene la señorita Herminia? ¿Está enferma la señorita Herminia?

Lina Grundic, la profesora de piano, que en otra época había enseñado a la señora de Bersi a tocar el piano, parecía seria, parecía lejana, parecía mejor que todas las otras señoras. Un día llamó a Herminia y le dijo:

—Herminia, se me descosió el broche del corpiño. No quisiera molestarla, pero con estos pechos que tengo provocaría hasta a una estatua; ¿no podría darme una aguja y un hilo para coserlo?

Juntas fueron al cuarto de baño. Herminia, sentada sobre el borde de la bañadera, cosió el broche del corpiño de la pianista mientras ésta se peinaba frente al espejo, se mojaba el pelo marcándose las ondas, se ponía rouge en los labios, se empolvaba la cara. Ninguna de las dos hablaba. En el silencio de la tarde se oyó una música, una música alegre que venía de la casa de al lado.

—Qué deprimente será para usted, Herminia —musitó la pianista—, vivir en esta casa, usted que es tan joven. ¿Cuántos años hace que está al servicio de la señora de Bersi?

—Ocho años —contestó Herminia.

—Era muy joven cuando vino a esta casa, una niña tal vez.

—No creo que fuera tan joven. Otras chicas de mi edad, amigas mías, hacía ya cinco años que trabajaban en otras casas, cuando yo entré en ésta.

—Usted es una perla y como las perlas verdaderas, necesita ventilarse. ¿Sabe lo que sucede con las perlas verdaderas si se dejan encerradas mucho tiempo? Pierden el brillo y a veces mueren, y nada las hace revivir, nada.

—Con los adelantos modernos, a lo mejor reviven.

—Qué adelantos modernos ni ocho cuartos. De todos modos me parece muy deprimente. ¿No tiene ganas a veces de irse a otros lugares, de viajar, de conocer el mundo? En fin, no sé, me imagino que un persona tan joven como usted debe de tener curiosidades en la vida.

—Nunca pensé en eso –respondió Herminia.

—Me gustaría tener una persona como usted en mi casa. Me invitaron a Estados Unidos, al Conservatorio de Chicago, para dar algunos conciertos; también a Italia y a Francia; la llevaría conmigo. Pavita, ¿por qué se sonroja?

El corazón de Herminia palpitaba: ésta también traicionaba a la señora de Bersi. Cortó el hilo de la costura con los dientes y entregó el corpiño negro, relleno de gomapluma, a la pianista. Luego, sin decir una palabra, salió del cuarto de baño y cerró la puerta.

Una semana después encontraron a la pianista Lina Grundic muerta en el ascensor de su casa. El misterio de su muerte no pudo aclararse. No supieron si se trataba de un suicidio o de un asesinato.

Herminia, que también se llamaba Arminda, parecía más tranquila.[127] Las visitas no acudían a la casa tan asiduamente. A decir verdad, tenían miedo de correr la misma suerte que la malograda Alma Montesón, que el Tuco Bersi, que Lina Grundic o que Lilian Guevara. Los días parecían más felices y la señora de Bersi tenía mejor semblante, estaba más alegre y conversaba como hacía mucho que no conversaba. En realidad parecía que su vida iba a prolongarse y que algún día saldría en los diarios como esas señoras que cumplen los ciento diez años o ciento veinte y que aparecen fotografiadas con una pequeña biografía de cómo hicieron para mantenerse sanas hasta una edad tan avanzada, de qué se alimentaban, del agua que bebían, de las horas que dedicaban al sueño o a los juegos de naipes. Y este milagro de su longevidad se lo debía a Herminia, así lo confesó ella misma a los cronistas.

—Dios concede a Herminia todo lo que le pide. Es una perla. Ha prolongado mi vida.

---

127    Con esta frase queda imposible ignorar los nombres de este cuento. Herminia y Arminda significan «guerrera» o «armada» y tal vez «protectora». *Tuco*, un apodo masculino común en Argentina, es tanto un insecto con luces en el abdomen como una salsa de tomate y carne, de origen italiano y muy popular en varios países del Cono Sur.

# La soga

A Antoñito López le gustaban los juegos peligrosos: subir por la escalera de mano del tanque de agua, tirarse por el tragaluz del techo de la casa, encender papeles en la chimenea. Esos juegos lo entretuvieron hasta que descubrió la soga, la soga vieja que servía otrora para atar los baúles, para subir los baldes del fondo del aljibe y, en definitiva, para cualquier cosa; sí, los juegos lo entretuvieron hasta que la soga cayó en sus manos. Todo un año, de su vida de siete años, Antoñito había esperado que le dieran la soga; ahora podía hacer con ella lo que quisiera. Primeramente hizo una hamaca, colgada de un árbol, después un arnés para caballo, después una liana para bajar de los árboles, después un salvavidas, después una horca para los reos, después un pasamanos, finalmente una serpiente. Tirándola con fuerza hacia adelante, la soga se retorcía y se volvía con la cabeza hacia atrás, con ímpetu; como dispuesta a morder. A veces subía detrás de Toñito las escaleras, trepaba a los árboles, se acurrucaba en los bancos. Toñito siempre tenía cuidado de evitar que la soga lo tocara; era parte del juego. Yo lo vi llamar a la soga, como quien llama a un perro, y la soga se le acercaba, a regañadientes, al principio, luego, poco a poco, obedientemente. Con tanta maestría Antoñito lanzaba la soga y le daba aquel movimiento de serpiente maligna y retorcida, que los dos hubieran podido trabajar en un circo. Nadie le decía: «Toñito, no juegues con la soga».

La soga parecía tranquila cuando dormía sobre la mesa o en el suelo. Nadie la hubiera creído capaz de ahorcar a nadie. Con el tiempo se volvió más flexible y oscura, casi verde y, por último, un poco viscosa y desagradable, en mi opinión. El gato no se le acercaba y a veces, por las mañanas, entre sus nudos, se demoraban sapos extasiados. Habitualmente, Toñito la acariciaba antes de echarla al aire; como los discóbolos o lanzadores de jabalinas, ya no necesitaba prestar atención a sus movimientos: sola, se hubiera dicho, la soga saltaba de sus manos para lanzarse hacia adelante, para retorcerse mejor.

Si alguien le pedía:

—Toñito, prestame la soga.

El muchacho invariablemente contestaba:

—No.

A la soga ya le había salido una lengüita, en el sitio de la cabeza, que era algo aplastada, con barba; su cola, deshilachada, parecía de dragón.

Toñito quiso ahorcar un gato con la soga. La soga se rehusó. Era buena.

¿Una soga, de qué se alimenta? ¡Hay tantas en el mundo! En los barcos, en las casas, en las tiendas, en los museos, en todas partes... Toñito decidió que era herbívora; le dio pasto y le dio agua.

La bautizó con el nombre de Prímula. Cuando lanzaba la soga, a cada movimiento, decía: «Prímula, vamos. Prímula». Y Prímula obedecía.

Toñito tomó la costumbre de dormir con Prímula en la cama, con la precaución de colocarle la cabecita sobre la almohada y la cola bien abajo, entre las cobijas.

Una tarde de diciembre, el sol, como una bola de fuego, brillaba en el horizonte, de modo que todo el mundo lo miraba comparándolo con la luna, hasta el mismo Toñito, cuando lanzaba la soga. Aquella vez la soga volvió hacia atrás con la energía de siempre y Toñito no retrocedió. La cabeza de Prímula le golpeó en el pecho y le clavó la lengua a través de la blusa.

Así murió Toñito. Yo lo vi, tendido, con los ojos abiertos.

La soga, con el flequillo despeinado, enroscada junto a él, lo velaba.

# Clavel

Clavel era blanco y castaño. Las puntas de sus patas eran castaño oscuro, los ojos vivos, el pelo enrulado. Lo conocí en Tandil, en una casa de campo donde fui en mi infancia a veranear con mis padres. Me esperaba moviendo la cola, en la puerta de mi cuarto, a la hora de la siesta. Después de cinco días de conocerme, me seguía por todas partes y me quería más que a sus amos. Sus modales eran extraños e incómodos; se abrazaba a mis piernas, o a mi espalda, arqueándose como un galgo, cuando yo estaba sentada en el suelo. La amistad que yo sentía por él no me permitía juzgarlo severamente. Que fuera mal educado, que me levantara la falda con el hocico, no lo disminuía en mi estima. *Un perro no puede conducirse como un hombre,* yo pensaba. *Hace cosas raras, cosas de perro.* Esas cosas de perro me perturbaban. Esas cosas de perro parecían más bien de hombres. Me repugnaba a veces. Yo le daba azúcar, pero lo mismo era que no se la diera.

La hija del casero tenía la misma edad que yo, la llamaban «La boba» y estaba confinada en el último cuarto del caserón, dedicada a remendar las medias de sus padres y hermanos, con un huevo verde de material plástico lleno de agujas, que me fascinaba.

—Tan chiquita y remendando –decía mi madre.

A ella también Clavel la quería; era natural porque hacía mucho tiempo que se conocían. ¡Pobre Clavel!, su vida de perro consistía en visitarla y en visitarme, por turno. Rara vez nos encontrábamos los tres juntos. Supongo que mis padres me llevaban a hacer excursiones en las horas que ella tenía libres para jugar y en las horas que yo estaba en la casa la mandarían a hacer compras.

Me despedí con pena de Clavel; con menos pena de Bobita. Al poco tiempo supe, de un modo indirecto, que el casero había asesinado de un balazo a Clavel. Cuando pregunté por qué, obtuve diversas respuestas: Clavel estaba rabioso; el casero estaba loco; Clavel había mordido a la hija del casero. Conservo una fotografía de Clavel, pero no parece el mismo perro. Nadie lo enterró y algunas personas de la familia hablaron mal de él.

# Albino Orma[128]

Albino Orma era buen mozo y zurdo, pero manejaba bien la mano derecha.

Me dijo, un día, que manchando una hoja de papel con salpicaduras de tinta y doblándola por el medio cuando la tinta todavía estaba fresca, no sólo se podía (de acuerdo con la imagen que vería en esa mancha) sacar conclusiones sobre el estado psíquico de una persona, sino conocer también la fecha o la circunstancia de su muerte. Como a mí me interesaban las brujerías (él me aseguraba que se trataba de algo científico) acepté que hiciéramos la prueba. Nuestro idilio duró una semana. A veces yo no iba a las citas porque tenía que pasear con Irma. Salí un día con él, en bote, por el lago de Palermo. Nos acercamos a la isla prohibida y ahí nos bajamos. Después de besarme buscó en el bolsillo un papel y una lapicera fuente. Le retiró el capuchón a la lapicera y la sacudió sobre el papel hasta que se formó una gran mancha de tinta; luego dobló en dos el papel, lo oprimió con los dedos; cuando lo desdobló, vimos una figura extraña, que parecía un murciélago. Me explicó que la vida, a ejemplo de esa mancha, era simétrica y entre las primeras y las últimas experiencias había una relación estrecha. La vida era como esa mancha. Todo se repetía: si a los ocho años de haber nacido él había sufrido un accidente, ocho años antes de morir sufriría un accidente similar. Si a los nueve años de nacer el individuo había sido intensamente feliz, nueve años antes de morir volvería a ser intensamente feliz, por motivos parecidos. Si a los tres años probaba el gusto de la banana, tres años antes de morir descubriría, por ejemplo, el gusto parecido de la

---

128 El apellido *Orma* es un homófono de la palabra *horma*, un molde que se usa para fabricar artículos como zapatos. En el cuento su significado es plenamente fálico.

chirimoya. Si a los cinco años conocía a un Luis barbudo, cinco años antes de morir conocería a un Juan o a un Carlos barbudo. Con el pretexto de averiguar la duración de mi vida le hice confidencias. Sobre la mancha como sobre un mapa anotaba los hechos más sobresalientes, siguiendo los contornos de aquel dibujo monstruoso.

Comprobé que, en efecto, existía una simetría extraña, casi perfecta, entre mis primeras experiencias y las que consideré, en ese momento, mis últimas. Así fue como Albino descubrió mi traición y también mi muerte, que ocurriría pronto (por lo que me perdonó). Aquella etapa de mi vida correspondía, según sus cálculos, a mis seis años; el niño Juan que conocí en la plaza, correspondía a Albino Orma. Mientras las niñeras conversaban con íntima animación, nosotros, Juan y yo, escondidos detrás de los arbustos, jugábamos a juegos inocentemente obscenos. No recuerdo muy bien en qué consistían esos juegos, porque eran tan complicados que sólo un niño podría entenderlos. Devastados planetas oscilaban en mi memoria cuando viajábamos hasta la estratosfera en los columpios. Fornicar era una de las palabras más atrayentes en el libro de catecismo. Queríamos en la práctica descubrir su significado. Lo descubrimos. Juan era tan precoz como yo y me cubrió de oprobio cuando blandió su sexo como un palo contra mí. Soporté aquello con heroísmo, pero juré vengarme y lo hice en la primera oportunidad.

De una venganza a veces nace el afecto. Seis años era poco tiempo para vivir un amor tan apasionado como el nuestro. Albino se entristeció; yo en cambio sentí con más intensidad la alegría de mi vida, que empezaría a extinguirse. La hija del frutero venía a casa, con el repartidor, y me hice amiga de ella. Jugamos en la plaza y me aparté de mi lascivo amiguito, haciéndole desprecios. El fin del amor de Juan estaba tan cerca de mi nacimiento, como el fin del amor de Albino de mi muerte.

Por pudor no relato los pormenores de mi experiencia, con Albino Orma: concuerdan exactamente con los de Juan, el niño de la plaza. Con él también viajé hasta el cielo en los columpios, pues el amor nos vuelve a la infancia.

## Clotilde Ifrán

Lloró todo el día por el traje de diablo que no le habían hecho. Faltaban tres días para Carnaval, la fecha de su cumpleaños. Su madre no tenía tiempo para ocuparse de esas cosas.

—Buscate una modista. Ya tenés nueve años. Sos bastante grande para ocuparte de tus cosas.

El canto de las chicharras, las flores de las catalpas con elocuencia señalaban el verano y el maravilloso misterio de las proximidades de Carnaval. Clemencia buscó la libreta vieja donde estaban anotados los números de teléfono. En la letra M encontró el número de una modista que había muerto hacía ocho años. Decía así: Clotilde Ifrán (la finada).[129] Pensó: ¿Por qué no la voy a llamar? Sin vacilar marcó el número. La atendieron en el acto. Interrogó:

—¿Está Clotilde Ifrán?

La voz de Clotilde Ifrán respondió:

—Soy yo.

Con todos los pormenores de sus desventuras Clemencia explicó lo que le sucedía. Clotilde Ifrán con bondad la escuchó. Prometió buscar el género. Tenía las medidas de Clemencia. Recordó que no hacía un año le había hecho un vestido de fiesta. Iría a probarle el vestido al día siguiente, a la hora de la siesta.

Clemencia no dijo nada: era la pequeña venganza que utilizaba en contra de su madre por no haberse ocupado del traje de diablo. Durante las horas que esperó a Clotilde Ifrán, Clemencia no comió ni durmió. Cuando llegó Clotilde Ifrán se sentía envejecida. No había nadie en la casa. Se hubiera dicho que los

---

129    Noten que este mismo personaje se menciona, también muerta, en «La sibila» de *La furia y otros cuentos.*

relojes se habían detenido. Clotilde Ifrán desenvolvió el traje, sacó las tijeras y los alfileres de su cartera, se enjugó la frente y, arrodillada frente al espejo, le probó el traje de diablo, que olía a aceite de ricino.[130] Le quedaba muy bien, salvo los cuernos del gorro y las costuras del pantalón que en cinco minutos se podían corregir con unas puntadas.

—¿Cuántas diabluras harás? —musitó la modista con una sonrisa distraída.

Clemencia sintió una gran simpatía por Clotilde Ifrán y se echó en sus brazos.

—Te llevaría conmigo a mi casa. Tengo bombones y una careta preciosa —exclamó con ternura—, pero tengo miedo que tu mamá no te dé permiso.

—Tengo aquí la plata para pagarle la hechura —dijo Clemencia abriendo un monedero de material plástico.

—Es mi regalo de cumpleaños —respondió Clotilde Ifrán, al despedirse. Una luz oscura resplandeció en sus ojos enormes.

—Quiero irme con vos ahora mismo —protestó Clemencia—. No me dejes.

—Vamos —dijo Clotilde.

Envolvieron el traje de diablo en un papel de diario para llevarlo y dejaron la valija con el cepillo de dientes y el camisón.

Las dos salieron tomadas de la mano.

---

130 El olor a aceite de ricino aparece en otros cuentos de Silvina Ocampo. Durante mucho tiempo fue un medicamento de uso general, especialmente como purgante y para inducir el parto; por su olor y sabor desagradable los niños lo consideraban un castigo.

# Malva

Era preciosa, pero de improviso se volvía fea. Sus enormes ojos, sin perder el brillo afiebrado, podían achicarse; su boca sin labios también. La recuerdo en un casamiento rodeada de flores el día que la conocí. ¡Pobre Malva López! Como en las cabinas de transmisiones, en las paredes de su dormitorio había corcho; como en las ciudades muy frías, géneros rellenos de guata; como en los cuartos de juguetes para niños, colores celestes por todas partes. De igual modo los picaflores instintivamente hacen sus nidos con el algodón del palo borracho,[131] que aísla los ruidos, con flores de tilo que son sedantes, con pétalos de jazmines del cielo que son celestes. Yo sé que tomaba en lugar de té agua de azahar, y en lugar de aspirina Sedobrol, que ya pasó de moda. No parecía sin embargo nerviosa.

Cuando pienso en esta historia creo que soñé, pero la prueba de que no sueño está en los comentarios y chismes que oí a mi alrededor. La primera vez que Malva mostró su desmedido grado de impaciencia fue en la escuela, cuando tuvo que hacer un trámite para su hija. Media hora esperó que la atendieran en el patio de la escuela, luego otra media hora en la secretaría. Oír canciones folklóricas y zapateos en los pisos altos del establecimiento no bastó para tranquilizarla. Durante ese lapso su impaciencia creció y la desfiguró. En el momento en que rompió con los dientes uno de sus guantes, se le cortó la respiración. Lo sé por una de las maestras de tercer grado que la vio. Cuando quedó sola —que esperara ese momento prueba que se dominaba un poco— se comió el dedo meñique de la mano izquierda. ¿Por qué el meñique y no el pulgar o el índice? ¿Por qué el meñique? ¡Debía

---

131   *Palo borracho*: nombre común de varias especies de árbol del género *Chorisia*, con hermosas flores, nativas de Argentina, Uruguay y Bolivia.

de ser tan incómodo! Felizmente los guantes no estaban del todo rotos y pudo esconder aquel día adentro del guante la mano ig- nominiosa. Dicen que Malva no sabía contenerse. Nada más falso. ¿No fue acaso por obra de su voluntad que contuvo la sangre de la herida que naturalmente hubiera corrido a borbotones reve- lando su oprobio? Los yoguis, los espiritistas, sólo ellos pueden hacer estas cosas.

El segundo episodio ocurrió en un taxímetro, que la conducía a Villa Urquiza,[132] a visitar a una señora enferma. En el paso a nivel de Belgrano R,[133] bajaron las barreras en el preciso mo- mento en que iba a pasar. La demora fue interminable. Primero pasó un tren que cambió de vía, después una locomotora que re- trocediendo y adelantando maniobró como un juguete, durante más de un cuarto de hora; después un tren de carga con fardos de avena y animales; después un raudo y vano tren eléctrico. En el ínterin Malva trataba de distraerse con unas plantas que vendían en un vivero, emplazado en los bordes de las vías. Reconoció los nombres de algunas flores y de algunas enredaderas. En un ca- rrito estacionado junto al automóvil quiso comprar unas na- ranjas; se las pusieron en una bolsita de papel agujereado y, sin darle tiempo a subir al automóvil, cayeron y rodaron. Comenzó a crecer su impaciencia de manera alarmante. Recogió sin em- bargo las naranjas, una por una, para distraerse, pero no tuvo tiempo de llegar al automóvil; agachada, recogiendo la última na- ranja, se comió la rodilla hasta, el hueso. Como la vez anterior no brotó sangre, como lo requería el caso. Subió al automóvil con la naranja en la mano. La falda felizmente le cubría la rodilla y de ese modo ocultó la herida, que era horrible.

El tercer episodio fue en la fábrica de alpargatas de la calle Moreno.[134] Como las alpargatas iban a subir de precio, le convenía llevar por lo menos una docena. Después de elegir las del color y la forma que le gustaban, las pagó para apurar el trámite. El ven-

---

132   *Villa Urquiza*, barrio que durante muchos años formó el límite oeste de la ciudad donde empieza la pampa abierta.

133   El barrio de Belgrano se divide en sectores; Belgrano R es residencial y uno de los más elegantes de la ciudad.

134   Calle *Moreno*: calle de la ciudad de Buenos Aires, que se extiende por los barrios de *Montserrat*, *Balvanera* y *Almagro*.

dedor salió en busca de los doce pares de alpargatas. Cada vez que
volvía era para treparse a una escalera de mano y hurgar en las
estanterías. Malva creía que ya le entregaban las alpargatas res-
tantes, pero el hombre con rapidez desaparecía de nuevo. Malva
empezó a impacientarse. Ella misma, por su cuenta, empezó a
probarse las alpargatas que sacaba de las cajas y que no correspondían al número que buscaba. De tanto ponérselas y quitár-
selas se le corrió un punto de la media *Circe,* el último par que le
quedaba de un precioso color de zanahoria. En cuclillas siguió
probándose, hasta que la portera del local, armada de una escoba,
la barrió creyendo que era una sombra un poco más abultada que
las otras. En ese momento Malva se mordió el hombro; era difícil
pero en ciertos momentos, cualquiera hace una cosa difícil. El
mordisco llegó, como en las ocasiones anteriores, hasta el hueso,
y atravesó los tendones con suma facilidad.

A partir de ese día la gente comenzó a comentar maligna-
mente la mano estropeada de Malva. Nadie pudo ver ni la rodilla,
ni el hombro, ni otras partes magulladas, siempre cubiertas; pero
la mano, aun con el guante, no lograba disimular la falta del dedo.
Dijeron que en épocas anteriores a su casamiento, Malva, con
serias dificultades económicas, había trabajado en una fábrica de
embutidos y que ahí las máquinas le habían amputado un dedo.
Mentiras todas, pues Malva jamás había carecido de medios para
vivir holgadamente. También dijeron que en un picnic, a la hora
de la siesta, un mono le había comido el dedo, creyendo que era
un ejemplar de la bananita llamada dedito de oro. Malva nunca
probó una banana, jamás fue a un picnic y menos en Brasil, donde
hay tantos insectos.

El mundo es perverso, pero Malva ignoraba lo que decían de
ella. Esto fue una suerte, pues bastante desdichada era ya con lo
que le sucedía. Sin poderlo remediar, fue destruyendo, en suce-
sivos momentos de locura, las partes más difíciles de alcanzar, de
su carne. Por un ascensor demorado en algún piso, por un teléfono público que se tragaba las monedas, por un trámite de-

masiado largo en el Departamento Central de Policía, por una cola interminable formada en queserías, donde se encaprichaba en comprar personalmente queso Parmesano, por la conversación de una mujer charlatana, por la incompetencia de una vendedora que se equivocaba de mercadería y explicaba por qué se equivocaba, sin traer nunca la mercadería, quedaban pocas partes del cuerpo de Malva sin mordiscos que llegaran al hueso. Ella, tan aficionada a vestirse con trajes de baño o de baile, rehuía los veraneos y los bailes, porque no podía exhibir su piel.

En los últimos tiempos en que mis amigos la vieron no necesitaba de casi nada para impacientarse. La última vez fue por un pucho encendido, que el marido tiró sobre la alfombra, recién traída de la tintorería. El espectáculo resultó sorprendente. Yo no sabía que Malva tuviera tanta elasticidad en el cuerpo. Hubiera podido trabajar de contorsionista en un circo. Se arqueó como una víbora, y echando la cabeza hacia atrás se mordió el talón, hasta arrancárselo. Felizmente llevaba puesta una culotte negra, de otro modo el espectáculo hubiera sido indecoroso. Había gente: el ministro de educación y una pianista italiana, a la elegante luz de las velas. Algunas personas estúpidas aplaudieron. El marido de Malva la arrastró, no sé dónde, fuera de la sala. Una hora después apareció solo y anunció que su mujer se había sentido mal y que se había acostado. Al alejarse, poniéndose bufandas, sombreros y abrigos, las visitas murmuraron algunos lugares comunes: «Hay que nacer acróbata», «Hay que empezar desde la infancia», «No se pueden hacer esas cosas de un día para el otro», «Hay que dar tiempo al tiempo», «¿Se acuerdan de Claudia, cuando se desnudó?», «Y Roberto que perdió el brazo izquierdo», «Caramba, caramba».

Al día siguiente me anunciaron la muerte de Malva. Fui al velorio. La habían cubierto la cara con un velo espeso. Supe que no habían tocado ningún objeto de su cuarto, para que yo eligiera, en memoria de ella, el que más me gustaba. Me hicieron pasar. En el suelo quedaban aún las marcas de pasos mojados, sobre la madera del piso, que comunicaba con el cuarto de baño. Las miré atentamente. No eran improntas de pies humanos. Parecía que un perro o un lobo hubiera rondado por ahí. Sobre su mesa de vestir miré el peine y el cepillo con restos de cabellos. Pero, qué digo. No eran cabellos; nada de humanos tenían esos pelos cortos, duros, negros, con las puntas rojizas. Al pie de su cama encontré tres huesos, realmente preciosos, de forma caprichosa. Reconocí el buen gusto de Malva, que descubría la belleza en todas partes. Pregunté a su marido para qué Malva coleccionaba esos huesos, aunque bien sabía que eran adornos. Me respondió que los usaba para afilar sus dientes. «Era tan excéntrica» agregó con risa de lobo. Entonces recordé la risa contagiosa de Malva. Una risa extraña, aguda, intempestiva, tal vez contagiosa. A veces yo misma me sorprendo riendo así.

No creo que nadie la quisiera mucho; a mí se me cayeron las lágrimas. ¿Acaso uno quiere a las personas por sus cualidades morales? El cariño es un misterio.

Volví junto al cajón, que habían dejado solo, y arranqué el velo que la cubría, para verla por última vez. Debajo del velo, que temblaba a la luz de los cirios, no hallé nada, sino el horrible encaje tieso y blanco, destinado a adornar a los muertos.

Nunca sabré si Malva murió, si se destruyó íntegramente a mordiscos, si está encerrada en algún lugar de la ciudad o en selvas de Brasil, donde a veces sueño que se ha perdido, después de huir en un barco. Esta ciudad no era para ella. Que terminara tan pronto de comer su propio cuerpo era humanamente imposible. Yo creo que aún le quedaban muchos dedos, una rodilla, un hombro, la nuca, las pantorrillas, todos sitios alcanzables para la boca de una contorsionista como ella. No ha muerto, pensé, y esta sospecha me pareció más horrible que la certidumbre de su muerte.

# Keif

*A Marta.*

Keif era misterioso. Conservo una fotografía de cuando era muy joven. Sus párpados entrecerrados dejaban ver la intermitente ferocidad amarilla de sus ojos. Cuando me miraba me daba miedo. Lo conocí una tarde de enero cuando fui por primera vez a la casa de Fedora a comprar un grabador alemán que vi anunciado en un diario. Llegué y encontré la puerta abierta. En los balnearios, la gente deja sus casas abiertas. Sin golpear las manos ni dar el desusado grito «Ave María», que mi tatarabuela daba y que yo solía dar con voz de vieja, para reírme un poco, entré en la casa.[135] Al pie de la escalera vi sentado a Keif. Tuve un momento de terror, pensando que el terror podía costarme caro. ¿Acaso los perros no se enfurecen cuando uno se asusta? Keif no se movió, cruzó una pata sobre la otra, espantó una mosca con la cola. Quedé inmóvil en el umbral de la puerta, temiendo que cualquier otro movimiento que yo hiciera para entrar o salir me costara la vida. En el silencio todo se volvió más irreal. Pensé que estaba soñando o que habían puesto en el diario una dirección equivocada. Al cabo de algunos minutos oí el ruido de unos pasos y arriba de la escalera vi a una mujer que se asomó con su perfume a barniz y a cosméticos.

—¿Qué desea? —susurró como si revelara un secreto.

—¿Está la señorita Fedora Brown?

—Soy yo. ¿Viene por el aviso?

—Vine a ver el grabador.

—Suba —me dijo—. No tenga miedo —agregó, bajando las escaleras—. Keif no le hará nada.

Al decir estas palabras se inclinó y tomó la cadena que estaba enganchada al collar de Keif.

---

135 Golpear las manos y saludar en voz alta es una costumbre del campo para anunciar la llegada a una casa.

—Me obedece –dijo Fedora.

Con el pie separó las patas de Keif e imperiosamente le ordenó que se levantara. Subimos las escaleras.

—Sígame. En mi cuarto está el grabador.

Entramos en el dormitorio desde cuya ventana se divisaba el mar.

—Aquí está –me dijo, mostrándome una valija gris–. Es lo único que traje de mi último viaje. Esta valija y Keif.

—¿No le tiene miedo?

—¿Miedo? –interrogó–. Es más manso que un perro amaestrado.

—¿Come mucho?

—Muchísimo. Como una bestia. Verlo comer me indigesta.

Keif la miraba mientras hablaba, sin quitarle los ojos de encima. De vez en cuando ella murmuraba «Keif quédese quieto», aunque el tigre no se moviera.

—¿Keif? ¿Por qué le puso Keif? –inquirí.

—Keif en árabe quiere decir «saborear la existencia animal sin las molestias de la conversación, sin los desagrados de la memoria ni la vanidad del pensamiento». Le queda bien ¿verdad?

—No podría llamarse de otro modo –le contesté con énfasis:

—Enseñarle a obedecer me da satisfacción. Si yo fuera más joven trabajaría con él en un circo.

—Pero ¿acaso usted no es joven?

—Nunca uno es bastante joven. A los cuatro años, tal vez, pero ¡de qué sirve! –Mirando a Keif agregó en voz baja:– creo que lo hipnotizo con la mirada.

—¿Y si él la hipnotizara?

—¿Si él me hipnotizara? Nunca pensé que pudiera suceder.

Quedamos un momento sin decir nada. Para interrumpir el silencio, pregunté:

—¿Tiene otras cosas en venta?

—Sí. Por ejemplo: un anillo de brillantes, una pulsera de esmeraldas, mis abrigos de piel, un cuadro de Renoir y este grabador. No lo hago por necesidad, lo hago porque me gustan los cambios. En vez del brillante, compraré un zafiro; en vez de los abrigos de visón, un abrigo de marta; en vez de las esmeraldas, rubíes; en vez del Renoir, un Picasso; en vez del grabador, una cámara fotográfica. La fortuna, por mucho que se tenga, no es infinita. En cuanto me aburren las cosas las vendo y como son siempre buenas, me las compran bien. Desde chiquita soy así. ¿Quiere probar el grabador? Tengo una cinta grabada.

Abrió la tapa del grabador, movió los diales y se oyó un rugido, después otro. Me dijo extasiada:

—Es Keif. ¿lo reconoce?

Luego se oyó una voz destemplada.

—Soy yo –musitó–, hablándole a Keif. ¿Quiere grabar algo?

Grabé unos monosílabos mientras observaba el manejo del grabador, que decidí comprar.

Nos quedamos conversando un rato, mirando el mar y un velero a lo lejos. Fedora me dijo que era independiente, pero que por culpa de Keif después del último viaje había perdido su independencia.

—Todo nos ata –me dijo–. Cuando menos pensamos estamos esclavizados.

Me había olvidado de la presencia de Keif. Las ventanas estaban de par en par abiertas.

—I don't know what to do with him –me dijo Fedora, mirando de soslayo a Keif, como si quisiera que no la entendiera–. I care so much for him, but I can't keep him always with me. He is a nuisance. In the Zoo they want to buy him for a lot of money.

—And why don't you? –contesté en mi mal inglés.

—I can not. I simply can not do it.

La desmedida aflicción de su respuesta me conmovió. Al despedirme me acerqué tal vez demasiado y retrocedió.

—He is jealous –me dijo.

Sin discutir el precio pagué lo que me pidió por el grabador, tomé la valijita y bajé las escaleras prometiendo a Fedora que volvería a visitarla.

Como no había aprendido detalladamente el manejo del grabador, muy pronto fui de nuevo a ver a Fedora para que me lo explicara. Estaba echada sobre una estera, frente a la ventana, al sol, casi desnuda. A sus pies Keif dormía como embalsamado. Delacroix hubiera pintado bien ese cuadro exótico.[136] Después de darme las explicaciones que yo reclamaba, Fedora me dijo:

—Estoy resuelta a cambiar de vida. Estoy harta de ésta.

—¿Va a entrar de monja?

—No. Me voy a ir de esta vida.

—¿Cree en la transmigración de las almas? –le pregunté sonriendo.

—Naturalmente –respondió.

—¿Y cómo vas a hacer? –le dije, tuteándola por primera vez–. Es tan difícil cambiar de vida como de cuerpo.

—Me voy a suicidar.

—¿Te vas a suicidar?

—No. No es nada trágico; voy a suicidarme de un modo agradable –contestó.

—¿Y hay modos agradables de suicidarse?

—Tal vez. Cualquier cosa desagradable se puede hacer de un modo agradable –arguyó–, pero no acepto la idea de que un acto agradable pueda volverse desagradable en un momento dado. Adoro el mar; siempre que me baño quisiera quedarme en el agua más tiempo del que me quedo: quedarme hasta morir. Eso es lo que voy a hacer: dejarme morir en el deleite del agua. En una hermosa mañana, al alba, entraré en el mar como cualquier otro día; sentiré la efervescencia del agua en mi piel. No, no sería un suicidio trágico como el de Alfonsina Storni en Mar del Plata, ni patético como el de Virginia Woolf en no sé qué río de Inglaterra. Seguiré bañándome hasta el mediodía, hasta la caída de la tarde. Sobrevendrá luego el crepúsculo y la noche, y volverá la aurora y la mañana siguiente, y el mediodía y el crepúsculo y la noche y la subsiguiente aurora; y yo sentiré el cambio de las temperaturas y veré los colores del agua, conviviré con las algas, con

---

136    *Eugene Delacroix* (1798–1863) es el pintor Romántico más conocido. Sus obras de gran colorido y expresión emocional favorecen escenas exóticas del mundo árabe del norte de África y figuras desnudas, muchas veces con animales como caballos y tigres.

la espuma, con el rocío, hasta el fin, cuando desvanecida, indefensa, me disuelva como un terrón de azúcar o me llene de agua como una esponja. Entonces mi alma vagando blandamente buscará un cuerpo para vivir de nuevo. Lo encontrará en un niño o en un animal recién nacido, o aprovechará el desvanecimiento de un ser para entrar por el intersticio que deja en el cuerpo la pérdida de conocimiento. Me dejaré morir de un modo agradable. Y después vendrá lo más divertido de todo: otra vida. ¿Comprendes?

—Comprendo –musité–. Pero creo que nadie es capaz de hacer una cosa así. ¿Estás harta de la vida?

—Tengo todo lo que se puede pedir en el mundo, hasta un pedacito de playa, que es mío.

—Nadie es capaz de dejarse morir en el agua de ese modo –protesté.

—Yo soy capaz –me dijo.

Me reí. Sin hacer caso, prosiguió:

—¿Te ocuparías de Keif? Es lo único que me inquieta: abandonar a Keif en este mundo, me parece cobarde. Te dejaría dinero para los gastos de su alimentación. Haría mi testamento. Tal vez te dejaría todo lo que tengo.

Pensé: «¿Esto es recibir una herencia? Nunca hubiera soñado una situación tan extraña».

—¿Aceptas? –me dijo Fedora, encendiendo un cigarrillo–. Te dejo todos mis bienes y ni siquiera te pido que lleves luto. ¿Aceptas? –repitió.

—Acepto, si eso te da placer –le dije, sintiéndome culpable.

¿Acaso era una broma? Aceptando su proposición ¿yo la instigaba a cometer el suicidio? Me dejé caer de rodillas sobre la estera, a su lado.

—Basta de bromas, Fedora. Parecen tan serias las locuras que dices, que tengo la tentación de creerte.

—Créeme –dijo Fedora, pero su ademán parecía contradecir sus palabras.

Apagó el cigarrillo, lo dejó en el cenicero, se alisó frívolamente el pelo, se pintó la boca sin mirarse en un espejo, arqueando la boca entreabierta, se echó boca abajo sobre la estera para tomar sol.

—En mi próxima reencarnación seré tal vez una amazona. Ningún Teseo ni Aquiles me vencerá.[137]

—¿Irás entonces en busca del pasado? –le dije en broma.

—Una amazona de circo –prosiguió–, o domadora; tal vez prefiera esto último. Es mi vocación. Saludaré al público después de poner mi cabeza dentro de la boca de un león. Pienso siempre en las diferencias que habrá entre ésta y la otra vida. ¡Es tan entretenido!

¡Cuántas veces caminamos con Fedora por la orilla del mar siguiendo los diseños que dejaba la espuma sobre la arena! Pasé unos días sin verla. No sabía cuándo hablaba en broma y cuándo hablaba en serio, de modo que la amenaza del suicidio no me preocupaba mayormente. Acerca de las divagaciones sobre la transmigración del alma sólo pensé que se debían al libro de las *Metamorfosis* de Ovidio,[138] que alguien le regaló para su cumpleaños. Comencé a inquietarme por su suerte; comencé también a extrañarla. Había notado algo insólito en su conducta: cuando salía de su casa se despedía de Keif diciéndole: «¿Volveré a verte, amor mío? ¿Qué harás sin mí en este mundo, mi ángel?», mirándolo en el fondo de los ojos.

Así es la amistad: uno vive toda una vida sin ver a una persona y de pronto esa persona es lo único que cuenta en la vida. Fui a visitar a Fedora una mañana calurosa, al alba. Me había dicho que siempre, al alba, cuando hacía calor, bajaba a bañarse. Le prometí sorprenderla en su mentira. Sabía que era dormilona. Hicimos un pacto: en días de calor, si yo me despertaba antes que ella, iría a despertarla para acompañarla a la playa; en cambio, si ella se des-

---

137    La palabra «amazona» tiene varios significados en español y aquí y más adelante Ocampo juega con dos, por lo menos. Por un lado las amazonas son un grupo de mujeres guerreras de la leyenda griega; la referencia a los héroes griegos, Teseo y Aquiles, sugiere este mundo histórico. Por otro lado, es la palabra en uso común para indicar un entretenimiento tradicional de circo, la mujer que hace destrezas montada a caballo. Por extensión se usa en referencia a cualquier mujer que monta a caballo.

138    Las *Metamorphosis*, o «Transformaciones» del poeta romano Ovidio, es una de las obras más influyentes de la literatura clásica, muy importante en muchas de las obras de Ocampo.

pertaba antes, vendría a buscarme. Se me acababan las vacaciones y pensaba que no podría visitarla a otras horas, pues como buena holgazana, Fedora no tenía nunca tiempo para nada. Aproveché la hora insólita del alba; llegué cautelosamente; llamé a la puerta. Nadie me abrió. Noté que la puerta no estaba cerrada con llave. En cuanto abrí la puerta, velozmente Keif salió de la casa. Yo entré. Subí la escalera corriendo. No había nadie. Me asomé a la ventana por donde se divisaba el pedacito de playa que pertenecía a Fedora. En la luz espectral del alba vi recortado el cuerpo de Keif, que se deslizaba como un enorme perro perdido. En la orilla del agua se detuvo, husmeando el agua, retrocediendo y avanzando con el movimiento de las olas, hasta que se acostó y quedó chato como la arena. No se me ocurrió pensar que Fedora podía cumplir con su descabellado propósito, hasta que vi sobre su mesa un sobre lacrado a mi nombre con la palabra testamento. Bajé a la playa. Pero ¿dónde estaba la inmensa ola de mi sueño recurrente que me cubriría, ese sueño que me había perseguido desde la infancia? No. No era un sueño. ¿En qué se diferenciaba el sueño de la realidad? En la duración, en el olor. Keif olía a fiera. Eran las cinco de la mañana. Yo llevaba entre mis manos la cadena fría y el collar un poquito oxidado. Durante horas los dos juntos, Keif y yo, miramos el agua rosada del amanecer, que traería después el cadáver rutilante de Fedora. Al verlo, pensé: «No debo desvanecerme. Tengo frío, tiemblo». Perdí el conocimiento.

A nadie le extrañó que Fedora hubiera muerto ahogada. Sólo a mí. Era una nadadora imprudente. A nadie le extrañó su testamento. Sólo a mí. No tenía parientes y era excéntrica.

Sin mayores complicaciones, salvo las que significaba Keif, me instalé en la casa de Fedora, ante el asombro de mi familia, que me acusó de rebeldía, de imprudencia, de falta de dignidad. Frecuenté a sus amigos (esas amistades hechas de despedidas, que uno tiene siempre en los balnearios): me revelaron secretos de la muerta. Contemplé su álbum de fotografías que era como una pequeña historia ilustrada de su vida; dormí en su cama, leí a la luz de la misma lámpara, que iluminaba su libro. Me miré en su espejo, usé su perfume, me peiné con sus peines, vi el paisaje desde su ventana, bajo la luna, bajo el sol de todas las horas del día. Cambié de carácter. En ciertas oportunidades, algunas personas me dijeron frases inquietantes como estas: «De lejos te pareces a Fedora», o bien «Dijiste esas palabras como las decía Fedora». Pensé que Fedora se había apoderado de mí al morir.

Mi vida transcurrió con una apacible felicidad frente al mar, como la de Fedora junto a Keif. Tuve dificultades que había previsto: el jardinero no quería venir a trabajar; decía que la mitad de lo que yo gastaba en alimentar a Keif podría alimentar a todos sus hijos: no toleraba esas injusticias. Mi sirvienta también se fue, porque quería que le subiera el sueldo de acuerdo con lo que yo gastaba en el mantenimiento de Keif. Keif lentamente se acostumbró a mí. A veces parecía esperar a Fedora.

Pasé cuatro años de una vida agradable, aunque mi familia tratara con sus cartas de amargarme la existencia. ¿Cómo describir una vida sin tiempo como fue aquélla? Mis horas holgazanas pasadas de esplendor en esplendor. Sólo recuerdo de esos días paisajes, luces, fragancias, sabores, músicas. Mi única preocupación era sentir que me había transformado en Fedora. Con horror de pronto pensaba en mi imprudente desvanecimiento a orillas del mar cuando vi a Fedora ahogada. Pregunté a la gente que me había socorrido si algo insólito había sucedido en aquel momento e interrogué al médico que llamaron. De nada servía. Sin embargo, permanecí impasible como si viera desde afuera los motivos de mi inquietud.

Un día a las cinco de la tarde golpeó a la puerta un hombre con su familia. Tenían que hablar conmigo. El hombre era alto, enjuto y de pelo rojo. La mujer de mediana estatura era tan delgada que aunque estuviera de frente parecía siempre de perfil. Traían una niña de cuatro años vestida con un pantalón rojo, ajustado, y una camiseta celeste. Los hice pasar al cuarto de Fedora. Les dije:

—No se asusten.

—Keif no hace nada –balbuceó la niña.

¿Habría oído mal? Me pregunté de dónde podía conocer ese nombre. Me pareció que había dicho Keif. No era gente del lugar ni habían tenido oportunidad de ver a Keif.

La familia sonrió, como de común acuerdo, y la niñita inmediatamente quiso montar sobre el lomo de Keif. Los padres, lejos de oponerse a ello, la instaban para que volviera a hacer lo mismo en cuanto bajaba. Lo más extraño de todo fue la simpatía que demostraba tener Keif por la niña.

Con algunas vacilaciones, el hombre me dijo:

—Somos del circo Amazonia. Venimos a pedirle que nos venda esta fiera. –Y señalando con la mano a la niñita, agregó:– Queremos que sea domadora: lo tiene en la sangre. Le gustan también los caballos; podría ser una célebre amazona, pero hay muchas en nuestra compañía. Con nuestro permiso ya puso una vez la cabeza en la boca de un león. Hizo otros ejercicios no menos peligrosos. Trajo mucho público de las afueras a nuestro circo. El enano de Costa Rica la presentaba.

—Pero ella clama por un tigre –interrumpió la mujer–. Le pagaremos lo que usted nos pida.

La niña se había abrazado al pescuezo de Keif y me miraba con ojos de súplica. Accedí.

# El automóvil

Braman los automóviles: se están volviendo humanos, por no decir bestiales. Fui al autódromo donde corría Mirta. Desde que nació quiso participar en carreras de automóviles. Yo traté de disuadirla pero se enardecía más al verme en desacuerdo. Pretendía hacer conmigo la vuelta del mundo en automóvil, porque decía que en un automóvil uno lleva todo lo que uno quiere y tiene, incluido el mismo corazón. Me amaba, no sé si tanto como yo la amaba a ella, aunque considerase ridículas casi todas sus ambiciones. Que una mujer pretendiera correr en las grandes carreras de automóviles y en primera categoría me parecía un síntoma de locura. Siempre pensé que las mujeres no sabían manejar. Cualquier otra cosa podía esperar de ellas, por ejemplo que manejaran una máquina aspiradora, un tractor, un grabador, un avión, una calculadora, una plancha, una máquina de cortar pasto, una computadora; si alguna vez le comuniqué estos pensamientos, se sintió insultada, pero yo no cambiaba de parecer. Conseguimos después de nuestro casamiento un automóvil espléndido. A mi padre le sobraba el dinero y me lo regaló para que pudiera hacer un viaje de descanso. Yo trabajaba seriamente, en una casa editora que me exigía muchos sacrificios. Este automóvil fue un verdadero don del cielo, pues Mirta, que vivía descontenta con su suerte, empezó a gozar realmente de la vida. Madrugaba ¿para qué? Para subirse directamente al auto y abrazarse al volante; nunca estaba cansada como antes cuando se desmayaba por todo. Había embellecido notablemente. A mi juicio no necesitaba tanta belleza. Su pelo brillaba con furor, sus ojos revoloteaban como los de un niño, su agilidad parecía apta para cualquier prueba de trapecio o de baile acrobático, ganaba premios en concursos de natación y de zapateo. Tenía treinta años pero no los representaba; parecía tener sólo veinte y a veces quince. Algo, o mucho, me inquietaba en ella: su facilidad para enamorarse. Alguien que tuviera una linda voz, hasta por teléfono, alguien que tuviera unas preciosas manos, hasta con guantes, alguien muy atrevido o alguien muy tímido, que apenas conocía, alguien con los ojos casi violeta, hasta bizcos, bastaba para seducirla al máximo de la seducción. Nadie necesitaba violarla, ella misma era capaz de violarse para dar placer a alguien. Había que poner fin a ese estado de cosas, de otro modo me exponía a matarla en el paroxismo de mis celos. Resolví que nos iríamos de viaje. ¿De dónde sacaría yo tanto dinero? Tengo dinero, por qué voy a ocultarlo, pero a veces los que tienen más dinero no saben emplear ese caudal de un modo razonable y se vuelven más pobres que los pobres. Vendí todo lo que tenía; le pedí dinero a mi madre, prometiendo pagar la deuda con mercaderías extranjeras que podría ella vender en su *boutique*. Conseguí todo porque mi alma en llamas es capaz de cualquier cosa para conseguir algo que me salve de una vida que no soporto. Conseguí hasta parecer pobre, ya que nada me bastaba.

Zarpamos de Buenos Aires una mañana preciosa de otoño, en un barco que nos llevaba con nuestro automóvil, nuestro amor y nuestra alegría. Rompíamos las amarras: todo lo que era tedio o sufrimiento quedaba en el puerto, entre las personas que agitaban sus pañuelos, algunas con lágrimas, porque éramos queridos por amigos y amantes.

La travesía fue tan feliz que se disolvió en nuestro recuerdo como un merengue en la boca. Pero la llegada al puerto final de la travesía fue el comienzo de nuestros inconvenientes. Retirar el automóvil, primero de la bodega y después de la aduana, resultó molesto. No lo habíamos previsto. Cuántos trámites tuvimos que hacer antes de recuperarlo: aparentemente los papeles no estaban en regla. Mirta no dormía ni reía; se sentía culpable, como si hubiera robado el auto. Después de muchas discusiones en que no entendíamos las malas palabras que nos propinaban, todo se aclaró: los papeles estaban en orden. Cuando Mirta se vio frente al automóvil en tierra firme, casi desnuda se abrazó a la máquina. Es difícil abrazar a un automóvil, pero ella supo hacerlo. Espero que a ningún hombre se haya abrazado de esa forma. Con violencia la arranqué del capot. «¿Qué significan estas escenas?», le grité, al verla en posturas tan provocativas. «Si te violan después, no te quejes». Un fotógrafo que pasaba por azar la fotografió. Era un periodista, sin duda. Este fue mi primer encono contra Mirta. La zamarreé y la obligué a seguirme. Se puso a llorar. Nos reconciliamos, pero no fue por mucho tiempo. Yo añoraba la vida del barco, donde las horas transcurrían inadvertidas. Mirta quería llegar pronto a París, para anotarse en una carrera de automóviles. Le dije que sus pretensiones eran inauditas, que manejaba mal, que ni a una niña de diez años se le ocurría semejante locura. Ya me había fastidiado bastante con sus incipientes carreras en la provincia de Buenos Aires, como la única mujer «Reina del volante» que salía fotografiada de improviso en todas las revistas. Insistí en no ir directamente a París, en aprovechar el viaje, aunque sólo fuera por veinte días, para conocer las ciudades, la arquitectura, la pintura, la escultura, las iglesias, los jardines, el paisaje de esa región de Francia. Mis argumentos eran serios: estando en la misma tierra donde surgieron, sería una vergüenza no conocer las obras de arte y los edificios más célebres que podían admirarse en las tarjetas postales y en las guías turísticas. Mirta accedió; declaró que de paso, en el trayecto, practicaría mejor el manejo del automóvil, que tanto le criticaba.

Hicimos un viaje maravilloso; yo dormía todo el tiempo, hasta que un día, cansado de tantas cosas interesantes, me encerré en el hotel y ella se fue sola. Sufrí como un animal herido, creyendo que nunca volvería, pues apasionada como era, podía cometer cualquier locura. Volvió tardísimo, sin disculparse. Me dijo que encontró a un francés maravilloso, periodista sin duda, que en cinco días le enseñaría a hablar francés correctamente, por lo que pensó que deberíamos quedarnos en ese hotel tan lujoso y de nombre tan sencillo: se llamaba La Liebre Feliz. Me mostró el cuaderno con las anotaciones que el francés le puso, convenciéndola de que era más fácil la lengua francesa que la española, tan llena de chistidos.[139] Sin duda creyó que era española. En el cuaderno figuraban las palabras más fáciles de recordar en francés que en español: *Cher* era «querido», *bleu* era «azul», *rue* era «calle», *chien* era «perro», *balle* era «pelota», *auto* era «automóvil», *seul* era «solo», *ciel* era «cielo». No se podía negar que las palabras francesas eran más simples. Se guardaba bien de decirle que *soleil* correspondía a «sol», y *arbre* a «árbol», y *bleu-ciel* a «celeste». Durante cinco días Mirta tomó lecciones con el francés, que era un insolente. Cuando nos traían café, bebía todo el contenido de la cafetera y peinó con mi peine su pelo grasiento. Usaba un mechón de pelo sobre el ojo derecho y sacudía la cabeza, no para quitárselo sino para colocárselo, como hacen las mujeres. Le pregunté un día qué malas palabras hay en francés, las que se usan ahora, porque las palabras van con la moda.

—*Espéce de con* –dijo.

—¿Qué otra?

—*Merde, tonnerre de Dieu.*[140]

—¿Por qué la palabra que designa el sexo es una mala palabra?

—No sé. Averígüelo por otro lado. No soy un diccionario.

En realidad no me interesaban esas nimiedades del idioma, pero no sabía de qué hablarle cuando nos encontrábamos uno frente a otro, mientras Mirta se encerraba en el cuarto de baño para lavarse el pelo.

Pasamos unos días, si no hubiera sido por el francés, agradables. Nunca vi árboles tan lindos ni playas tan acogedoras. Extrañaba el cielo de Buenos Aires, el canto de los pájaros insolentes

---

139    *Chistido:* aquí referencia a la letra «s» de sonido marcadamente sibilante en España (suena como «sh»), que se ablanda y asordina en el habla rioplatense. Es también un sonido que indica denegación al deseo de hablar.

140    La primera frase es una referencia al sexo femenino, utilizada como insulto equivalente a *imbécil*; la segunda, *merde*, tiene su equivalente en el español, «mierda», y la última, más difícil de traducir con connotación fuerte, significa literalmente «trueno de Dios».

que tenemos en la lánguida luz de las tardes en que todo se desmaya, hasta el aire, hasta las brisas, hasta el canto de algunos pájaros desvelados, hasta el corazón que los escucha. Mirta insistía en la necesidad de aprender el francés correctamente. En los restaurantes trataba de hablar en francés con el mozo, que parecía un actor de cinematógrafo. Un papagayo en la entrada del hotel era un pretexto para contribuir a la relación que había entre el joven profesor de francés y el mozo, que andaba siempre con un escarbadientes en la boca, de diente en diente.

¿Estábamos en París o soñábamos? El corazón de Mirta latía con esa rumor salvaje que se oye en las carreras de automóviles, de noche. No podía dormirme; tenía que mirarla para asegurarme de que no era un automóvil ni un violín, ni un cambio de velocidades, que era un ser humano el que dormía a mi lado, que era un ser humano el que me abrazaba. La abandoné a sus sueños una noche en que el latido de su corazón movía la cama con demasiado ardor. Aquella noche me confesó que se había inscrito en una carrera, no muy importante, pero carrera al fin. Resolví verla por televisión y no acudir al autódromo. Mirta se vistió aquel día con un traje muy elegante. Ella, que rara vez se ocupaba de elegir ropa adecuada para las circunstancias, ese día se preocupó. Para que la divisara mejor, eligió un tono de color rojizo para el *sweater* y un pañuelo azul marino para el cuello. Vi la carrera en el televisor del hotel. Me apenó mucho que no ganara, pero me consolé: los desencantos tal vez enfriaran su pasión por las carreras y podríamos llevar una vida normal, sin sobresaltos. Nada es tan horrible como una pasión no compartida cuando se ama realmente a alguien. Sentía que mi vida se desgastaba oyéndola hablar de automóviles, sin poder compartir ni reconocer las marcas, ni sus potencias ni sus perfecciones. La mujer de un cuadro de Ingres[141] me hubiera satisfecho más que esos autos que extasiaban a Mirta.

Una noche volvió del cine, después de las once. No me dijo qué fue a ver ni con quién, pero sospecho que el francés había

---

141  *Jean Auguste Ingres* (1780-1867) fue un pintor francés de gran influencia. Pintó retratos de mujeres de clase alta y también desnudos de figuras míticas, históricas e imaginarias. Su obra más conocida es «Grande Odalisque», supuestamente el retrato desnudo de una concubina.

llegado. No le reproché su conducta. Nunca me había ignorado hasta tal punto. Creo que le dolió no ser aplaudida por sus proezas, aunque no lo fuera simplemente por haberse inscrito en una carrera sin mi consentimiento o mi cariñosa atención.

Por la noche sentí latir su corazón de automóvil a mi lado y sus ojos debajo de los párpados, cerrados, que se movían como si vieran algo, algo movedizo, huidizo. Me levanté y me acosté en el suelo para poder dormir; dicen que es bueno para la columna vertebral, pero ni se me ocurrió pensar en la columna. Ella no advirtió mi inquietud ni mi ausencia de la cama. Semi-dormida, parecía más dormida que totalmente dormida. No fue sino después del alba cuando pude recobrar mi lugar en la cama.

Vivir es difícil para cualquiera que ama demasiado. No podía alejarme de Mirta sin morir, ni acercarme, sin también morir. Elegí alejarme. Un día salí temprano, para ver museos, palacios y jardines, las orillas del Sena, las catedrales, las más diminutas iglesias; cuando volví a la noche, como después de un largo viaje, Mirta no estaba en el hotel. Salí de nuevo. En vano la busqué por todas partes. Al volver a la madrugada, me pareció que oía su respiración. Era un automóvil, con el motor en marcha, estacionado frente a la puerta del hotel. Me acerqué: en el interior no había nadie. Lo toqué, sentí vibrar sus vidrios. Tan enloquecido estaba que me pregunté si sería Mirta. Entré en el hotel. En la conserjería no había ningún mensaje para mí. El portero no sabía quién había dejado ese automóvil. De pronto pasó algo inexplicable. Suavemente el automóvil empezó a alejarse. Traté de alcanzarlo, pero no pude.

Desde ese día, busco el automóvil por la ciudad. Más de una vez lo vi, me puse en su camino, sin lograr nunca descubrir quién lo manejaba, ni morir bajo sus ruedas. Vivo en París, porque sólo en París puedo alcanzar mi esperanza, cumplir mi deseo.

Hay gente que me aplaude. «Qué lindo vivir aquí». Otra gente se pregunta: «¿Por qué diablos se fue a vivir a París?».

Anoche, después de salir en busca del automóvil, que no encontré, escribí una carta a Mirta, que le dejaré en la conserjería del hotel. Acá viviré mientras tenga plata para seguir gastando. Cuando se acabe, buscaré trabajo.

Querida Mirta,
A qué me servirá vivir si no estás a mi lado. Amar en exceso destruye lo que amamos: a vos te destruyó el automóvil. Vos me destruiste (no lo digo con ironía). En esta ciudad te busco porque te has transformado en esa horrible máquina que encerraba tu corazón acelerado, cuando dormíamos juntos. Ahora te busco sin cesar, pero tu velocidad no me permite arrojarme bajo tus ruedas. Además, nunca sé por dónde pasarás. Tal vez podría acostarme en medio de las calles por donde pienso que pasarás. Eran tantas las calles que te gustaban que no puedo saber cuál vas a elegir. No comprendo cómo llegué a tan absoluta renuncia de mí mismo: ya no tomo en cuenta lo que puedas sentir por mí. Soy un verdadero fantasma: el mundo que me rodea es un recuerdo, sólo un recuerdo. Lo actual no me importa. Débilmente vuelven a mí versos que me gustaron y que retuve en la memoria, fortalecida por la nostalgia; versos que fluyen como ríos, rodeando imágenes de árboles genealógicos o reales, árboles del mundo entero que no olvido: «Es lo que llaman en el mundo ausencia/ fuego en el alma y en la vida infierno».

Lo demás no existe, las ganancias, los precios de las cosas, la vida en la ciudad, los libros, las cuentas, las estafas, las guerras, las revoluciones, el prestigio, el deshonor, el sexo, la codicia, el terror: nada importa, podés estar segura, cuando el dolor ha carcomido los huesos y la sangre que la vida reanima por un instante frente al automóvil que te lleva.

# La lección de dibujo

Estaba durmiendo cuando oí un ruido insólito en la sala. Es muy grande esta casa y algunos de los cuartos atestados de objetos están cerrados para que no se ensucien demasiado, o bien para que no haya que limpiarlos continuamente, porque el hollín, la tierra, los perros, las cucarachas que vienen de la calle son un constante peligro para la limpieza que no siempre o casi nunca, existe, pues en realidad, es inútil cerrar las puertas y las ventanas porque hollín, tierra, perros y cucarachas entran de todos modos. Durante unos minutos escuché atentamente el ruido que parecía ocultarse entre las cortinas o los biombos de la sala. Nadie podía estar levantado a esas horas: las luces estaban apagadas, ya estaban corridos los pasadores de la puerta de entrada. Me levanté sin ganas, porque sabía que esa acción, ese movimiento más bien traería el insomnio a mi noche. Lo que prefiero en el mundo es dormir: cuando me siento feliz, porque estoy feliz, y cuando me siento desdichada, porque estoy desdichada. En un tren, cuando viajo, en un barco, en un sillón, de pronto, cuando las visitas no se van o cuando alguna me da mucho sueño, nada me gusta tanto como dormir maleducadamente. También me gusta cuando hay tormentas y miedo, o cuando se ha roto el caño del agua y hay que mover la cama a otro rincón. Pensé: «Si odiáramos el sueño, ¿dormiríamos? Nadie odia el sueño, por eso todo el mundo muere. Resabios de la infancia: morir es tener ganas de dormir, yo nací para dibujar. No pensemos en el sueño».

Me levanté y me puse sobre los hombros el batón celeste y como las zapatillas se habían perdido debajo de la cama, me

aventuré por los pasillos descalza, encendiendo las luces a medida
que avanzaba. Llegué a la sala, que estaba a oscuras, donde tengo
el retrato que hice a Gloria Blanco, sobre una reproducción de la
Sibila Eritrea, de Miguel Ángel, clavada al tablero del atril, con
chinches.[142] Tratando de no tropezar con algo que hiciera caer el
atril al suelo, busqué a tientas el conmutador para encender la luz,
viendo sólo la luz tenue que venía de afuera, mezcla de luna y de
luz eléctrica de los faroles que alumbran la plaza. Algo, una
sombra sobre la claridad pálida de la noche, interceptó mi paso.
No me detuve como lo hubiera hecho tantas otras noches; se diría
que el peligro nos protege. Asaltos vistos en los diarios, en el cine,
en las revistas, en la televisión persiguen la noche como moscas de
verano, que vuelven agonizantes, pero con el mismo ímpetu, con
el mismo zumbido. El miedo es una costumbre de la noche. Miré
la araña, cuyas tulipas blancas, de opalina, con flores, parecen
grandes tazas de porcelana. Comprobé que no me daban, como
otras veces, ganas de tomar una bebida caliente, café con leche por
ejemplo, o té, o, aunque me dé vergüenza decirlo, el infantil deseo
de beber chocolate con mucha espuma, como en los días patrios
y de cumpleaños. Pensar estas cosas en un momento de peligro,
en que alguien, tal vez un fantasma, había entrado en la casa, no
me asombró. Era eso lo que debía asustarme, ya que resultaba
insólito. En la media luz del cuarto vi que algo brillaba en el suelo.
Me agaché a recogerlo. Era una cinta blanca cuya textura me
llamó la atención, pero más me llamó la atención que mis dedos
tuvieran sensibilidad en el tacto, para adivinarle el color. Sin soltar
la cinta encendí la araña. Tardé en ver lo que tanto me sorprendió,
porque uno (cuando soy yo) es lento en recibir grandes sorpresas.
El dolor de un balazo no se siente en el primer minuto. Frente al
atril estaba de pie una niña. No era linda, no, no era linda. Tenía
un pelo lacio y muy largo, de un color ceniciento; tenía anteojos.
Era muy delgada, tan delgada que, no siendo muy alta, parecía
muy alta. De la cara sólo se le veía el pelo y apenas un poco de
frente; tenía un delantal blanco, más corto que el vestido y en la

---

142   La *Sibila de Eritrea* es una de cinco sibilas del mundo clásico griego pintadas en
la Capilla Sixtina en Roma por Miguel Ángel. Hay una foto de Silvina Ocampo
que apareció en las páginas de diarios en esta época en que la imagen de la Sibila
de Eritrea se ve montada en un atril, igual que en la descripción del cuento. Ver
también la nota #24.

mano derecha una carbonilla que había recogido de los bordes del tablero. Me miraba sin decir nada. Soy muy tímida con los niños y sorprender a esta niña en mi casa, a las dos de la mañana, me incomodaba. Le devolví la cinta que había caído de su pelo. No me lo agradeció. Me habló sin mirarme, mirando el dibujo:

—¿Quién es? –preguntó señalando el dibujo con la mirada, aunque yo no viera su mirada.

—Gloria Blanco –contesté, creyendo que me había vuelto loca de contestar a la atrevida pregunta que me hacía.

—No me importa quién es.

—¿Y por qué me preguntás?

—No sé. No me gusta tu dibujo.

—¿Y quién te preguntó si te gustaba? ¿Y cómo sabés que dibujo?

—No sé. Más bien lo sé muy bien.

—Tengo un ejército de dibujos, en efecto –dije–. Me molestan porque ocupan lugar y no sé para qué los guardo. A mí tampoco me gustan. Desde los siete años dibujo. A veces, en mis sueños, vienen a visitarme, porque la mayoría de ellos son retratos.

—Yo te enseñé a dibujar de otro modo –me dijo–. ¿No te acordás del retrato de Miss Edwards, la institutriz, que se volvió loca? Tenía una vincha de terciopelo y un vestido de lustrina. Una carbonilla era adecuada para dibujar su perfil severo. De noche me hacía los bigudíes con un peine, me mojaba la punta del pelo en el agua de un vaso, antes de enroscar las puntas alrededor del cuerito relleno, sostenido por dos cintitas. Un día me dio una bofetada porque grité «me duele, me duele», y le quité la mano de mi pelo. Me acuerdo muy bien del día de verano en que llegó a casa. Yo estaba en el jardín con una amiga, espiándola, detrás de un árbol. Llegó en un coche de plaza con una valija y un baulito. Nos reímos. No había de qué reírse. Hacíamos gárgaras de risa. Me encantó siempre reír cuando no se puede. Salíamos del escondite y volvíamos a meternos. Miss Edwards no sabía hablar en español, no entendía, y le gritaba al cochero *please, please.*

—¿Y por qué? ¿Por qué hacías eso? Era una maldad.

—La risa me congraciaba con el llanto.

—¿De modo que reías aunque no hubiera de reírse? Me parece horrible.

—A mí también.

—¿Pero no había nada ridículo?

—Nada. Tenía esa cara de haber dado una bofetada que sólo podía dibujarse con carbonilla y no con lápiz.

—Ninguna cara puede dibujarse con lápiz. Sólo la iglesia de San Isidro y los botes del Sarandí[143], con los reflejos en el agua llena de rayitas. Un lápiz puede dibujar el agua o la iglesia, pero no una cara que seguramente sufre; todas la caras sufren o han sufrido, y la carbonilla dibuja las sombras del alma. Le pregunté un día a mi maestra de dibujo: «¿Usted cree, señorita, en Dios?». Escondió la cara bajo el sombrero negro y me dijo: «Esa sombra está mal dibujada, mi hijita. La luz viene de arriba. ¡No se habla así de Dios!»,

—Pero yo siempre pienso en Dios.

—El dibujo puede hacerse con lápiz, carbonilla o tinta china. Se echa mano de cualquier cosa para dibujar.

—Odio la tinta china. Mandé un dibujo a *Caras y Caretas,*[144] se llamaba «La inundación», tenía que ser en tinta china. Me lo publicaron pero ¡qué desilusión! Tanto esperar, tanto esperar, y después casi nadie me felicitó, porque ese día alguien había muerto o alguien se casaba.

—¿Cómo te llamas?

—Ani Vlis. Es un seudónimo.[145]

—A tu edad yo no sabía lo que quería decir seudónimo.

—Yo tampoco.

—Me hubiera gustado conocer tus dibujos.

—Hay uno en este cuarto, por extraño que parezca.

—Mostrámelo.

—Está en esa carpeta.

---

143   El *Sarandí* es un arroyo que desemboca en el río Luján, afluente del Río de la Plata, a la altura de la localidad de San Isidro, al norte de Buenos Aires.

144   *Caras y caretas* es una revista popular que se publicó a través del siglo veinte. Ver nota #54.

145   Ani Vlis es «Silvina» escrito al revés.

Se arrodilló, abrió una de las carpetas que yo había colocado en el suelo, porque no cabían sobre la mesa. Desanudó las cintas de las tapas de cartón y retiró una hoja grande, que puso sobre el atril donde estaba el otro dibujo.

—Mira con atención –dijo–. Si llegaras a dibujar como yo te enseñé, serías una gran pintora, porque este dibujo parece un cuadro pintado al óleo. ¿No dijo Figari: «Esta niña va a pintar muy bien cuando sea grande, porque ve muy mal»? ¿Y no dijo Reyles: «Parecen dibujos de Goya»? ¿Y no dijo Pío Collivadino: «Esta niña va a ser un orgullito nacional»? ¿Y no me designó Cata Mórtola «La reinita de mis discípulas»? ¿Y Quinquela Martín no exclamó: «Qué lindo croquis. No tendría inconveniente en firmarlo»? ¿Y no dijo Güiraldes: «Para mí que tiene talento»?[146]

Ella que era tan silenciosa se volvió charlatana. Tomó la carbonilla en sus delgadas manos y dijo:

—Así hay que manejar la carbonilla.

Sobre el retrato de Miss Edwards trató de hacer unos trazos, pero la detuve.

—No toques ese dibujo. Es perfecto. Es el único dibujo mío que me gusta. Además, vas a manchar la reproducción de la Sibila Eritrea.

—¿Tuyo, decís? Ese dibujo dijiste que era tuyo?

—Mío –dije–, sí, mío. Es el único dibujo mío que me gusta. No sabés lo que he sufrido. Pasé tanto tiempo sin dibujar. Me lo propuse deliberadamente, como quien deja de fumar. Todas las mañanas sentí, durante un tiempo, que estaba cometiendo un pecado porque dejé de dibujar, y después me acostumbré a esa privación voluntaria, a ese renunciamiento, a esa anulación, a ese suicidio, a esa pequeña muerte. Pero me gustaba conservar este dibujo. Dejar de dibujar fue como dejar de besar a alguien que uno ama mucho, para darle las buenas noches: ese rito, que en cierto modo alivia la vida prosaica, había terminado. Y era porque la pintura me hizo sufrir mucho. En los primeros tiempos yo di-

---

146   *Pedro Figari, Pío Collivadino, Catalina Mórtola de Bianchi, Benito Quinquela Martín* (pintores), *Carlos Reyles* (ensayista y novelista) y *Ricardo Güiraldes* (autor de *Don Segundo Sombra*) son personas famosas de la época de la niñez de Silvina Ocampo.

bujaba un león, parecía un perro; dibujaba un caballo, parecía un camello; dibujaba una paloma, parecía un buitre; dibujaba un tigre, parecía un ratón. Esto fue lo que más me deprimió: que un tigre pareciera un ratón. Dibujaba un árbol, parecía un plumero; eso era lo de menos. Dibujaba un zapato, parecía un automóvil de juguete. ¿Un automóvil? Nunca traté de dibujarlo. Como se les enseña a los niños, con el índice indicando cada cosa con su nombre, mostraba a las personas mayores mis cuadros. Lo que me daba más trabajo era hacerles entender que las sombras no eran pelos y la luz hinchazón. Mis retratos no tuvieron suerte: uno que regalé a una persona de mi familia, una cabeza que era idéntica a la de Nefertiti, durante años quedó arrumbado detrás de un armario. Otro, de un amigo muy querido, desapareció en el momento en que se lo entregué. Otro se llenó de hongos debido a la humedad que había en el sitio donde lo escondieron. y después de tanto trabajo, me di cuenta de que era mejor que las cosas no se parecieran tanto a lo que eran. Y quise dibujar un león con cara de señor y no pude, y un perro con cara de oveja y no pude.

—¿Qué importancia podían tener esas cosas? Yo dibujaba lo que quería dibujar.

—Tardé en darme cuenta de que la realidad no tiene nada que ver con la pintura. Pero tardé demasiado; un mecanismo equivocado se había apoderado de mí. ¿Qué recuerda uno de las cosas, sino lo contrario, a veces? ¿El arte está fuera de la vida? Y esa mitad tiene que servir para algo.

Y yo presentía siempre que vivir era algo terrible: el paso del tiempo, como el paso de un verdadero león, me daba miedo. Sabía que me devoraría con este anillo, con la cinta del pelo y el delantal puestos. Miss Edwards también lo había sentido una tarde de enero, cerca del río. Nos sentamos en un banco, hecho de ramas. Era la primera vez que hablábamos como amigas, Miss Edwards y yo. No sé cómo la conversación nos llevó a hablar de la locura. ¿Cómo será estar loco? Es la única frase que recuerdo de ese diálogo tan importante; hoy mismo me parece lleno de meandros y de secretos. Si trato de indagar en mi memoria, lo que más me impresiona es la soledad incorruptible de Miss Edwards.

—¿La querías a Miss Edwards?

—No sé. Creía que la quería. Me pasó tantas veces.

—¿Qué?

—Creer que quiero y no querer a una persona.

—Como a mí.

—Como a vos.

—¿Te vas? —pregunté, viendo que la niña se alejaba, que se quitaba los zapatos para hacer menos ruido y que colocaba un índice sobre sus labios para imponernos silencio.

La detuve, le miré los pies desnudos.

—Tus pies se parecen a los míos.

Que pronunciara el nombre de Miss Edwards y luego todo lo demás que dijo, revelaba su identidad, pero que nuestros pies se parecieran, me golpeó contra la vida real con violencia.

—Sentía siempre —proseguí— gran ternura por vos. En cierto modo me protegías como mi madre, después que la perdí, pero ahora que me encuentro con vos frente a frente, advierto que me tratás como a una forastera. Dejame que te anude la cinta del pelo. Extraño tu pelo; era como un abanico. Siempre tuviste gran influencia sobre mí. Los pisapapeles me gustaron por tu culpa, y los calidoscopios, las mariposas, las hamacas.

—Vos también tuviste una gran influencia sobre mí. —Levantó la hoja que cubría la reproducción de la Sibila—. Una noche soñé que me perdí en el Museo del Vaticano y vi esta cara en un cielo raso enorme. Me dijo algo que no entendí, sospecho que fue por tu culpa.

Me dio la cinta que traté de anudar en su pelo. Preguntó:

—¿La influencia era buena o mala?

—Buena... y mala. ¿Y la que tuve sobre vos?

—Mala... y buena.

Sentí que el *buena* lo agregaba por bondad. Prosiguió:

—Todo lo que aprendiste te lo enseñé.

—No sos modesta, lo confieso. ¡Pero tenés tanta razón! Te puedo amar. No me puedo amar.

—Yo nunca pude amarte. No sabía cómo eras.

Se alejó como se aleja un ser humano de un fantasma, tratando de no ser vista. Se esfumó como un dibujo, pero intuí que volvería a aparecer como una calcomanía pegada a la noche, que habría siempre estado ahí como las cosas que uno pierde y que tiene al lado de uno sin verlas.

—¿Qué edad tenés?

—Nunca quise ser grande. La edad me parece la peor invención del mundo. Sentí que para siempre me extrañaría no tener la edad que tengo.

# Pier

Aparentaba ser igual a todos los de su estirpe. Un poco lanudo, un poco gris, un poco deshilachado, iba adquiriendo arrugas como cualquier mortal. Lo único que lo diferenciaba era que parecía cambiar de sexo, nominalmente por lo menos, y por esa aberración lo señalaban con desdén a veces. No faltaba quien preguntara ¿dónde está «Trapa»? deliberadamente, en lugar de decir con respeto, cuando por casualidad lo nombraban, ¿dónde está el trapo? Siempre los trapos habían sido trapos y no trapas.

Escondido debajo de un armario vivía olvidado, acurrucado, inerte. Los trapos normales en cambio estaban doblados en un estante, continuamente requeridos por sus amos, o sobre el aparador limpiando o secando algo, hasta las manos sucias, con igual provecho. Y así fue como conoció, en ese estado de ocio que lo caracterizaba, a Pier. Nadie ignoraba que sirvió para limpiarle el pis, tan despilfarrado en las primeras etapas de la vida. Tal vez fuera por un narcisismo agudo por lo que se lo llevó, al principio, a su madriguera. Pero ¿cuál llevó a cuál? No es fácil saberlo. Tal vez Pier no se atrevió a tanto, como para llevarlo a su madriguera el primer día en que lo vio. De quién era la madriguera y quién llevó a quién, es un motivo de perplejidad. Basta decir simplemente sin sujeto quién lo bajó de su percha, lo midió, lo olfateó, lo siguió, lo arrastró, lo reconoció, luego apoyó la cabeza y le escuchó el corazón que indudablemente latía en un lugar abultado del cuerpo. Era la hora más rosada de la tarde que ayuda a nunca olvidar un primer encuentro, que jamás se olvida cuando la emoción se adueña del organismo palpando sus medios de comunicación. Después sería tarde para el desencanto: una vez puesta en movimiento la ilusión no se detiene, avanza como en una pendiente, para llegar a la cúspide.

Llamaba, o llamaban, nadie sabe cómo llamaba o llamaban: pero bastaba una sílaba pronunciada entre los bigotes para que uno de ellos apareciera arrastrándose como un esclavo sobre el piso en busca del otro.

Nunca nadie prevé el peligro que existe en esclavizar al prójimo. Esclavizar implica la esclavitud, a la larga, del que esclaviza. Un dolor punzante acecha al que impone la esclavitud. ¿Quién le arrancará a Pier de su Trapo? ¿Quién arrancará a Trapo de su Pier? Que alguien se atreva sólo a decirlo y temblarán las simientes del mundo. Nadie se atrevería, pues.

Un tigre nace en la garganta y en las patas para defender al esclavo que se volvió el dueño, que se volvió la novia.

¿Por qué sólo nosotros vamos a tener un Dios? Ellos, Pier y Trapo, lo tienen: facilita su vida conyugal. Pier, acostado sobre Trapo correctamente, cumple con su deber. Nadie lo arrancará del acto que exhibe para imponer los derechos que le otorga su pasión clandestina.

¿Qué hacen las perras en la calle ladrando? Ante todo olfatean el ineludible excremento, el homenaje del orín todo el tiempo, es interesante pero no basta. Existe el alma. *Señor* la conoció. Sufriría al ver en el espejo de Cornelio Agripa[147] esa luz, esa angustia, esa inmaterial tortura que priva hasta del apetito, cuando está en las entrañas del que la padece.

¿Qué hacen las hembras soberbias que comen los mismos huesos, la misma carne? ¿Qué hacen las piernas voluptuosas debajo de las mesas, a la hora ritual de las comidas? ¿Qué hace la voz, el silbido, el crujir de las puertas que gimen, los asaltantes, las mandíbulas que mastican, los monumentos, los muros, los árboles mingitorios, el agua de la lluvia, bestia del jardín de noche que se ilumina de relámpagos y de truenos inexplicables? ¿Qué

---

147  *Enrique Cornelio Agripa de Nettesheim*, o *Agrippa de Nettesheim* (1486-1535), fue un famoso escritor, filósofo, alquimista, cabalista, médico y nigromante alemán. Entre sus obras se encuentra una defensa de la igualdad de las mujeres. También aparece mencionado en una referencia a la inmortalidad en «El inmortal» de Borges.

hace el orín repulsivo del gato, el del perro gratificado, los detritos humanos? Todo es interesante. Pero la inquietud corroe.

*Y todo por un mero trapo,* gritan las furias, pero no es *un mero trapo.* Ya tiene ojos, boca y corazón, lengua casi, dientes, aunque nadie los vea, porque el pudor mora en su cuerpo tan pálido. Hay cosas más preciosas que la carne y la prueba es que una mano no se come generalmente. Una mano nunca, ni aun cuando acaricia o castiga, se come. Pero esa misma mano ¿sería comestible sin piel, cocinada? ¿Podría Pier *comer* carne humana, como los salvajes? Nunca mientras la vida exista podría gustar de esa carne espiritual como tampoco podría gustarle la del cerdo, porque le gusten alimentos raros como las mandarinas y el estiércol, el corazón a veces tan duro y el hueso interminable. Pero el hombre ha engendrado el trapo de piso, y Pier no podría comer la carne de ese hombre, aunque existan la inseminación artificial y otros artificios relacionados con la vida, que renueva las manos, y la celebración del semen. Una mano jamás se repite. Tienen todas distintas formas, distintas líneas, distinto destino, distinto meñique, distinto pulgar, distintas uñas, distinta palma, distinto todo.

Abajo del armario hay una gruta que favorece el amor; la ilusión, finalmente la vida. Los privilegiados ahí moran. ¿Esconderse? Eso no es esconderse. ¿Protegerse? Entregarse es la palabra que indica el acto reprobado por los que no comprenden las leyes de la atracción. Muy pronto va a surgir una familia. Parir es para el trapo sumamente fácil. El vientre se ha hinchado, se van hinchando las ubres en forma de corpiño. Qué apasionado movimiento ha formado la matriz donde están acurrucados los trapitos del mismo color de la madre. Ya empieza a nacer; ya se produce, no el aborto como hubiera podido preverse en un amor ilícito, sino el alumbramiento verdadero. El primer milagro no es fácil de comprender. La vida se escapa. Las ovejas no reconocen a sus recién nacidos; los gatos tampoco y se comen a sus hijos. El enriquecimiento parece simplemente una dispersión. De una trapa hacer trapitos, más que milagro, es angustia. ¿A cuál llamar? ¿Cómo juntarlos si se separan? ¿Cómo prestar atención a la multiplicidad? ¿Cómo separarlos si se amontonan?

Del incestuoso amor ahora ningún armario es cómplice; ni tampoco la oscuridad, tan propicia para lograr la inocencia. No hay nombres para tantos hijos, no hay silbidos. El laberinto de la procreación mata. «Trapa, ¡ni debajo del portal del jardín de invierno lo encuentro! Ni en los escalones, ni en el desagüe. Ni a la hora en que te conocí. Rosado. Vientre que dio a luz por mi ambición. Para vivir hay que morir y para morir hay que ser otros. Por qué no seré un alacrán que se mata a sí mismo con su propio veneno cuando lo rodean de un círculo de fuego. O una hiena que se come a sí misma cuando la contrarían». Así ladraba la boca de Pier. Y hablar con palabras cuando se podría con ladridos ¿no es acaso ilícito? Ningún trapo, ningún otro es el que busca, pero el que busca ya no es el mismo. Perdió su virginidad, su integridad, su belleza, su olor atroz.

# El rival

Tenía los ojos, más bien dicho las pupilas, cuadradas, la boca triangular, una sola ceja para los dos ojos, una desviación en un ojo azul, en el verde otra desviación volvía la mirada acuciante; sus manos no se parecían a ninguna mano, sus dedos tampoco; su pelo lacio y negro (no todo) se erguía como si el viento lo levantara. En el óvalo irrefutable de su cara, una mitad de la mandíbula, más pronunciada que la otra, distorsionaba los rasgos. «Cuanto más fuerte la mandíbula, más débil la conversación», dice un refrán que leí en un libro inglés, que no cuadra mencionar en este caso, pues el personaje que estoy describiendo hablaba con demasiado énfasis y era lo que se llama vulgarmente «latero». Un cuello muy largo sostenía con dificultad la cabeza, detalle que no debo omitir, pues le daba un aire somnoliento que no concordaba con su extraordinaria verbosidad. Las uñas eran pedacitos de nácar, desproporcionadas, puntiagudas. Su voz silbaba entre las ramas de un bosque; en una habitación, en cambio, resonaba tan hondamente que despertaba un eco insólito. La lengua padecía de un defecto y se enredaba entre los dientes al pronunciar ciertos vocablos. Este detalle lo hacía parecer extranjero, a veces. De ahí su manía de preguntar incesantemente «¿cómo es?» al principio de cada frase, como si el dueño de cada frase fuese su interlocutor. Al caminar trotaba, aunque fuera con lentitud. ¿Alguien podría enamorarse de una persona como ésta? «Yo puedo, yo podría, yo podré», exclamó una chica terca a decir basta, que conocí en un barco. Ya se había enamorado al ver el retrato del ni siquiera joven personaje.

Yo, era buen mozo. ¿Por qué no confesarlo? Existen los espejos y las fotografías y los ojos de los demás para revelármelo. Ningún problema psicológico empañó hasta hoy mi satisfacción física; ningún complejo de inferioridad ni superioridad mi alegría psíquica; soy el dueño de mis actos y de mi voluntad. Tendría ahora que cambiar el tiempo del verbo y decir «era», con el mismo desparpajo pero con auténtica tristeza. De nada sirve la hermosura. Nuestra vida es un pandemónium si no atrae al ser amado.

Durante años debí acompañar a los enamorados: la muchacha a la que yo amaba y el tipo más horrible del universo, que recibía las más atrevidas alabanzas... ¿Qué podía hacer yo? Por alguna perversidad del destino estos enamorados no podían verse sin mí. Sufría al verlos juntos.

Hicimos una excursión por las provincias y mucho más lejos; el mucho más lejos existe en nuestra tierra con insistencia en cuanto creemos llegar a un sitio determinado. Yo tenía un automóvil, era uno de mis encantos, ellos no tenían. Por circunstancias ineludibles, durante las vacaciones, dormimos los tres juntos en la carpa que llevábamos y sobrellevábamos, pues había que armarla a cada rato. Que tuviéramos que dormir los tres juntos en la carpa por un azar se volvió costumbre. No me pareció desagradable, ni siquiera incómodo. Al aire libre todo se acepta como cosa natural. Pude revelar mi superioridad en la cama y aprovechar la oscuridad para que se vieran el menor tiempo posible los ojos cuadrados de mi rival y la boca triangular, tan seductores, Dios sabe por qué.

¿Cuánto tiempo duraría este concurso de habilidad sexual? Yo pensaba que tal vez siempre, porque somos fieles hasta en la infidelidad. Olvidar por un tiempo los deberes morales, las costumbres, conviene. Nuestra tierra es infinita y aprendíamos geografía. Llegamos hasta las regiones más frías, con glaciares estupefacientes, con osos y pingüinos, y hasta las más tropicales con jaguares, monos, serpientes, loros de nuestro país. Yo tenía mi escopeta preparada para cualquier cacería en el asiento posterior del automóvil. En un momento en que revisé el agua del radiador y el aceite, les mostré el arma. Ellos me dijeron que raras veces los animales de esa zona atacan a las personas, si no es por un hambre irresistible. ¿Por qué iba a matarlos? Parecían conocer mejor que yo a estos animales: tapires, venados, cerdos salvajes, monos, gatos monteses, víboras, loros. Al nombrar a los jaguares dijeron que eran animales soberbios cuya fama de ferocidad era injustificada, ya que sólo atacaban cuando tenían hambre, cosa que no me pareció muy razonable, ya que hambre se tiene casi siempre. En lo que no estaban de acuerdo era con mi propósito de cazar. Cazar es uno de los deportes que más me interesa. Conservo un sombrero con una plumita típico de cazador y el ancho cinturón con ganchos para colgar las presas, siempre que no sea un jaguar. Ellos pensaban que sólo los depravados tienen el afán de matar por matar.

En Misiones nos detuvimos atraídos por la selva y con la esperanza de llegar a las cataratas.[148] En varias oportunidades creímos oír el fragor del agua. Nunca había visto cedros y araucarias tan altos. Por la televisión me enteré de gente que en Neuquén cocinaba semillas de araucarias para comerlas. Tratamos de juntar esas semillas en vano. La arboleda de la selva alejaba el cielo de un modo aterrador. Fue allí donde desapareció mi rival. Desapareció una noche en que la luna filtraba la luz como un reflector potente. Todos los insectos zumbaban, se hubiera dicho, con más pasión en ese instante, agrandando el bosque y oscureciendo la oscuridad. Habíamos encontrado un lugar agradable y seguro para colocar la carpa.

Todo estaba preparado para la cena. Durante unos instantes me regocijé de que mi rival tardara tanto en volver de su exploración, pero empecé a inquietarme cuando el tiempo transcurrió interrumpido por chistidos de lechuzas. ¿No dicen que son de mal agüero? Creo que recé para que volviera, al ver la cara afligida de nuestra compañera. En un lugar desierto ningún so-

---

148 Las cataratas son las de Iguazú, uno de los destinos turísticos más conocidos de la Argentina, ubicadas en la provincia de Misiones.

corro puede esperarse; nada es más cruel que la insistencia de la soledad. Una nube de mosquitos nos acosaba. ¡Pensar que ese vuelo es un vuelo nupcial! Nos metimos en la carpa con las linternas encendidas. Oí, o creí oír, el rugido de una bestia, que la muchacha no oyó, porque había hecho funcionar el grabador con la sonoridad máxima. Tuve la impresión de que ensayaba pasos de baile. Me tendió los brazos, por primera vez con amor, para que bailáramos. La miré como quien mira un detergente. Se había vestido, lavado con poquita agua de una botella y puesto un camisón de gasa. A pesar de mi turbación pensé que el atuendo, de extrema elegancia, la mostraba más desnuda que desnuda. ¿Provocación? Yo no podía pensar en esas futilezas que hubiera apreciado tanto en otra oportunidad. Había que esperar. ¿Esperar qué? Pasaron horas y horas, con un canto de grillos insoportable. A las cinco de la mañana, un color rojo se filtró por entre las hojas, cayó al suelo: era el color natural de la tierra. Pensé en cómo hubiera podido aprovechar ese momento de soledad con quien hasta entonces nunca había estado solo, si no fuera por miedo. Muy lejos, en la noche, me pareció que se aproximaba un olor a fiera. El olor suele tener pasos, dar más miedo que una imagen. Me atreví a correr la cortina. No vi nada. Salí de la carpa. Un jaguar, creo que así lo llaman, avanzaba lejos, arrastrándose entre algunos claros de la selva. Avanzaba como avanza el agua, sinuosamente. Lo primero que vi fueron sus ojos, las pupilas cuadradas. Lo miré fijamente, paralizado de terror. Dio media vuelta y se fue, ondulando con su cuerpo el aire. Volvió, para entrar en la carpa como si la conociera.

# Los retratos apócrifos

Cuando estoy sola no estoy tan sola, porque miro las cosas que me gustan. A veces lo que prefiero no es lo que amo. Lo que me hace bien tampoco es olvidar. A veces pienso que morimos porque nos gusta estar acostados. Si los hombres caminaran acostados como los gusanos, no morirían nunca. Vivir se vuelve intolerable cuando conocemos las tretas de la muerte: demasiado sinuosas o simples. Mirar un papel bonito como la tapa de una libreta se parece a un viaje que nunca hicimos, ni siquiera en un sueño. Lo desmesurado puede encerrarse en una miniatura más grata que lo desmesurado.

Un día: que apenas recuerdo posé para una miniatura, inspirada en mi parecido con un cuadro de Reynolds, *La edad de la inocencia*. El miniaturista pudo copiar el cuadro. ¿Y yo la cara de la inocencia? Pero mi inocencia estaba en mis pies enrulados. Me conmueve como si yo no hubiera sido yo. Esa miniatura se ha perdido y siento que, si no la encuentro, perderé para siempre mi inocencia, la más atrevida puesto que me llamaron Inocencia.[149]

La caricatura está de moda y es una redundancia decir siempre estuvo de moda. Antes una caricatura no era una caricatura. Toda persona es en cierto modo una caricatura de sí misma, de acuerdo a las más horribles caricaturas de esta época. Si dibujamos una cara hermosa, puede ser también una caricatura. Mejor sería exagerar la belleza de una cara que no tiene belleza, o la fealdad de una cara que no tiene fealdad.

Toda mi vida dibujé como una alumna de Dios, preparándome para hacer un enorme cuadro. Este cuadro tenía que ser

---

149    El nombre completo de la autora es Silvina Inocencia María Ocampo.

el principio de una serie de cuadros con los mismos personajes y proporciones. No realizarlos me quita las ganas de morir totalmente.

De la casualidad surge lo mejor de nuestra vida: buscar. Sólo se encuentra lo que se busca, cuando se ha olvidado lo que se busca.

Envejecer también es cruzar un mar de humillaciones cada día; es mirar a la víctima de lejos, con una perspectiva que en lugar de disminuir los detalles los agranda. Envejecer es no poder olvidar lo que se olvida. Envejecer transforma a una víctima en victimario. Siempre pensé que las edades son todas crueles, y que se compensan o tendrían que compensarse las unas con las otras. ¿De qué me sirvió pensar de este modo? Espero una revelación. ¿Por qué será que un árbol embellece envejeciendo? Y un hombre espera redimirse sólo con los despojos de la juventud. Nunca pensé que envejecer fuera el más arduo de los ejercicios, una suerte de acrobacia que es un peligro para el corazón. Todo disfraz repugna al que lo lleva. La vejez es un disfraz con aditamentos inútiles. Si los viejos parecen disfrazados, los niños también. Esas edades carecen de naturalidad. Nadie acepta ser viejo porque nadie sabe serlo, como un árbol o como una piedra preciosa. Soñaba con ser vieja para tener tiempo para muchas cosas. No quería ser joven, porque perdía el tiempo en amar solamente. Ahora pierdo más tiempo que nunca en amar, porque todo lo que hago lo hago doblemente. El tiempo transcurrido nos arrincona; nos parece que lo que quedó atrás tiene más realidad para reducir el presente a un interesante precipicio.

En la infancia me gustaban los viejos: eran como países o cajas de música para mí; no formaban parte del mundo común. Cuando miraban algo extraían de los más modestos objetos un secreto importante, que tal vez nos comunicaran un día, si los escuchábamos con atención. Ahora me gustan los jóvenes porque son más rápidos y menos precavidos. No los envidio: ser joven me torturaba tanto como tortura ser viejo.

Hasta el aire se ocupa de hacer propaganda con lo escrito. Hay que pensar en secreto, porque toda idea se vuelve plagio. Conocí a un escritor que jamás escribió sus mejores páginas, por miedo al plagio. No era generoso: decía frases que despreciaba, para guardarse las mejores. La pobreza era su riqueza o, después, la riqueza fue su pobreza. ¿Cuándo sufrió más? Ni siquiera lo supo, porque no fue bastante tiempo ni pobre ni rico. Conocí a un escritor tan perverso que escribía mal para deslumbrar a sus amigos más queridos.

¿Se pierde más tiempo en ser una criatura de pecho que una criatura de desecho? La primera en la cuna, ¿qué piensa? La segunda en su silla, ¿qué trama? Muchas veces terminamos de vivir. De morir, nunca.

En algunas personas, haber sido un animal originalmente las vuelve más sutiles; en otras, más brutas. Dejar de ser amado duele menos que dejar de amar. Cuando buscas algo, encontrarás lo que buscabas antes. Nunca pensé que era joven cuando era joven. Nunca pienso que soy vieja ahora que soy vieja; es un ejercicio demasiado brutal este cambio inmerecido. Nada se modera ni se suaviza en la memoria, que imagina y adorna cada momento. Nada se despoja, salvo la indiferencia. Antes decía: no me olvides; ahora, olvídame, por favor. En el olvido está mi esperanza, en el recuerdo mi tortura; pero lo más horrible de todo es que prefiero el recuerdo antes que el olvido, y la tortura antes que la esperanza. Y con esta palabra llegamos a París.

Francia era mía, en aquel tiempo. Vendían en la calle ramitos de taco de la reina y pensamientos de todos los colores.[150] ¡Todo eso qué bien lo recuerdo! El idioma era mío. Yo miraba a las colegialas que iban a la escuela y las envidiaba porque parecían muy felices, Pero no es cierto, nevaba y yo no vi a esas colegialas. En vez de lluvia yo decía *pluie,* en vez de perro *chien,* en vez de gato *chat,* en vez de vidrio *verre,* en vez de cielo *ciel,* en vez de flores *fleurs.* ¡Qué fácil era hablar francés! Todo era corto, era agudo, salvo la tarde, *l'aprés-midi;* me gustaban las palabras. No me

---

150 *Tacos de la reina* y *pensamientos* son flores populares en Europa y en las Américas.

acordaba de Buenos Aires ni del lago de Palermo, con cisnes.
Todo sucedía en Francia; ni siquiera en Francia, en París, en el
Hotel Majestique, que ni sé si existe. Mi hermana, la más bonita,
con cara de ángel o de santa, era la elegida por toda la familia para
que le hicieran un retrato. Yo quería que ella fuera un ángel y no
una santa, porque las santas sufren mucho, tienen caras tristes; en
cambio los ángeles son felices, tienen caras alegres. Pero, si era un
ángel, tenía que tener alas y ¿cómo podían levantarse sobre el
vestido? Renuncié a determinar si era santa o ángel. El pintor se
llamaba Vallé Bison. El retrato tenía de fondo el campo con sus
características bien marcadas: plantas, hierbas silvestres movidas
por el viento en un banco improvisado, dos troncos gruesos y una
enredadera que los unía, estaría sentada mi hermana, vestida con
un vestido de verano, etéreo, con un sombrero de paja, adornado
de rosas o de dalias, algunas que parecían rosas. En sus manos,
sostenidas por dos brazos sumamente redondos, un ramo de
flores brillaba tan sutilmente que uno quería tocar las flores para
saber si eran reales o si alguien las había puesto frescas, recién cor-
tadas, sin sospechar que podrían marchitarse. Pensé que mi
hermana, santa o ángel, con sus ojos azules, su pelo trenzado y
su actitud tan recatada, esperaba la terminación del cuadro con
impaciencia. Dónde estarían las flores, dónde las manos que
sabían rezar, dónde el pliegue del vestido, dónde la luz del ramo
de flores en sus faldas. Nada existía hasta el momento en que estaría la figura terminada, con sus aditamentos, lista para un lugar,
Dios sabe dónde; en un nicho de iglesia, en un sitio de vastos corredores donde llueve tal vez los domingos o en la sala más bonita
del refectorio de una escuela. ¿Estaría alguien esperando el
cuadro en casa, en Buenos Aires, ciudad lejana? ¿Alguien estaría
en el puerto? ¿Alguien le daría la bendición? Un cura seguramente. Pero las cosas eran muy distintas. Yo esperaba saber dónde
iría a quedar el cuadro, en qué lugar del mundo. Tratándose de
una santa o de un ángel, tal vez todo era posible. Pregunté. Me
atreví a preguntar:

—¿Y el cuadro?

—¿Qué cuadro?

—El cuadro.

No pasaba de esas palabras. El cuadro tenía que expresar mi sentimiento de angustia y el conocimiento de la gente mayor. Entonces esperé, como se espera tantas veces en la vida, tratando de esconder el asombro.

El cuadro, con su pesado marco dorado, llegó un día, pero no sé en qué momento ni cuándo. En la memoria hay lapsos en que nos perdemos. No sé si el encuentro se produjo en París o en Buenos Aires, pero recuerdo que al verlo me arrodillé. No lo miré, bajé la cabeza. Me dijeron:

—¿Por qué te arrodillás?

—¿Es ángel o santa? –musité.

—No estás viendo que es tu hermana? –protestó una voz de soprano.

Me puse de pie, avergonzada. Para mí el cuadro era de una belleza notable, así por lo menos me parecía, y no lo podía mirar mucho tiempo, sin cerrar los ojos.

Pasaron los años sobre mí y sobre el cuadro, que estaba arrumbado en el último lugar de la casa; y viendo que nadie lo quería lo reclamé y dije que era el más bonito de toda la colección que había en la casa. Entonces todo el mundo aspiró a tenerlo.

—Parece una calcomanía, qué horrible, yo ni de muestra lo tendría –susurró una mal educada.

—Miren los colores, yo lo quiero –dijo otra.

—Es muy pesado el marco. ¿Dónde lo pondríamos? Es divino –dijo otra.

Y así creció la discordia entre gente que se quería mucho y que pretendía conseguir el cuadro. Finalmente no se llegó a acuerdo alguno y decidí (al ver que lo habían dejado en el garage) llamar a dos changadores para que lo subieran donde estoy viviendo. Primero tuvimos que sacar el marco, luego el vidrio; la tela era muy grande. Cuando la tela quedó sin marco, los hombres la cargaron y la subieron al quinto piso. Durante la trayectoria, a pesar de las recomendaciones que hice, al rozar una puerta se borró toda la cara, un brazo, y las flores en otra puerta. Quedé espantada al ver el desastre. ¿Qué hago? Dios mío, qué hago. No me costaba rezar. Ahora tampoco. Recé.

¿Volvería a pintar la cara? ¿Podría?, me dije a mí misma, en secreto. Busqué colores en mi mesa. Vi que había muchos rosados y ocres en una caja de pinturas al pastel. Conservaba los colores. Había estudiado pintura durante muchos años. Me encomendé a Dios. Recé, recé, recé, pinté las mejillas tan rosadas, los ojos tan celestes, las comisuras de los labios, las flores del sombrero, tan dibujadas. No dormí en toda la noche. Seguí pintando hasta quedar ciega. Pregunté:

—¿Estoy ciega?

—No, no estás ciega.

Las rosas de la mano las dibujé, también los preciosos volados de las mangas, el pelo rubio, las maderas sobre las cuales la figura se apoyaba. Seguí pintando. ¿Ir a dormir sin terminar el cuadro? Imposible. Seguí en la oscuridad del cuarto, sin ver casi nada. Cuando terminé, di un profundo suspiro de perro, si un perro pintara. ¿Dónde estaban el marco y el vidrio para que nadie supiera lo que había sucedido? Ahí estaba el marco, con sus racimos de uvas, sus infinitos trazos en oro pálido. Todo estaba ahí. Coloqué el vidrio, armé las varillas del cuadro. El marco es una prisión para la imagen. Usé un pañuelo con pintura. Quedaron alrededor de mis ojos los signos de un colorido, leve como un polvo, pero de imperecedera pintura al pastel. Ya no era el retrato de mi hermana, con cara de ángel; era de una hermana acróbata, con vestido etéreo, sentada en un banco de ramas, en un cuadro de Picasso, que no era de Picasso.

El cuadro de Picasso todavía existe; la miniatura de la edad de la inocencia nunca.

# Anotaciones

El día en que me muera caerán de mis ojos lágrimas y de mi boca palabras. Nunca se contradicen. ¿No volveré a Italia? ¿No llegaré en góndola a Venecia? ¿No oiré las campanadas de las siete y los acordes de la tarde? Las campanadas dicen: tal vez las oigas y tal vez llegues a Venecia pronto y tal vez se ilumine el cielo y tal vez el mundo se transforme abruptamente. ¿En qué? En Venecia. Iré corriendo por la plaza San Marco, por todas las edades, y no me reconoceré en ningún espejo, por mucho que me busque, y que me busquen. No seré una niña de siete años, ni una joven de quince, ni una columna de la iglesia, ni un caballo de mármol, ni una rosa de estuco, ni una muñeca de 1880, ni un cuadro de Guirlandaio[151] ni de Rafael, y llegaré al Palazzo Ducale y lloraré; nadie sabe por qué, ni yo misma. Lloraré oyendo las voces de los gondoleros, tristes en la noche. No veré los cisnes de mi infancia nadando en un lago de San Isidro o en la costa del Río de la Plata, rodeado de sauces, ni el precioso bosque de madreselvas asesinas, que se comen los árboles.

¡La torre del reloj sin fin! No veo la hora. ¿Serán las ocho? ¿Serán las dos menos veinte? ¿Qué hora será? Toda hora me da miedo, como me da miedo la hora en que quedó clavada, con sus agujas, la muerte de Murena. Las ocho en un reloj que no andaba y no andaría nunca.

*And let me look at you as I can look at something else someone I do not know.*

Hace años, en un hotel veneciano, donde dormimos, quise correr las cortinas al despertar. Puse tanta fuerza para abrirlas,

---

151    *Ghirlandaio*: apodo de Domenico di Tommaso Curradi di Doffo Bigordi (1449-1494) pintor italiano entre cuyos numerosos aprendices estuvo Miguel Ángel.

que súbitamente cayó todo el cortinado, con el sostén altísimo, de hierro. Si hubiese caído sobre mí, me hubiera asesinado, ¡un peso que nadie puede sostener! Casi muero en Venecia. La cortina era de terciopelo marrón, con flores protuberantes y por fortuna los dobleces no traían un cuchillo en la mano.

*Let me stay here for ever and ever. Amen. Forgive me, I will wait for you at nine. It is so late, I can not imagine that you will be here at nine. Please, come back. I can not wait till nine today. With my eyes full of Carpaccio*[152] *I imagine the rest of the world and this world full of water. If you were a sad person, as myself, I would die in your arms, if you want, I would be an assassine with blood in my bands. I would kill without knowing who or knowing what crime has committed the person I killed. Only a murder before dying. I would pray for hours and hours during all the rest of my life looking at your pictures, the pictures of Raphaël, his portraits of children.*

Arrodillada rezo. ¿Alguien, con desesperanza, rezó tanto como yo? No lo creo. El retrato de un tigre, con una mujer pálida, en el fondo del follaje, donde muero por ver un color de cielo atardecido.

*I would love your gardens and your flowers and every person that loves you like I do. Every thing can take you away from me: eyes, arms, words, skies, a bench with flowers, my real self, a drink, a sad thought, history, the sea, the waves, tbe earth, the stars, the glass, Venice, only Venice.*

No estoy aquí. Podría morir hoy mismo, no conocer a nadie ni a mí misma. ¿Qué soy? Ni siquiera, una hormiga. Cuántas ventanas, nunca las contaré, porque mis ojos se pierden de tanto mirarlas. ¿En cuál aparecerás riendo o llorando o tan serio que serás otra persona? Cuántas ventanas dan a mi cielo tu luz, cuántas columnas ojivales.

Los barcos; el que prefiero tiene velas y lo vi en una nube inmensa, de la tarde; quise acercarme, se alejó; quise seguirla, desapareció. Los barcos de mi infancia aquí están. ¿Saldrán?

---

152 *Carpaccio* fue un pintor veneciano del siglo XVI, conocido por sus escenas religiosas.

¿Cuándo? Cuando no piense en ellos... Si no llegas a las siete me muero, y vos llegarás sin saber que he muerto tan delicadamente que nadie lo advirtió.

Una perspectiva como un espejo sin término y sin preocupación. Te adoro Venecia. Quiero morir de noche. De noche nada se ve, ni la muerte ni el color de los ojos, ni el color de la esperanza, ni el color del olvido. Quiero oír el canto de tus ruiseñores y que el rocío caiga como otro canto y darme entera a la tarde. Es tan fácil decir adiós, sin decirlo, mover la mano apenas y mirar para otro lado, sin apuro, y caer al suelo y desaparecer para el mundo. Madonna della Salute, mírame piadosamente. ¿Cómo es la piedad? En la comisura de los labios se arquea suavemente una línea apenas perceptible.

Por hoy solamente el gusto de los higos maduros y de las ciruelas, sin vos no existen.

¡Ah! primavera mueres con la rosa,
tu juvenil y dulce manuscrito
se cierra, el ruiseñor canta entre las ramas.
¡Ah! Cuándo y dónde de nuevo se fue.

Si no vuelvo, no te asustes. Estaré en el aire, siempre, como un recuerdo, y bajaré y subiré, y bajaré de nuevo como la espuma. Déjame mirarte, imagen de mi alma, un día llegaré a conocerte como conozco tu amor o tu mirada, tu enojo o tu gracia. Y aquí me detengo para mirarte. Qué pena tengo de no ser lo que pude ser, otros días. Redimida por lo menos una vez. Basta una vez.

Y aquí avanzo con la velocidad de una tortuga que espera, sin esperar una tormenta. ¡Sálvame con tus brazos de agua una vez! Y para siempre soñaré con vos en las largas noches de mi exilio. Y aquí en el agua me muero sin esperanzas de encontrar algo mejor que el agua, soy una exiliada. *The only thing I love, A.B.C. «the rest is lies»*.[153]

---

153   *A.B.C.:* son las iniciales del marido de Silvina Ocampo, Adolfo Bioy Casares.

Y aquí me quedaré como un ángel que vive de los otros, que vive de un mundo ajeno, incomprensible. Para siempre un barco perdura, navega, llega, no llega, se acerca, así es la vida. El barco se aleja, pero yo nunca tengo más de mil remos que vuelven a llevar al punto de partida. No volveré. ¡Que no me esperen!

No hay diferencia entre el viejo y el niño. El viejo y el niño son iguales.

Quisiera escribir un libro sobre nada.

Thank you for acquiring

Sɪʟᴠɪɴᴀ Oᴄᴀᴍᴘᴏ

Aɴᴛᴏʟᴏɢíᴀ: Cᴜᴇɴᴛᴏs ᴅᴇ ʟᴀ «ɴᴇɴᴀ ᴛᴇʀʀɪʙʟᴇ»

from the

**Stockcero collection of Spanish and Latin American significant books of the past and present.**

This book is one of a large and ever-expanding list of titles Stockcero regards as classics of Spanish and Latin American literature, history, economics, and cultural studies. A series of important books are being brought back into print with modern readers and students in mind, and thus including updated footnotes, prefaces, and bibliographies.

We invite you to look for more complete information on our website, **www.stockcero.com**, where you can view a list of titles currently available, as well as those in preparation. On this website, you may register to receive desk copies, view additional information about the books, and suggest titles you would like to see brought back into print. We are most eager to receive these suggestions, and if possible, to discuss them with you. Any comments you wish to make about Stockcero books would be most helpful.

The Stockcero website will also provide access to an increasing number of links to critical articles, libraries, databanks, bibliographies and other materials relating to the texts we are publishing.

By registering on our website, you will allow us to inform you of services and connections that will enhance your reading and teaching of an expanding list of important books.

You may additionally help us improve the way we serve your needs by registering your purchase at:

**http://www.stockcero.com/bookregister.htm**